精 校 詳 註

浮 生 六 記

蔡 根 祥 校註

謹 以 此 書 獻 給

曾經教導我的各位師長

弁　言（代　序）

　　在台灣，沈三白跟他妻子芸娘的故事，是很多人所熟悉的，因為國中國文課本裡，選錄了他的《浮生六記》中〈閒情記趣〉裡的一段兒時記趣；所以，沈三白可以說是家喻戶曉的人物。不過，對於我而言，就不是如此的。

　　回想當初第一次接觸沈三白、芸娘的故事，是在 1974 年的時候；當時香港的無線電視臺製作了一部年度大戲：《芸娘》，就是根據《浮生六記》改編的。一播出就非常轟動，主題曲〈芸娘〉飄揚在社會的每個角落。那是由顧嘉輝作曲，葉紹德作詞，華娃主唱的。歌詞的內容也真的很能表現沈三白與芸娘之間真摯的感情呢！不妨欣賞一下，歌詞如下：

> 良緣世上難求，生生世世並頭，漫漫歲月相廝守，
> 與君共享春日秀。
>
> 情詞唱和樓頭，詩中愛意綢繆；墨磨滿硯詩數首，
> 愛深義厚紙上透。
>
> 鑄就百世恩，白頭共君守；望天庇佑，賜福綿綿，
> 願我家親老壽千秋。
>
> 良緣世上難求，生生世世無愁；任憑地闊天高，載
> 不住恩義厚。

直至今日，我都還能哼唱一番呢！

　　來到臺灣，就讀臺師大國文系，也理所當然地當了國文老師，就有機會教到〈兒時記趣〉這一課了。備課時對《浮生六記》

I

有了更深入的認識與瞭解，也把《浮生六記》整本看完。為了要跟學生說點作者的故事，所以也挑出幾件沈三白與芸娘的生活行事來引發學習動機：比如他們是怎樣布置居室；教華夫人家做「活花屏」；如何設計「梅花盒」；吃滷瓜搗爛拌滷腐的「雙鮮醬」時，彼此調笑的情境；因吃粥而「來電」的過程等。學生當然也聽得興致盎然，老師也蠻有教學成就感的。然而所瞭解的也只限於文本裡的情節，對於《浮生六記》這本書的背景及相關問題，真的是不甚知悉。

幾年前，因為在學校開設「古籍疑義研究」的課程，探討有關古籍的可疑之處。而《浮生六記》的真偽問題，引起了我的注意與興趣。我本來的專業是研究《尚書》的，《尚書》自古就有真偽的問題存在；因此對辨偽有一定的瞭解與經驗。根據我的判斷，認為這個學術公案是很可以更進一步探求與有解決的機會。經過數年來的耙梳、挖掘、蒐羅、鑽研，總算皇天不負有心人，讓我找到不少關鍵性的證據；尤其是〈養生記逍〉中，有很多材料是出自民國以後的，如抄自蔣維喬的《因是子靜坐法》、延壽堂藥室主人石純福的《延壽藥言》、平江不肖生向愷然的〈練太極拳之經驗〉等，證實了《浮生六記》的後兩記——〈中山記歷〉、〈養生記逍〉——不是沈三白的原作，而是後人模擬、拼湊的偽作。於是，在去年將相關的成果及結論，寫成《《浮生六記》後二記—〈中山記歷〉、〈養生記逍〉—考異》一書，交由萬卷樓出版公司出版。

對《浮生六記》閱讀與研究越多，對人生的感慨也越多；更慶幸我也有一位賢內助—賽華，在我學術研究後面給予無限的支持，雖然她跟芸娘是不同典型的；也自喜三個孩子沒有像沈逢

森。真的就如〈養生記逍〉裡所說的：「比上不足，比下有餘。」而這也是　先父的口頭禪。

　　而在這研究的過程中，發現《浮生六記》的文本，文字上有不少錯誤；這本雖然是清朝的小說，用淺近的文言文寫來，然而其中還是有不少用典故的地方，以現在中學程度的人是不太容易直接看得明白的。而歷來對這本書作的註解，不單止註解相當簡略，其中還有註解錯誤的：譬如卷四〈浪遊記快〉中有「南斗圩行宮」一詞，有人解釋為「建天子行宮於圩地。南斗，對天子（皇帝）的尊稱。《星經》：『南斗六星，主天子壽命。』圩，隄岸。行宮，天子出巡所居之所。」而其實「南斗圩行宮」中的「南斗圩」是一個地名，在蘇州境。此處言打點在南斗圩的行宮事務，以備天子巡幸。乾隆三十年南巡時，曾駐蹕於「南斗圩」當地的行宮，這在《欽定南巡盛典》一書中有明確的記載。又如〈養生記逍〉裡曾提到「白傅」一詞，有人解釋為前文所講到的「陳白沙」，也就是明朝學者陳獻章；也有人以為「白傅─似指白居易。白居易曾任太子少傅」，不敢肯定。經查證事實上的確是「白居易」無疑，因為後面所引的「有叟在中，白鬚飄然，妻孥熙熙，雞犬閒閒」數句詩，就是白居易〈池上篇〉中的詩句。可見時至今日，《浮生六記》文本的註解，還是有需要更進一步的補充與訂正。

　　本書定名為「精校詳註《浮生六記》」，除參考前輩學者的研究成果，如曾昭旭教授、陳毓羆教授、呂自揚先生、吳幅員先生、楊仲揆先生等人的意見，加上本人研究過程中的一些看法，盡量對文本有問題的地方，加以說明清楚，以使無論是研究型的學者，或者是初接觸的讀者，都能一覽無遺，也能一覽無「疑」。

　　另外，本書前面所附錄的題詩、題詞、序、跋，以及幾篇重要的名家題序：如林語堂、俞平伯、趙苕狂、朱劍芒等的，希望能給讀者更豐富的引導，俾便對《浮生六記》這本筆記式的自傳小說，作多元的觀照。書末附錄〈《浮生六記》年表〉，此表前半（至嘉慶十二年止）是根據俞平伯的年表，後半則多參考陳毓羆先生的意見及新的資料，總合而成。使能幫助讀者有更清晰的脈絡。至於沈三白的生平介紹，由於這本書就是他的自傳小說，看了之後，自然對他的生平有瞭解，再參考年表，就是最詳細的資料了。

　　最後，我要說明的是這一本《浮生六記》依然以六記的面貌出現，而不因我已經考證出後兩記是偽作，就把後兩記摒除。這樣處理的原因，是我深深感覺雖然後兩記是偽作，但還是有可讀的價值，讀者也可能從中得到意外的收穫。這個觀點我在《浮生六記考異》書中的最後已經說得很清楚了，就請讀者參閱吧！本書有未妥之處，還請方家指教。

蔡根祥　謹誌於

高雄師範大學　經學研究所
中華民國九十七年二月十四日
戊子年正月初八日

目　次

《浮生六記》原題詩、詞、序、跋

陽湖管貽萼樹荃[1] 〈長洲沈處士三白以《浮生六記》見示，分賦六絕句〉[2]

劉樊[3]仙侶世原稀，瞥眼風花又各飛，贏得紅閨傳好句，「秋深人瘦菊花肥」 （君配[4]工詩，此其集中遺句也）

煙霞花月費平章[5]，轉覺閒來事事忙，不以紅塵易清福，未妨泉石竟膏肓。

坎坷中年百不宜，無多骨肉更離披，傷心替下窮途淚，想見空江夜雪時。

秦楚江山逐望開，探奇還上粵王臺[6]，遊蹤第一應相憶，

---

[1] 管貽萼樹荃：這裡的「萼」是錯字，當作「萼」。管貽萼（1789-1848）字芝生，號樹荃，陽湖（今江蘇常州）人。嘉慶十八年舉人（1813），歷任河南固始縣知縣等職。著有《湖雨齋詞草》、《裁物象詩鈔》。

[2] 這一組詩的詩題，原來是這樣的，見管貽萼《裁物象詩鈔》第三十九題；而排印本則作〈分題沈三白處士《浮生六記》〉。

[3] 劉樊：據《浙江通志》所記，漢上虞令劉綱與其妻樊夫人並昇仙，其蛻骨合葬於浙江紹興。孫應時〈阜莢塢詩〉：「劉樊蛻骨此登仙，老木當年已插天；仙骨帶枯猶秀潤，蒼皮新長更榮鮮。蟠桃待熟三千歲，銅狄重摩五百年。化鶴未歸山寂寂，徘徊誰與問因緣。」

[4] 君配：「君」指沈三白；「配」就是配偶，指芸娘。

[5] 平章：平和章明。意指有計畫地處理事務，使能彰顯其中意趣。

[6] 粵王臺：也就是越王台。位於在廣州市北越秀山上。相傳為西漢時南越王趙佗所築。唐宋之問〈登粵王臺〉詩：「江上粵王台，登高望幾回。南溟天外合，北戶日邊開。」

舟泊胥江月夜杯。

瀛海曾乘漢使槎，中山風土紀皇華，春雲偶住留痕室，夜半濤聲聽煮茶。

白雪黃芽[7]說有無，指歸[8]性命未全虛，養生從此留真訣，休向瑯嬛[9]問素書[10]。

---

[7] 白雪黃芽：宋代張伯端《金丹四百字》說：「虛無生白雪，寂靜發黃芽。玉爐火溫溫，金鼎飛紫霞」「黃芽」、「白雪」是道術煉丹的專用術語，是外丹爐火煉出來的真實物質，具有各種不同形狀與顏色，可以服食，稱為「金丹」；亦稱「黃白術」。《西遊記》第七十三回有「黃芽白雪神仙府，瑤草琪花羽士家」對聯。

[8] 指歸：指漢代嚴遵（君平）所著的《道德指歸論》，亦稱為《老子指歸》。書中所說，要人清心寡慾，摒除雜念，如此才能與天地長久，這也與養生之道有關。

[9] 瑯嬛：「瑯嬛」一詞，出《瑯嬛記》，舊傳是元朝伊世珍所作，乃一筆記式小說，內容多採集各書而成，語多不經。書中首載〈瑯嬛福地〉傳說，記述晉朝張華遊洞宮，遇一人引至一洞，洞中藏有各種奇書、祕籍，所記多是漢以前的記事；張華閱讀之後，知書中所記多所未聞者。遂問此為何地，因知乃「瑯嬛福地」。後世據此將「瑯嬛」比喻為上帝、神仙洞府藏書之處。

[10] 素書：可有兩種解釋：一是指相傳黃石公所撰的《素書》。黃石公與張良故事，為眾所周知。今所見《素書》，內容以道、德、仁、義、禮五者為主旨，取老子之說為之註釋。黃石公乃神仙中人，其書即為神仙之書，原藏於瑯嬛福地。二是指《素問》一書；《素問》是古代名醫書，《漢書·藝文志》著錄《黃帝內經》十八卷，而《隋書·經籍志》始著錄《黃帝·素問》九卷，唐王砅注。書中記黃帝與岐伯相問答，故稱《素問》。今所傳《素問》二十四卷，八十一篇，內容為論述解剖、生理、病理、診斷、衛生等理論，與養生之道甚有相關。《素問》既是黃帝之書，當然亦藏於瑯嬛福地。

潘麐生¹¹題詞及賦詩十章

是編合冒巢民《影梅盦憶語》¹²、方密之《物理小識》¹³、李
笠《一家言》¹⁴、徐霞客¹⁵《游記》諸書，參錯貫通，如五侯鯖¹⁶，

---

¹¹ 潘麐生：本名潘鍾瑞（1828 前後-1880 以後），字麐生，別字瘦羊，中年之
  後又號近僧，晚號香禪居士。江蘇長洲人，為吳縣諸生，候選太常寺博士。
  工書畫篆刻，又工倚聲，性喜填詞，曾校刊《詞律》一書；有《香禪精舍詞》
  四卷，《香禪游記》三卷。

¹² 冒巢民影梅盦憶語：冒襄（1611-1693）字辟疆，號巢民，如皋（今屬江蘇）
  人。因反對魏忠賢及阮大鋮，為時所譽。曾授台州推官。後娶蘇州名妓董小
  宛。時稱明末四大公子之一。明亡不仕，隱居蘇州水繪園內，悠遊園亭勝景，
  作文讀書。小宛逝世，遂作《影梅庵憶語》來記一己生平。

¹³ 方密之物理小識：方以智（1611-1671），字密之，號曼公，別號浮山愚者，
  安徽桐城人，明末科學家、哲學家。崇禎十三年（1640 年）進士，任翰林院
  檢討。曾與陳貞慧、吳應箕、侯方域等主盟復社。明末清兵入關，因抗清失
  敗，曾流落在嶺南、兩廣一帶；後被捕，獲釋，出家為僧，改名弘智，字無
  可，別號大智、藥地等。康熙十年（1671 年）冬，為他事牽連被捕，解往廣
  東，途中因疽發卒於舟中。生有異稟，十五歲即能略誦群經子史；又博涉多
  通，天文、輿地、禮樂、律數、聲音、文字、書畫、醫藥、技勇等皆能考其
  源流，析其旨趣。一生著述一百餘種。以《通雅》、《物理小識》最著名。
  後者乃一筆記，為其科學見解主要集中之記錄。

¹⁴ 李笠一家言：李漁（1610 年—1680 年），初名仙侶，後改名漁，字笠鴻，又
  字謫凡，號笠翁。明末清初文學家、戲曲家。18 歲，補博士弟子員。後居於
  南京，把居所命名為「芥子園」，並開設書鋪，編刻圖籍。自幼聰穎，擅長
  古文詞，素有才子之譽，世稱李十郎。晚年移居杭州西湖。對戲曲劇本創作
  與演出，經驗豐富，著有雜作《閒情偶寄》、戲曲《笠翁十種曲》、小說《無
  聲戲》、《連城璧全集》、《十二樓》、《合錦回文傳》等。李笠翁《一家言》乃
  其詩文雜著總集，共十六卷。取名《一家言》，於自序中解道：「凡余所為詩
  文雜著，未經繩墨，不中體裁，上不取法于古，中不求肖於今，下不覬傳於
  後，不過自成一家，云所欲云而止。」

¹⁵ 徐霞客遊記：徐弘祖（1586—1641），字振之，號霞客，江蘇江陰人。明
  地理學家、旅行家和文學家。一生幾乎不停旅遊，並詳細記錄途中所見，經
  他三十年考察，撰成六十萬言《徐霞客遊記》。是書為我國最早較詳細記錄

如《群芳譜》，而緒不蕪雜，指極幽馨，綺懷可以不刪，感遇烏能自己，洵〈離騷〉之外篇，《雲僊》[17]之續記也。向來小說家標新領異，移步換形，後之作者，幾於無可著筆。得此又樹一幟，惜乎卷帙不全，讀者猶有遺憾。然其悽豔秀靈，怡神蕩魄，感人固已深矣。

　　僕本恨人，字為秋士，對安仁之長簟[18]，塵掩茵幬；依公瑕之故居，種尋藥草（余居定光寺西，為前明周公瑕藥艸山房故址）。海天瑣尾，嘗酸味於蘆中；山水遨頭，騁豪情於花外。我之所歷，閒亦如君；君之所言，大都先我。惟是養生意懶，學道心違，亦自覺闕如者，又誰為補之歟！浮生若夢[19]，印作珠摩（余藏舊犀角圓印一，鐫「浮生若夢」二語）。記事之初，生同癸未（三白先生生于乾隆癸未（1763），余生于道光癸未（1823））。

所經地理環境之遊記，亦為世界最早記述巖溶地貌，並詳細考證其成因之書籍；開地理學上系統觀察自然、描述自然的新模式；為系統考察地貌地質之地理名著，描繪風景資源之旅遊鉅篇，文字優美。

[16] 五侯鯖：鯖音ㄑㄧㄥ，魚名。五侯鯖為將魚和肉攪合而成之一道菜餚名。五侯者，乃指漢成帝母舅王潭、王根、王立、王商、王逢五人。因同日封侯，故謂之五侯。五侯鯖之名，出自《西京雜記》卷二中載：「五侯不相能，賓客不得來往，婁護豐辯，傳食五侯間，各得其歡心，竟致奇膳，護乃合以為鯖，世稱五侯鯖，以為奇味焉。」這道菜是指將各種精美鮮魚和肉同時燒成之雜燴；引伸為雜湊眾物之意。

[17] 雲僊：即《雲仙雜記》，舊題唐馮贄撰。其書雜載古人逸事。陳振孫《書錄解題》有馮贄《雲仙散錄》一卷，應是同一書之別名。

[18] 安仁之長簟：簟音ㄉㄧㄢˋ，竹蓆。潘岳，字安仁，滎陽中牟人。總角辯慧，摛藻清豔，鄉邑稱為奇童。弱冠，徵召為司空太尉府，舉秀才，高步一時，為眾所疾。潘岳有〈悼亡詩〉三首，其二云：「歲寒無與同，朗月何朧朧；展轉眄枕席，長簟竟牀空。牀空委清塵，室虛來悲風。」此句說如潘安仁亡妻後，獨踞空蓆，寂寞無聊。

[19] 浮生若夢：語出李白〈春夜讌桃李園序〉：「夫天地者萬物之逆旅，光陰者百代之過客。而浮生若夢，為歡幾何。」

上下六十年，有鄉先輩為我身作印證，抑又奇已。聊賦十章，豈
惟三歎！

> 艷福清才兩意諧，賓香閣上鬥詩牌，深宵同啜桃花粥，
> 剛識雙鮮醬味佳。

> 琴邊笑倚鬢雙青，跌宕風流總性靈，商略山家栽種法，
> 移春檻是活花屏。

> 分付名花次第開，膽瓶拳石伴金罍，笑他瑣碎板橋記，
> 但約張魁清早來。

> 曾經滄海難為水，除卻巫山不是雲[20]，守此情天與終古，
> 人間鴛牒只須焚。

> 驀起家庭劇可憐，幕巢飛燕影凄然，呼燈黑夜開門去，
> 玉樹枝頭泣杜鵑。

> 梨花憔悴月無聊，夢逐三春盡此宵，重過玉鉤斜畔路，
> 不堪消瘦沈郎腰[21]。

> 雪暗荒江夜渡危，天涯莽莽欲何之？寫來滿幅征人苦，
> 猶未生逢兵亂時。

> 鐵花巖畔春多麗，銅井山邊雪亦香，從此拓開詩境界，

---

[20] 此兩句出自唐朝元稹〈離思詩〉五首之四。

[21] 沈郎腰：沈郎指沈約，南北朝時齊、梁間人。世代仕宦於江南。本人曆仕宋、
齊、梁三代，官至尚書令，封侯，卒諡隱。博通群籍，詩歌、文賦、史書、
文學理論均有建樹，乃至新創，為齊梁之際文壇領袖。其《與徐勉書》中云：
「百日數旬，革帶常應移孔；以手握臂，率計月小半分。」後人以此造出「沈
郎腰瘦」成語。南唐後主李煜《破陣子》詞云：「一旦歸為臣虜，沈腰潘鬢
消磨。」蘇軾《次韻王顏複同泛舟》詩云：「沈郎清瘦不勝衣，邊老便便帶
十圍。」此句在此一語雙關，用沈約典故以喻沈三白。

湖山大好似吾鄉。

眼底煙霞付筆端，忽耽冷趣忽濃歡，畫船燈火層寮月，都作登州海市[22]觀。

便做神仙亦等閒，金丹苦鍊幾生慳[23]，海山聞說風能引，也在虛無縹渺間。

　　　　　同治甲戌初冬，香禪精舍近僧題

潘鍾瑞（麐生、近僧）所刻印章
「雁卿私誌」

---

[22] 登州海市：春秋時牟子國，後魏置東牟郡；唐武德初於文登縣置登州，在今山東牟平縣。明、清時為登州府。登州南至萊州界，西北至大海。以地近大海，故時有海市蜃樓出現。蘇軾有〈登州海市〉詩。
[23] 慳：音ㄑㄧㄢ，缺乏。此句言煉丹缺乏機緣。

楊引傳〈序〉

《浮生六記》一書余於郡城冷攤得之，六記已缺其二，猶作者手稿也。就其所記推之，知為沈姓號三白，而名則已逸。遍訪城中無知者。其書則武林葉桐君刺史[24]、潘麐生茂才、顧雲樵山人[25]、陶芑孫明經[26]諸人，皆閱而心醉焉。弢園王君[27]寄示陽湖管氏所題《浮生六記》六絕句，始知所亡〈中山記歷〉，蓋曾到琉球也。書之佳處已詳於麐生所題，近僧即麐生自號，并以「浮生若夢，為歡幾何」之小印鈐於簡端。

光緒三年七月七日，獨悟庵居士楊引傳[28]識。

---

[24] 武林葉桐君刺史：葉桐君，名珏，字桐君。江蘇華亭（今上海松江）人。官教諭；有《懶漁詞》。生年不詳，卒於咸豐十年（1860）。

[25] 顧雲樵山人：遍查清代文集，並未見顧雲樵其人，唯潘衍桐輯纂《兩浙輶軒續錄》中載有「顧山人雲匡」，未知是否為同一人，或者楊引傳抄錄有誤。

[26] 陶芑孫明經：其名唯見於清朝葉昌熾《緣督廬日記抄》中，彼記於光緒庚辰（六年，1880）年十二月日記抄中記載「初四日，知陶芑孫作古。此君雖不羈，平心論之，實美材也。」則知陶氏卒於光緒六年。

[27] 弢園王君：王韜（1828－1897）原名利賓，後改名韜，字子潛，號仲弢，又號天南遯叟、蘅華館主、弢園老民等。江蘇省蘇州府（長洲）甫里村人。中國近代著名思想家，也是第一位報刊政論家。1849年應英國傳教士之邀，至上海墨海書館工作。曾化名黃畹，上書太平天國獻策，為清廷所發現，下令逮捕；於是逃亡香港。應邀協助英華書院院長理雅各譯十三經為英文。1867年冬至1868年春，漫遊法、英、蘇格蘭等國，對西方現代文明瞭解更深。1868至1870年旅居蘇格蘭，協助理雅各。1870年返香港。1874年在香港集資創辦《循環日報》，評論時政，提倡維新變法，影響很大。在1884年回到上海。次年任上海格致書院院長，直至去世。曾為國父孫中山先生修改《上李鴻章書》。一生著作甚豐，著有《弢園文錄外編》、《弢園尺牘》、《西學原始考》、《淞濱瑣話》、《漫遊隨錄圖記》、《淞隱漫錄》等四十餘種。

[28] 楊引傳：字醒逋，又字蘇補、甦補，號獨悟庵居士。清末江蘇吳縣甫里鎮人，王韜妻兄。

王韜〈跋〉

予婦兄楊甦補明經曾於冷攤上購得《浮生六記》殘本，筆墨間纏綿哀感，一往情深，於伉儷尤敦篤。卜宅滄浪亭畔，頗擅水石林樹之勝。每當茶熟香溫，花開月上，夫婦開尊對飲，覓句聯吟，其樂神仙中人不啻也。曾幾何時，一切皆幻，此記之所由作也。

予少時嘗跋其後[29]云：「從來理有不能知，事有不必然，情有不容已。夫婦準以一生，而或不至者，何哉？蓋得美婦，非數生修不能；而婦之有才有色者，輒為造物所忌，非寡即夭。然才人與才婦，曠古不一合；苟合矣，即寡夭焉何憾。正惟其寡夭焉而情益深；不然，即百年相守，亦奚裨乎？嗚呼！人生有不遇之感，蘭杜有零落之悲。歷來才色之婦，湮沒終身，抑鬱無聊，甚且失足墮行者不少矣，而得如所遇以夭者，抑亦難之。乃後之人憑弔，或嗟其命之不辰，或悼其壽之弗永，是不知造物者所以善全之意也。美婦得才人，雖死賢於不死。彼庸庸者即使百年相守，而不必百年已泯然盡矣。造物所以忌之，正造物所以成之哉？

顧跋後未越一載，遽賦悼亡[30]，若此語為之讖也。是書余惜未抄副本；旅粵以來，時憶及之。今聞甦補已出付尊聞閣主人以活字板排印，特郵寄此跋，附於卷末，志所始也。

丁丑[31]秋九月中旬，淞北玉魷生王韜病中識

---

[29] 予少時嘗跋其後：王韜少時寫跋文的時間，應該是道光二十九年（1849）底，時年二十二歲。

[30] 遽賦悼亡：遽音ㄐㄩˋ，時間短促。悼亡通常指對妻子逝世的哀悼。王韜之妻楊夢蘅，卒於道光三十年庚戌（1850）七月下旬，年止二十四歲。

[31] 丁丑：指清朝光緒三年（1877）。

校註者按：王韜此跋，與他光緒九年刊本《弢園文錄外編》裡所錄原跋文，內容雖大致相同，但有幾句是楊本跋文所沒有的重要材料。茲附錄於下，以供參考：

予婦兄楊醒逋明經曾於冷攤上購得《浮生六記》殘本，【為吳門處士沈三白所作而軼其名。其所謂六記者：〈閨房記樂〉、〈閒情記趣〉、〈坎坷記愁〉、〈浪遊記快〉、〈中山記歷〉、〈養生記道〉；今僅存四卷而闕末後兩卷；然則處士遊展所至，遠至琉球，可謂豪矣。】筆墨之間纏綿哀感，一往情深，於伉儷尤敦篤。卜宅滄浪亭畔，頗擅水石林樹之勝。每當茶熟香溫，花開月上，夫婦開尊對飲，覓句聯吟，其樂神仙中人不啻也。曾幾何時，一切皆幻，此記之所由作也。

予少時【讀書里中曹氏畏人小築，屢閱此書，輒生豔羨。】嘗跋其後云：「從來理有不能知，事有不必然，情有不容已。夫婦准以一生，而或至或不至者，何哉？蓋得美婦，非數生修不能，而婦之有才有色者，輒為造物所忌，非寡即夭。然才人與才婦，曠古不一合；苟合矣，即寡夭焉何憾；正惟其寡夭焉而情益深。不然，即百年相守，亦奚裨乎？嗚呼！人生有不遇之感，蘭杜有零落之悲。歷來才色之婦，湮沒終身，抑鬱無聊，甚且失足墮行者不少矣，而得如所遇以天者，抑亦難之。乃後之人憑弔，或嗟其命之不辰，或悼其壽之弗永，是不知造物者所以善全之意也。美婦得才人，雖死賢於不死。彼庸庸者即使百年相守，而不必百年，已泯然盡矣。造物所以忌之，正造物所以成之哉？

顧跋後未越一載，遽賦悼亡，若此語為之讖也。是書余惜未抄副本，旅粵以來，時憶及之。今聞醒逋已出付尊聞閣主人以活字板排印，特郵寄此跋，附於卷末，志所始也。

俞平伯[32] 〈重刊《浮生六記》序〉

重印《浮生六記》的因緣，容我略說。幼年在蘇州，曾讀過此書，當時只覺得可愛而已。自移家北去後，不但誦讀時的殘趣久蕩為雲煙，即書的名字也難省憶。去秋在上海，與頡剛、伯祥兩君結鄰，偶然讀起此書，我始茫茫然若有所領會。頡剛的《雁來紅叢報》本，伯祥的《獨悟庵叢鈔》本，都被我借來了。既有這麼一段前因，自然重讀時更有滋味。且這書確也有眩人的力，我們想把這喜悅遍及于讀者諸君，於是便把它校點重印。

書共六篇，故名「六記」，今只存〈閨房記樂〉以下四篇，其五、六兩篇已佚。此書雖不全，而今所存者似即其精英。〈中山記歷〉當是記漫遊琉球之事，或系日記體。〈養生記道〉恐亦多道家修持妄說。就其存者言之，固不失為簡潔生動的自傳文字。

作者沈復字三白，蘇州人，生於清乾隆二十八年，卒年無考，當在嘉慶十二年以後。可注意的，他是個習幕經商的人，不是什麼斯文舉子。偶然寫幾句詩文，也無所存心，上不為名山之業，下不為富貴的敲門磚，意興所到，便濡毫伸紙，不必妝點，不知避忌。統觀全書，無酸語、贅語、道學語，殆以此乎？

文章事業的圓成本有一個通例，就是「求之不必得，不求可自得」。這個通例，於小品文字的創作尤為顯明。我們莫妙於學行雲流水，莫妙於學春鳥秋蟲，固不是有所為，卻也未必就是無所為。這兩種說法同傷

---

[32] 俞平伯，名銘衡，字平伯，以字行。浙江德清人。曾祖俞樾是清末著名學者。考入北京大學文科國文門。受陳獨秀、胡適發難「文學革命」的影響，發表新詩。五四運動爆發，積極投身於運動。先後任教各大學。大陸解放後在北京大學任教，後調入中國社會科學院文學研究所爲研究員。在近代的《紅樓夢》研究上，有極高的成就。

於武斷。古人論文每每標一「機」字，概念的詮表雖病含混，我卻賞其談言微中。陸機〈文賦〉說：「故徒撫空懷而自惋，吾未識夫開塞之所由。」這是絕妙的文思描寫。我們與一切外物相遇，不可著意，著意則滯；不可絕緣，絕緣則離。記得宋周美成[33]的〈玉樓春〉裏，有兩句最好，「人如風後入江雲，情似雨餘粘地絮」；這種況味正在不離不著之間。文心之妙亦複如是。

即如這書，說它是信筆寫出的固然不像；說它是精心結撰的又何以見得。這總是一半兒做著，一半兒寫著的；雖有雕琢一樣的完美，卻不見一點斧鑿痕；猶之佳山佳水，明明是天開的圖畫，然彷彿處處吻合人工的意匠。當此種境界，我們的分析推尋的技巧，原不免有窮時。此記所錄所載，妙肖不足奇，奇在全不著力而得妙肖；韶秀不足異，異在韶秀以外竟似無物。儼如一塊純美的水晶，只見明瑩，不見襯露明瑩的顏色；只見精微，不見製作精微的痕跡。這所以不和尋常的日記相同，而有重行付印，令其傳播得更久更遠的價值。

我豈不知這是小玩意兒，不值當作溢美的說法；然而我自信這種說法不至於是溢美。想讀這書的，必有能辨別的罷。

一九二三，二，二七，杭州城頭巷

校註者按：俞平伯另有一〈重印《浮生六記》序〉，內容與此小同而大異；其中針對第一、第三兩記表達了他深刻的觀點，頗值得斟酌參考。而一般刊印的《浮生六記》版本裡都沒有附載這一

---

[33] 周美成：北宋詞作家周邦彥，字美成，自號清真居士。錢塘（今浙江杭州）人。宋徽宗時為大晟府。長於音律，能自度曲。今傳有《片玉詞》。好長調，風格典雅唯美。

篇文章，故特附錄於此，以供觀閱。

〈重印《浮生六記》序（一）〉

記敘體的文章在中國舊文苑裏，可真不少，然而竟難找一篇完美的自敘傳。中國的所謂文人，不但沒有健全的歷史觀念，而且也沒有深厚的歷史興趣。他們的腦神經上，似乎憑了幾個荒謬的印象（如偏正、大小等），結成一個名分的謬念。這個謬念，無所不在，無所不包，無所不流傳；結果便害苦了中國人，非特文學美術受其害，即歷史亦然。他們先把一切的事情分為兩族，一正一偏，一大一小⋯⋯這是「正名」。然後再甄別一下，與正大為緣的是載道之文，名山之業；否則便是逞偏才，入小道，當與倡優同畜了。這是「定分」。

申言之，他們實於文史無所知，只是推闡先入的倫理謬見以去牢籠一切，這當然有損於文史的根芽，這當然不容易發生自傳的文學。原來作自傳文和他們慣用的「史法」絕不相干，而且截然相反。他們念茲在茲的聖賢、帝王、祖宗⋯⋯，在此用他們不著；倒是他們視為所以前人以為不足道的，我們常發見其間有真的文藝潛伏著在，而《浮生六記》便是小小的一例。

此書少單行本，見於《獨悟庵叢鈔》及《雁來紅叢報》中，共有六篇，故名六記：〈閨房記樂〉，〈閑情記趣〉，〈坎坷記愁〉，〈浪遊記快〉，〈中山記歷〉，〈養生記道〉。今只存上四篇，其五、六兩篇已佚。作者為沈復，字三白，蘇州人，能畫，習幕及商，生於一七六三年（乾隆二八），卒年無考，當在嘉慶十二年以後。關於作者之生平及生卒月之考查，略敘如此。此書雖不

全，今所存四篇似即其精英，故獨得流傳。〈中山記歷〉當是記漫遊琉球之事，或係日記體。〈養生記道〉，恐亦多道家修持之妄說，雖佚似不足深惜也。

〈閑情記趣〉寫其愛美的心習，〈浪遊記快〉敘其浪漫的生涯，而其中尤以〈閨房記樂〉，〈坎坷記愁〉為最佳。第一卷自寫其夫婦間之戀史，情思筆致極旖旎宛轉，而又極真率簡易，向來人所不敢昌言者，今竟昌言之。第三卷歷述其不得於父母兄弟之故，家庭間之隱痛，筆致既細，膽子亦大。作者雖無反抗家庭之意，而其態度行為已處處流露於篇中，固絕妙一篇宣傳文字也。原數千年中家庭之變，何地無之，初非邇近始然，特至此而愈烈耳。觀沈君自述，他們倆實無罪於家人，閑情別致的，反有關身心性命之微，有涉於文章之事；而家人惡之。此無他，性分之異，一也；經濟上之迫奪，二也；小人煽動其間，三也。觀下文自明。

> 實則同行並坐，初猶避人，久則不以為意。芸或與人坐談，見余至，必起立偏挪其身，余就而並焉。彼此皆不覺其所以然者，始以為慚，繼成不期然而然。

> 芸欣然，及晚餐後，裝束既畢，效男子拱手闊步者良久，忽變卦曰：「妾不去矣。為人識出既不便，堂上閑之又不可。」余慫恿曰「……密去密來，焉得知之。」芸攬鏡自照，狂笑不已。余強挽之，悄然徑去。（均見卷一）

> 余夫婦居家，偶有需用，不免典質，始則移東補西，繼則左支右絀，諺云：「處家人情，非錢不行。」先起小人之議，漸招同室之譏。「女子無才便是德」，真千古至言也，不數年而逋負日增，物議日起，老親又以盟妓一端，憎惡日甚。……芸病轉增，喚水索湯，上下厭之。……錫山華氏，知其病，

遣人問訊，堂上誤以為憩園之使，因愈怒曰：「汝婦不守閨訓，
結盟娼妓；汝亦不思習上，濫伍小人。若置汝死地，情有不忍，
姑寬三日限，速自為計；遲必首汝逆矣。」芸聞而泣曰：「親
怒如此，皆我罪孽。妾死君行，君必不忍；妾留君去，君必不
捨。……」

　　余因呼啟堂諭之曰：「兄雖不肖，並未作惡不端；若言出
嗣降服，從未得過纖毫嗣產；此次奔喪歸來，本人子之道，
豈為爭產故耶！大丈夫貴乎自立，我既一身歸，仍以一身去
耳。」（均見卷三）

　　放浪形骸之風本與家庭間之名分禮法相枘鑿，何況在於女
子，更何況在於愛戀之夫妻，即此端足致衝突；重以經濟之犖轕，
小人之撥弄，即有孝子順孫亦將不能得堂上之歡心矣。故此書固
是韶美風華之小品文字，亦復間有淒涼慘惻語。大凡家庭之變，
一方是個人才性的伸展，一方是習俗威權的緊迫，哀張生於絕
弦，固不得作片面觀也。

　　因此聯想到中國目今社會上，不但稀見藝術之天才誕生，而
且缺乏普遍美感的涵泳。解釋此事，可列舉的原因很多：在社會
制度方面，歷來以家庭為單位這件事，我想定是主因之一。讀《浮
生六記》，即可以得到此種啟示。

　　聚族而居的，人愈多愈算好，實在人愈多便愈糟。個人的受
罪，族姓的衰頹，正和門楣的光輝成正比例，這是大家所審知的。
既以家為單位，則大家夥兒過同式的生活，方可減少爭奪（其實
仍不能免）。於是生活的「多歧」「變化」這兩種光景不復存在了。
單調固定的生活便是殘害美感之一因。多子多孫既成為家族間普
遍的信念和希望，於是婚姻等於性交，不知別有戀愛。卑污的生

活便是殘害美感之二因。依賴既是聚族而居的根本心習，於是有些人擔負過重，有些人無所事事；遊惰和艱辛的生活便是殘害美感之三因。禮教名分固無所不在，但附在家庭中的更為強烈繁多而嚴刻，於是個性之受損尤巨；規行矩步的生活便是殘害美感之四因。其他還多，恕不備舉了。

綜括言之，中國大多數的家庭的機能，只是穿衣，吃飯，生小孩子，以外便是你我相傾軋，明的為爭奪，暗的為嫉妒。不肯做家庭奴隸的未必即是天才，但如有天才是決不甘心做家庭奴隸的。《浮生六記》一書，即是表現無量數驚濤駭浪相衝擊中的一個微波的銀痕而已。但即算是輕婉的微波之痕，已足使我們的心靈震蕩而不怡。是呻吟？是怨詛？是歌唱？讀者必能辨之，初不待我的曉曉了。在作者當時或竟是遊戲筆墨，在我們時代裏，卻平添了一重嚴重的意味。但我相信：我們現今所投射在上面的這重意味的根芽，卻為是書所固有，不是我們所臆造出來的。細讀之便自知悉。

是書未必即為自傳文學中之傑構，但在中國舊文苑中，是很值得注意的一篇著作；即就文詞之潔媚和趣味之雋永兩點而論，亦大可以供我們的欣賞。故我敢以此小書介紹於讀者諸君。

一九二三年十月二十日，上海

校註者按：本文載於北京霜楓社 1924 年 5 月版的《浮生六記》裡。在這之前，該文即已刊載於 1923 年 10 月 20 日《文學》第 94 期，題目本為〈擬重印《浮生六記》序〉；後來收入《浮生六記》時，題目改為〈重印《浮生六記》序（一）〉，內容文字則稍微有些改動了。

林語堂 〈《浮生六記》英譯自序〉

芸，我想，是中國文學中最可愛的女人。她並非最美麗，因為這書的作者，她的丈夫，並沒有這樣推崇，但是誰能否認她是一個最可愛的女人？她只是在我們朋友家中有時遇見有風韻的麗人，因與其夫伉儷情篤，令人盡絕傾慕之念。我們只覺得世上有這樣的女人是一個可喜的事，只願認她是朋友之妻，可以出入其家，可以不邀自來和她夫婦吃中飯，或者當她與她丈夫促膝暢談書畫、文學、乳腐、滷瓜之時；你打瞌睡，她可以來放一條毛毯把你的腳腿蓋上。也許古今各代都有這種女人，不過在芸身上，我們似乎看見這樣賢達的美德特別齊全，一生中不可多得。你想誰不願意和她夫婦，背著翁姑，偷往太湖，看她觀玩洋洋萬頃的湖水，而嘆天地之寬；或者同她到萬年橋去賞月。而且，假使她生在英國，誰不願意陪她去參觀倫敦博物院，看她狂喜墜淚玩摩中世紀的彩金抄本！因此，我說她是中國文學及中國歷史上(因為確有其人)一個最可愛的女人，並非故甚其辭。

她的一生，「事如春夢了無痕」，如東坡所云。要不是這書得偶然保存，我們今日還不知有這樣一個女人生在世上，飽嘗過閨房之樂與坎坷之愁。我現在把她的故事翻譯出來，不過因為這故事應該叫世界知道；一方面以流傳她的芳名，又一方面，因為我在這兩位無猜的夫婦的簡樸的生活中，看她們追求美麗，看地們窮困潦倒，遭不如意事的磨折，受狡佞小人的欺負；同時一意求享浮生半日閑的清福，卻又怕遭神明的忌。在這故事中，我彷彿看到中國處世哲學的精華，在兩位恰巧成為夫婦的生平上表現出來。兩位平常的雅人，在世上並沒有特殊的建樹，只是欣愛宇宙

間的良辰美景，山林泉石，同幾位知心友過他們恬淡自適的生活，一蹭蹬不遂，而仍不改其樂。他們太馴良了，所以不會成功；因為他們兩位胸懷曠達，淡泊名利，與世無爭；而他們的遭父母放逐，也不能算她們的錯，反而值得我們的同情。這悲劇之原因，不過因為芸知書識字，因為她太愛美，至于不懂得愛美有什麼罪過。因她是識字的媳婦，所以她得替她的婆婆寫信給在外想要娶妾的公公；而且她見了一位歌伎簡直發痴，暗中替她的丈夫撮合，娶為簉室；后來為強者所奪，因而生起大病。在這地方，我們看見她的愛美的天性與這現實的衝突——一種根本的，雖然是出于天真的衝突。這衝突在她于神誕之夜，化扮男裝，赴會觀「花照」，也可看出。一個女人打扮男裝或是傾心于一個歌伎，是不道德嗎？如果是，她全不曉得，她只思慕要看見，要知道人生世上的美麗景物，那些中國古代守禮的婦人向來所看不到的景物。也是由于這藝術上本無罪，而道德上犯禮的衷懷，使她想要游遍天下名山——那些年青守禮婦女不便訪游而她願意留待「鬢斑」之時去訪游的名山。但是這些山她沒看到，因為她已經看見一位風流蘊藉的歌伎，而這已十分犯禮，足使她的公公認為她是情痴少婦，把她驅出家庭；而她從此半生須顛倒于窮困之中，沒有清閑，也沒有錢可以享游山之樂了。

是否沈復，她的丈夫，把她描寫過實？我覺得不然。讀者讀本書後必與我同意。他不曾存意粉飾芸或他自己的缺點。我們看見這書的作者自身也表示那種愛美愛真的精神，和那中國文化最特色的知足常樂、恬淡自適的天性。我不免暗想，這位平常的寒士是怎樣一個人？能引起他太太這樣純潔的愛，而且能不負此愛，把他寫成古今中外文學中最溫柔細膩閨房之樂的記載。三白，三白，魂無恙否？他的祖墳在蘇州郊外福壽山，倘使我們有

幸,或者尚可找到。果能如願,我想備點香花鮮果,供奉跪拜禱祝于這兩位清魂之前,也沒什麼罪過。在他們墳前,我要低吟 Maurice Ravel 的「Pavane」[34],哀思淒楚,纏綿悱惻,而歸于和美靜嫺;或是長嘯 Massenet 的「Melodie」[35],如怨如慕,如泣如訴,悠揚而不流于激越。因為在他們之前,我們的心氣也謙和了,不是對偉大者,是對卑弱者起嫌恭畏敬;因為我相信淳樸、恬退、自甘的生活,如芸所說「布衣菜飯,可樂終身」的生活,是宇宙間最美麗的東西。在我翻閱重讀這本小冊之時,每每不期然而然想到這安樂的問題。在未得安樂的人,求之而不可得:在已得安樂之人,又不知其來之所自。讀了沈復的書,每使我感到這安樂的奧妙,遠超乎塵俗之壓迫與人身之苦痛——這安樂,我想,很像一個無罪下獄的人心地之泰然,也就是托爾斯泰在《復活》所微妙表出的一種,是心靈已戰勝肉身了。因為這個緣故,我想這對伉儷的生活是最悲慘而同時是最活潑快樂的生活——那種善處憂患的活潑快樂。

　　這本書的原名是《浮生六記》(英譯 Six Chapters of a Floating Life)其中只存四記。(典出李白「浮生若夢,為歡幾何」之句)其體裁特別,以一自傳的故事。兼談生活藝術,閑情逸趣,山水景色,文評藝評等。現存的四記本系楊引傳在冷攤上所發現,于一八七七年首先刊行。依書中自述,作者生于一七六三年,而第四記之寫作必在一八○八年之後。楊的妹婿王韜(弢園),頗具文名,曾于幼時看見這書,所以這書在一八○一至一八三○年間當

---

[34] Maurice Ravel:莫理斯・拉威爾(1875-1937)為法國音樂家。他所作的 Pavane pour une infante defunte (死公主的孔雀舞),此曲開頭是飲泣的音符,樂曲最後則從悲傷轉為平和。

[35] Massenet:Jules Massenet 朱爾斯・馬斯奈(1842-1912)為法國音樂家、作曲家。Melodie(旋律)是他的作品。

流行于姑蘇。由管貽葊的詩及現存回目，我們知道第五章是記他在台灣的經歷，而第六章是記作者對養生之道的感想。我在猜想，在蘇州家藏或舊書鋪一定還有一本全本；倘然有這福分，或可給我們發現。

　　　　　廿四年五月廿四日龍溪林語堂序于上海

趙苕狂[36] 〈《浮生六記》考〉[37]

一、為自傳文開一好例

自傳文以真率不涉虛偽者為上

　　何謂傳文？那就是作者將自己一生，或是一生中某一時期內所經歷的事情，很詳細的，很忠實的，用文字敘述了出來。這也是文字的一體，我們要在舊時的文苑內，找尋這一類的作品，當然是非常之多的。不過，在這些自傳文中，要找到一篇可當完美二字之稱者，卻又似鳳毛麟角這般的不可多得了。此無他，自傳文以真率不涉虛偽者為上，而文字的能臻化境，也貴乎其能自然。二者原是相與為因，相與為果，同屬於一個機杼之下的。

產生不出完美的自傳文來的大原因

　　但是，舊時的一般文學家，飽受著經史的毒，自以為：自文王，周公，孔子……等所遞傳下來，不絕如縷的那個「大道」，都在他們的肩上抗承著，而再由他們放出旋乾轉坤的手段，使之墜緒重續，更能千秋萬古的傳下去，他們的責任，是非常的重大的！所以，他們在平時，固已是「行必法乎先王，言必稱乎堯舜」了；便是動起筆來，也不外乎是個「載道之文」，「名山之作」的。即或偶爾高興，作著自傳的文字，也無非套著一個假面具，說幾

---

[36] 趙苕狂：趙苕狂（1892～？）　名澤霖，字雨蒼，浙江吳興人。別署走肖生。鴛鴦蝴蝶派主力作家。曾主編《紅玫瑰》、《遊戲世界》等。主要作品有《世外探險記》、《怪富人》等。

[37] 本文乃據上海書店 1982 年 6 月，根據國學整理社 1936 年版複印朱劍芒編《美化文學名著叢刊》中《浮生六記》前附文。

句迂腐的話，凡有關於閒情逸致的，決不肯赤褐褐的把他寫上去；因為，一寫上去，就要與他們所謂的「先王」，所謂的「大道」有背，說不定要受到同輩的排斥，得到一句「非吾徒也」的罵詞呢！文藝所由臻美的條件既如彼，而一般文藝家所走的道路，所秉的態度又如此，在這般絕不相容的一個情形下，又怎能產生得出完美的自傳文來呢？

《浮生六記》為自傳文開一好例

然而，宇宙如是之廣大，不見得個個人都投入於所謂「先王」「大道」的翼蔽之下，終究也有幾個天分絕高，生性瀟灑的人，會從這勢力圈中逃了出來，而仍能保持著他們的真性情和真面目的。在這裏，可就找得了我們所要找的書———一部較為滿意的自傳文了。那就是沈三白所寫的《浮生六記》，從此，也可說是為這一體的文字開一個好例。

作者個人歷史及本書內容的概略

沈三白，名復，蘇州人，習幕作賈，也能繪事，在當時並無文名。他是生於乾隆二十八年——西曆一七六三年，卒年無可考，然我們知道本書第四卷寫成，是在嘉慶十三年，則他的逝世，無論如何總不會在這個一年之前了。娶妻陳芸，是一個有才而生性瀟脫的女子。關於他個人的，我們所能知道的，僅限於此。至這部《浮生六記》，共分作六卷；因每在一卷中記一事，故有六記之名。六記的順序是，第一卷〈閨房記樂〉，第二卷〈閒情記趣〉，第三卷〈坎坷記愁〉，第四卷〈浪遊記快〉，第五卷〈中山記歷〉，第六卷〈養生記逍〉。

二、樂與愁對照下所涉及的家庭問題

本書中孕藏著一個家庭問題

在這六篇文字之中，有二篇的性質是絕對的相反，併可互相作一對照。那就是第一卷〈閨房記樂〉和第三卷〈坎坷記愁〉這二篇。前者是自寫其閨房間的樂事，後者卻寫他歷盡坎坷，在一生中所遭遇到的拂逆之事。但是，這二篇實有相聯屬的關係的，原來，這中間有孕藏著一個家庭問題存在。

作者夫婦不得於大家庭的原因

在中國，歷來是採取著大家庭制度的，可是，在這大家庭中充上一員，而要能一無風波的相處下去，實不是一椿容易的事情。本書作者的所以遭坎坷，不得於家庭，實是一個大原因，而他的所以不得於家庭，他們夫婦倆都生就了浪漫的性情，常與大家庭所賴以維持的禮法相枘鑿，又是一個大原因。這一來，夫婦倆沆瀣一氣，伉儷之情固然愈趨愈篤，但與家庭間卻愈成水火之勢了！

生性浪漫是最初所種下的厭惡的根子

如今，請先看下面所載的二段，其一云：

> 實則同行並坐，初猶避人，久則不以為意。芸或與人坐談，見余至，必起立偏挪其身，余就而並焉。彼此皆不覺其所以然者，始以為慚，繼成不期然而然。

然又其一云：

> 芸欣然，及晚餐後，妝束既畢，效男子拱手闊步者良久，忽變卦曰：「妾不去矣！為人識出既不便，堂上聞之又

不可」余愧悤曰：「……密來密去，焉得知之？」芸攬
鏡自照，狂笑不已。余強挽之，悄然逕去。

這雖不過寫出他們倆的伉儷情篤，併都生就了一種灑脫的性
情而已。然他們平日的行為，也就可想而知。而舊家庭所崇尚的，
是禮法，又怎能把這一類的情形看得入眼？自然，一切厭惡之
根，都種於此的了

> 金錢的糾葛言詞的不檢是跟下來所放的二把惡火

何況，接著又有下面所述的這些事情發生：

> 吾父謂孚亭（是其父邗江幕中的一個同事）曰：「一
> 生辛苦，常在客中，欲覓一起居服役之人而不可得。兒
> 輩果能仰體親意，當於家鄉覓一人來，庶語音相合。」
> 孚亭轉述於余，密札致芸，倩媒物色，得姚氏女。芸以
> 成否未定，未即稟知吾母。其來也，託言鄰女之嬉遊者。
> 及吾父命余接取至署，芸又聽旁人意見，託言吾父素所
> 合意者。吾母見之曰：「此鄰女之嬉遊者也，何娶之乎？」
> 芸遂併失愛於姑矣。

> ……芸來書曰：「啟堂弟曾向鄰婦借貸，倩芸作保，
> 現追索甚急。」余詢啟堂，啟堂轉以嫂氏為多事。余遂
> 批紙尾曰：「父子皆病，無錢可償，俟啟弟歸時，自行
> 打算可也。」未幾，病皆愈，余仍往真州。芸覆書來，
> 吾父拆視之，中述啟弟鄰項事，且云：「令堂以老人之
> 病，皆由姚姬而起。翁病稍痊，宜密囑姚託言思家，妾
> 當令其家父母到揚接取，實彼此卸責之計也。」吾父見
> 書，怒甚。詢啟堂以鄰項事，答言不知。……

這金錢的糾葛，言詞的不檢，好似在已伏有火種的場合，又放上了二把惡火，當然會要蓬蓬勃勃的燒了起來！他們夫婦倆那裏還能在家庭間相容得下呢？

> 在水火不相容的狀態下一次二次見逐於家庭

　　於是，三白的父親立刻擺出了家長威風，在盛怒之下，一封書把陳芸來斥逐。三白在不能兩全的情形之下，也祇好「攜婦告別」了！雖隔不上二年，又蒙到了老人的諒解，仍許他們回到家中去。可是，俗話說得好「江山易改，本性難移」。在他們是無論如何改不了那一種浪漫性情的！而種在家庭間的厭惡他們的根子，也是既經一度種下之後，老是拔它不去！故不久便又有下面的這些情形：

> 　　余夫婦居家，偶有需用，不免典質，始則移東補西，繼則左支右絀，諺云：「處家人情，非錢不行。」先起小人之議，漸招同室之譏。「女子無才便是德」，真千古至言也！不數年而逋負日增，物議日起，老親又以盟妓一端，憎惡日甚。……芸病轉增，喚水索湯，上下厭之。

> 　　……錫山華氏，知其病，遣人聞訊，堂上誤以為憨園之使，因愈怒曰：「汝婦不守閨訓，結盟娼妓，汝亦不思習上，濫伍小人。若置汝死地，情有不忍，姑寬三日限，速自為計，遲必首汝逆矣！」芸聞而泣曰：「親怒如此，皆我罪孽。妾死君行，君必不忍；妾留君去，君必不捨！」

這一來，他們夫婦倆再也在這大家庭中留身不住，祇得又作第二

次的出走了。然而試思：以一個久以依賴了大家庭而生活的人，一旦離去了這個大家庭，要去自謀生活，急切間既找不到一樁事情，又挈帶著一個病婦在一起，又怎能教他不一步步的，走入坎坷之境呢？

最可慨嘆的一個家庭劇變

而最可痛恨又最可慨嘆的，尤莫過於三白的父親死了以後，他的兄弟竟不來通報他，還是由他的女兒青君來信，知道了這個噩耗，始得前去奔喪。不料，他的兄弟誤會了，還以為他是回去奪產的，竟於暗地召集了許多人來，洶洶然向他索逋，說是他父親所欠下的。可是，儘他兄弟是怎樣的巧安排，這種鬼蜮的內幕，終究會給人拆上一個穿！於是，三白喚了他的兄弟來，很憤慨的向他說道：

> 兄雖不肖，並未作惡不端。若言出嗣降服，從未得過纖毫嗣產。此次奔喪歸來，本人子之道，豈為爭產故耶？大丈夫貴乎自立，我既一身歸，仍以一身去耳！

這一番話非常坦白，當然是很能得到人們的同情！可是，家庭之變，可謂至斯已極了！

作者不是一個歌頌大家庭者

由此看來：這大家庭制度，實是要不得的一件東西！在這大家庭制度下，產生不出別的甚麼來，衹不過養成了一種依賴的習慣，造出了一種苦樂不平均的局面，弄出不少明爭暗鬥的怪劇來罷了！而作者關於這種家庭問題，看他雖是很隨意的寫來，其實，卻不是出自無因。他在本書中所揭示的，實是含著一種很嚴重的意味的！而他是在歌頌著這個個大家庭，抑是怨詛著這個大

家庭？固可不言而喻的了！

作者描寫閨房之情是十分大膽的

至於，他在第一卷中，自寫其閨房間的樂事，卻是取著一種很大膽的態度。因為，從來人們對於閨房之情，總是這們的「祕而不宣」，以為萬萬告訴不得人的，他卻一點也不管，竟十分坦白的寫了出來了。然則，他如此的大膽寫下來，文字也會涉於淫穢嗎？不，一點也不，仍是寫得不濃也不淡，深得「樂而不淫」之旨的。此無他，他所寫的，悉根於很深摯的一種愛情，自然一切都美化了！現在，我且在書中選出一段來錄在下面：

> 芸卸粧尚未臥，高燒銀燭，低垂粉頸，不知觀何書而出神若此。因撫其肩曰：「姊連日辛苦，何猶孜孜不倦耶？」芸忙回首起立曰：「頃正欲臥，開櫥得此書，不覺閱之忘倦。西廂之名，聞之熟矣，今始得見，真不愧才子之名，但未免形容尖薄耳。」余笑曰：「唯其才子，筆墨方能尖薄。」伴嫗在旁促臥，令其閉門先去。遂與比肩調笑，恍同密友重逢；戲探其懷，亦怦怦作跳，因俯其耳曰：「姊何心春乃爾耶？」芸回眸微笑，便覺一縷情絲，搖人魂魄，擁之入帳，不知東方之既白。

如此寫來，文字固然是非常的香豔，但我們總不能把一個淫字，輕輕的加到牠的上面去，後來的文人墨士，對於他這一體類的文字，也有不少的效響之作，但不是為了用情不真或不正，就是為了寫得太過火的緣故，總有點涉於下流之嫌呢？

寫悲哀愁苦作者亦是能手

而他的寫悲哀愁苦，也正有異曲同工之妙，且不甚作怨天尤

人語，更是他的一個特點，此由於他襟懷曠達之故。今也選錄一段於下：

> 余欲延醫診治。芸阻云「妾病始由弟亡母喪，悲痛過甚，繼為情感，後由忿激。而平素又多過慮，滿望努力做一好媳婦，而不能得，以至頭眩怔忡諸症畢備，所謂病入膏肓，良醫束手，請勿為無益之費。……因又嗚咽而言曰：「人生百年，終歸一死。今中道相離，忽焉長別，不能終奉箕帚，目觀逢森娶婦；此心實覺耿耿。」言已，淚落如豆。……芸又欷歔曰：「妾若稍有生機一線，斷不敢驚君聽聞。今冥路已近，苟再不言，言無日矣。君之不得親心，流離顛沛，皆由妾故，妾死則親心自可挽回，君亦可免牽掛。堂上春秋高矣，妾死，君宜早歸。如無力攜妾骸骨歸，不妨暫厝於此，待君將來可耳。願君另續德容兼備者，以奉雙親，撫我遺子，妾亦瞑目矣！」言至此，痛腸欲裂，不覺慘然大慟。余曰：「卿果中道相捨，斷無再續之理！況『曾經滄海難為水，除卻巫山不是雲』耳！」芸乃執余手而更欲有言，僅斷續疊言「來世」二字。忽發喘，口噤，兩目瞪視，千呼萬喚，已不能言。痛淚兩行，涔涔流溢。既而喘漸微，淚漸乾，一靈縹渺，竟爾長逝。時嘉慶癸亥三月三十日也。當是時，孤燈一盞，舉目無親，兩手空拳，寸心欲碎。綿綿此恨，曷其有極！

這是寫得何等的酸楚淒切，真可與前面那一段香豔的文字，作一絕好的對照！

> 一個真字作了前後二段文字中一個共通之點

　　但在這前後二段相對照的文字中，卻有一個共通之點，那就是一個「真」字。作者當下筆的時候，別的他一點都不管，祇是扼住了一個「真」字放筆寫去，於是，不論其為寫懽愉，寫悲苦，都同樣覺得非常的動人，而頭頭是道的了。不過，在一般人看到了這二段文字之後，覺得今日的這個花嬌柳媚的新娘，即是異日的那個悲啼哀囀的垂危病婦，在曾幾何時之間，竟有這般的一個變遷，人生太是夢幻了，不知要如何的低徊俯仰，興嘆無窮呢？

三、閒情的領略

能否領略閒情關於各人的天分

　　一個人對於閒情，能不能有上一番領略？這是關於各人的天分，一分也勉強不來的。儘有幾輩性情生來本強的，渾渾噩噩的過了一輩子，至死也解不了閒情是甚麼一回事！至於一班專講「先王」「大道」的孔孟之徒，當然更是談不上，就是有一一些些的閒情，也會給他們那一股迂腐之氣沖了去！像本書作者，天分極高，可算是諳得閒情的三昧的了；所以，雖小而至於閒情看蟲類相鬥，也會使他不厭不倦，久久神移著！

作者的能領略閒情也仗著他愛美的心性

　　而他那種愛美的心性，更是與有生而俱來，尤足助成他的種種閒情的。如書中論及佈置屋宇的那一節：

> 　　若夫園亭樓閣，套室迴廊，疊石成山，栽花取勢，又在大中見小，小中見大，虛中有實，實中有虛；或藏或露，或淺或深，不僅在週迴曲折四字，又不在地廣石多，徒煩工費。或掘地堆土成山，間以塊石，雜以花草，

籬用梅編，牆以藤引，則無山而成山矣。大中見小者，
散漫處植易長之竹，編易茂之梅以屏之。小中見大者，
窄院之牆宜凹凸其形，飾以綠色，引以藤蔓，嵌大石，
鑿字作碑記形。推窗如臨石壁，便覺峻峭無窮。虛中有
實者，或山窮水盡處，一折而豁然開朗；或軒窗設廚處，
一開而可通別院。實中有虛者，開門於不通之院，映以
竹石，如有實無也，設矮欄干牆頭，如上有月臺，而實
虛也。

這非胸中具有丘壑者，不能道其隻字；而也見他在愛美方面，是
有如何的一種心得的。

無往而不宜也無往而不得到一種真趣

他憑著這一種的天分，這一種的心得，去賞玩花卉蟲魚，去
佈置各種賞心悅性之具，小而至於如何的焚香，供佛手，供木瓜，
遂覺無往而不見其宜，也無往而不得到一種真趣的了！

雖在生活窮困中能曲盡文酒流連之樂

尤使我們自嘆不如的，則作者雖在生活窮困中，也能以費錢
不多的經濟方法，時與三五同志，曲盡文酒流連之樂。而最有趣
的，莫過於南園對花小飲的那一回事：

蘇城有南園、北園二處，菜花黃時，苦無酒家小飲；
攜盒而往，對花冷飲，殊無意味，或議就近覓飲者，或
議看花歸飲者，終不如對花熱飲為快。眾議未定，芸笑
曰：「明日但各出杖頭錢，我自擔爐火來。」眾笑曰：「諾。」
眾去。余問曰：「卿果自往乎？」芸曰：「非也，妾見市
中賣餛飩者，其擔鍋竈無不備，盍雇之而往？妾先烹調

端整，到彼處再一下鍋，茶酒兩便。」余曰：「酒菜固便矣，茶乏烹具。」芸曰：「攜一砂罐去，以鐵叉串罐柄，去其鍋，懸於行竈中，加柴火煎茶，不亦便乎？」余鼓掌稱善。街頭有鮑姓者，賣餛飩為業；以百錢雇其擔，約以明日午後。鮑欣然允議。明日看花者至，余告以故，眾咸嘆服。飯後同往，併帶席墊，至南園，擇柳陰下團坐。先烹茗，飲畢，然後煖酒烹餚。是時風和日麗，遍地黃金，青衫紅袖，越阡度陌，蝶蜂亂飛，令人不飲自醉。既而酒餚俱熟，坐地大嚼。擔者頗不俗，拉與同飲。遊人見之，莫不羨為奇想。杯盤狼藉，各已陶然，或坐或臥，或歌或嘯。紅日將頹，余思粥，擔者即為買米煮之，果腹而歸。芸問曰：「今日之遊樂乎？」眾曰：「非夫人之力不至此！」大笑而散。

如此的閒情逸致，直使後世人讀及了這一節文字，也都為之羨煞。然非其閨中人具此巧思奇想，則在這個雅集中，也決不會有這般的興會淋漓。怪不得同遊的人，都要非常俏皮的，而說上一句「非夫人之力不至此」了！在這裏，可使我們知道，對於那些閒情，是應該以如何的一種態度，如何的一種襟懷，而去領略及之啊！

四、作者的遊蹤及記遊的文字

作者寫遊的記是有種種特異的方法的

作者遊幕作賈，時在外面飄流著，地方很是到得不少。他在本書第四卷〈浪遊記快〉中，一下筆就說：「余遊幕三十年來，

天下所未到者，蜀中、黔中與滇南耳。」這倒是幾句實話，他的作遊記，與其他的人們不同：併不喜歡連篇累牘的，作上一種記帳式的文字；祗是對於一山一水，很概括的而形容上幾句。而這些形容的話，卻又似「老吏斷獄」一般的，一點兒移易不得！加以，他於此等地方，很有上一種獨立的精神，不論那一個名勝之區，他不品評則已，一品評得，總是在他自己的直覺下而再經過一番邃密的審度的，絕不多採前人所已發表過的意見。這一來，他的記遊之文，自覺生面別開的了。

在超脫的意境下產生了不平的見解

譬如，他去遊揚州，在書中是這們的記載著：

> 渡江而北，漁洋所謂「綠楊城郭是揚州」一語，已活現矣。平山堂離城約三四里，行其途有八九里。雖全是人工，而奇思幻想，點綴天然，即閬苑瑤池，瓊樓玉宇，諒不過此。其妙處在十餘家之園亭，合而為一，聯絡至山，氣勢俱貫。其最難位置處，出城八景，有一里許緊沿城郭，夫城綴於曠遠重山間，方可入畫。園林有此，蠢笨絕倫。而觀其或亭或臺，或牆或石，或竹或樹，半隱半露間，使遊人不覺其觸目，此非胸有丘壑者，斷難下手。城盡以虹園為首，折而向北，有石梁曰虹橋，不知園以橋名乎？橋以園名乎？蕩舟過曰「長隄春柳」，此景不綴城腳而綴於此，更見佈置之妙。再折而西，疊土立廟，曰小金山。有此一擋，便覺氣勢緊湊，亦非俗筆。……過此有勝概樓，年年觀競渡於此；河面較寬，南北跨一蓮花橋。橋門通八面，橋面設五亭，揚人呼為「四盤一煖鍋」。此思窮力竭之為，不甚可取。

> 橋南有蓮心寺。寺中突起喇嘛白塔，金頂緹絡，高矗雲
> 霄；殿角紅牆，松柏掩映，鐘磬時聞，此天下園亭所未
> 有者。過橋見三層高閣，畫棟飛簷，五采絢爛，疊以太
> 湖石，圍以白石欄，名曰「五雲多處」，如作文中間之
> 大結構也。過此名「蜀岡朝旭」，平坦無奇，且屬附會。
> 將及山，河面漸束。堆土植竹樹，作四五曲，似已山窮
> 水盡，而忽豁然開朗，平山之萬松林，已列於前矣。……

這是對於這「綠楊城郭」，有上二種的看法：一是把這揚州八景
放在一起作整個兒的看；二是把這整個兒下上的揚州景致，當作
一幅圖畫或是一篇文字看，自和他人的漫無一點系統，祇是遊到
一處，胡亂的幾句批評的，顯然的有些不同。而在如此超脫的一
個意境之下，他所發表的見解，自然也是不同凡響，那裏還會人
云亦云的呢！所以，他這一節記遊之文，雖祇寥寥數百字，然而
把這「綠楊城郭」，差不多已整個兒湧現到我們的眼面前來了！
易以俗手，恐累數千百言而猶不止，正不知要寫到怎樣的拖泥帶
水！

一段筆致生動的記遊之文

此外，他的筆致也是非常的生動的，我且選一段錄在下面：

> 殿後臨峭壁，樹雜陰濃，仰不見天。星爛力疲，就
> 池邊小憩。……忽聞憶香在樹梢，呼曰：「三白速來！
> 此間有妙境！」仰而視之，不見其人，因與星爛循聲覓
> 之。由東廂出一小門，折北，有石磴如梯約數十級，於
> 竹塢中瞥見一樓。又梯而上，八窗洞然，額曰「飛雲閣」。
> 四山抱列如城，缺西南一角，遙見一水浸天，風帆隱隱，
> 即太湖也。倚窗俯視，風動竹梢，如翻麥浪。憶香曰：

「何如？」余曰：「此妙境也！」忽又聞雲客於樓西呼曰：「憶香速來，此地更有妙境」因又下樓，折而西，十餘級，忽豁然開朗，平坦如臺。度其地已在殿後峭壁之上，殘磚缺礎尚存，蓋亦昔日之殿基也。迴望環山，較閣尤暢。憶香對大湖長嘯一聲，則群山齊應。

這是他去遊蘇州無隱禪院時所記的一節。無隱禪院是人家所不知道的一個僻寺，併不如「綠楊城郭是揚州」這般的古今聞名；然經他用十分生動之筆一寫，也同樣的給了人家一個很深刻的印象。而前一個「此地有妙境！」後一個「此地更有妙境！」更可稱得神來之筆。從此，無隱禪院的勝景，也得留傳於世，這真要謝謝這位沈三白先生呢！

五、 文字上的批評

天機與人工相湊合方組成了美妙的文字

天下最不可思議的東西，要算是文字了。其他不論甚麼東西，祗要愈把人工加上去，自然愈為臻於美妙之境，它卻不然：有時為了極意求工的緣故，反處處露著斧鑿痕，而把天機閉塞了去。然則，文字之美，全仗天機嗎？卻又不然。無論是如何，純任天機的一篇文字，有時在修詞的方面，卻也得加以三分的人工的。所以，真正美妙的文字，常是七分的天機，三分的人工，這們的湊合著在一起。而《浮生六記》的能在小品文字中挨得上一把交椅，也是為了它的產生，能符合著以上所說的這個條件的。

俞平伯對本書所下的一個最精確的批評

歷來對《浮生六記》加以批評的，頗不乏人，我卻最贊成俞

平伯先生為它所作的那篇序中，最後所說到的那一節話

> 即如這書說它是信筆寫出的固然不像，說它是精心
> 結構的又何以見得？這總是一半兒做著，一半兒寫著
> 的，雖有千雕百琢一樣的完美，卻不見一點斧鑿痕。猶
> 之佳山佳水，明明是天開的圖畫，然彷彿處處吻合人工
> 的意匠。當此種境界，我們的分析推尋的技巧，原不免
> 有窮時。在記所錄所載：妙肖不足奇，奇在全不著力而
> 得妙肖；韶秀不足異，異在韶秀以外竟似無他物。儼如
> 一塊純美的水晶，只見明瑩，不見襯露明瑩的顏色；只
> 見精微，不見製作精微的痕跡。

如此的立論，實是更進一步的說法：不但它呈露在外的種種美妙
之處，全個兒的給他抓住，便是蘊藏在內的一切美妙之處，也都
給他剖析而出了；他真可算得是沈三白的唯一知己呢！

六、五六兩卷佚稿的發見

五六兩卷逸稿的搜求

這樣美妙的一篇自傳文，卻將它的五六兩卷佚去，單賸下了
前面的四卷，這是凡讀《浮生六記》的人們，莫不引為是一椿憾
事，而為之扼腕不置的。因之，便有人努力的在搜求著是項佚稿，
尤其是一般出版界中人。據公眾的一種意見：沈三白生於清乾
隆、嘉慶間，以年代而論，距離現在還不怎樣的久遠，是項佚稿
大概尚在天地間，不致全歸湮滅，定有重行發見的一日；祗要搜
求之得法而已。

發現是項佚稿者為王均卿先生

　　同鄉王均卿先生，他是一位篤學好古的君子，也是出版界中的一位老前輩。他在前清光緒末年刊印《香豔叢書》的時候，就把這《浮生六記》列入的了。三十年來，無日不以搜尋是項佚稿為事。最近，他在吳中作菟裘[38]之營，無意中忽給他在冷攤上得到了《浮生六記》的一個鈔本；一翻閱其內容，竟是首尾俱全，連得這久已佚去的五六兩卷，也都赫然在內。這一來，可把他喜歡煞了！現在，我們的這本，就是根據著他的這個鈔本的。所以別個本子都關去了這五、六兩卷，我們這個本子卻有，大可誇稱一聲是足本。至於這個本子，究竟靠得住靠不住？是不是和沈三白的原本相同？我因為沒有得到其他的證據，不敢怎樣的武斷得！但我相信王均卿先生是一位誠實君子，至少在他這一方面，大概不致有所作偽的吧！而無論如何，這在出版界中，總要說是一個重大的發見，也可說是一種重大的貢獻了！

---

[38] 菟裘：本為古地名，故地在山東泗水境。《左傳》隱公十一年：「使營菟裘，吾將老焉。」後世遂用作告老退隱所居之地。

朱劍芒 〈《浮生六記》校讀後附記〉[39]

　　我初次讀沈復的《浮生六記》，記得在民國初年。當時所讀的是什麼版本，已完全忘懷，因為我從小喜讀小說，尤喜讀筆記一類的小說；家裏藏書不多，常向親戚朋友家借讀，讀畢就還，再也沒有閒工夫去考究什麼版本。那時自己的學力本也談不到版本上的考究；有時連序文、跋語和附錄一類東西，都是隨手翻過，始終不看的。後來購到一部進步書局的《說庫》，《浮生六記》也選列在內，於是詳細覆讀，一遍、兩遍，以至於無數遍。〈閨房記樂〉和〈坎坷記愁〉，當然是讀而又讀，讀到愛不忍釋！

　　《浮生六記》的五、六兩卷，早經佚去，所以各種本子上都標明記的名目而下注著「原缺」；於是空有六記的名，實在只剩四記。最近，經吳興王均卿先生搜到了這部完全的《浮生六記》，在開卷以前，已感到不少興趣，萬不料淹沒已久的兩卷妙文，居然一旦發見；這不要說王先生所快慰，任何一個讀者所快慰，像愛讀《浮生六記》的我，當然算得快慰之中的第一個了。不過我在這首尾完整的本子上，發見兩個小小疑問：一、以前所見不完全的各本，目錄內第六卷是〈養生記道〉，現今這個足本，卻改了〈養生記逍〉。單獨用一「逍」字，似乎覺得生硬。再〈中山記歷〉內所記，係嘉慶五年隨趙介山使琉球，於五月朔出國，十月二十五日返國，至二十九日始抵溫州。按之〈坎坷記愁〉，是年冬間芸娘抱病，作者亦貧困不堪，甚至隆冬無裘，挺身而過；繼因西人登門索債，遂被老父斥逐。剛從海外壯遊回國，且係出

---

[39] 本篇附記，乃據上海書店 1982 年 6 月，根據國學整理社 1936 年版複印朱劍芒編《美化文學名著叢刊》中《浮生六記》後所附文。

使大臣所提挈，似不應貧困至此。又〈浪遊記快〉中遊無隱菴一段，亦在是年之八月十八，身在海外，決無分身遊歷之理。有這兩個疑問，在初，我總和苕狂先生的意見相同：這個本子究竟靠得住靠不住？是不是和沈三白的原本相同？這真是考證方面一椿最困難的事。

近閱俞平伯先生所編〈《浮生六記》年表〉，於卷二、卷四的紀年上，亦竟發見許多錯誤。我從這一點上才明白到作者所作六記，第四卷既係四十六歲所作，五、六兩卷寫成當更在四十六歲之後，事後追記，於紀年方面當然難免有錯誤。要說王先生搜得的足本因紀年有不符合的地方，硬說牠是靠不住，那麼，連卷二、卷四也可說是靠不住了；那有這種道理？至於〈養生記道〉和〈養生記逍〉的不同，考之最初發見殘缺本《浮生六記》的楊引傳，他那序上曾說是作者的手稿，現在王先生搜得的足本，也是鈔寫的本子。究竟那一本是作者墨蹟，雖無從證明，而輾轉鈔寫，亦不免有魯魚亥豕之處。「道」和「逍」的形體相像，我們可堅決承認，後者或前者總有一本出於筆誤的。

上面的兩個疑問解決，我就很愉快地寫出來，作為校讀後的附記。

校註者按：朱劍芒所說根據俞平伯所作〈《浮生六記》年譜〉，核對六記中的事蹟，在紀年上有誤的事，共有兩處。請參看本書所附錄的〈《浮生六記》年表〉中，乾隆五十八年癸丑（1793）、嘉慶九年甲子（1804）裡的註明部分。

卷一〈閨房記樂〉

　　余生乾隆癸未冬十一月二十有二日，正值太平盛世，且在衣冠之家[1]，居蘇州滄浪亭畔，天之厚我，可謂至矣。東坡云：「事如春夢了無痕」；苟不記之筆墨，未免有辜彼蒼之厚。

　　因思〈關雎〉[2]冠三百篇之首，故列夫婦于首卷，餘以次遞及焉。所愧少年失學，稍識之無[3]，不過記其實情實事而已。若必考訂其文法，是責明于垢鑑[4]矣。

　　余幼聘金沙于氏，八齡而夭。娶陳氏。陳名芸，字淑珍，舅氏心餘先生女也。生而穎慧；學語時，口授〈琵琶行〉[5]，即能成誦。四齡失怙[6]，母金氏，弟克昌，家徒壁立[7]。芸既長，嫻[8]女紅[9]，三口仰其十指供給，克昌從師，修脯[10]無缺。一日，於書簏[11]中得

1　衣冠之家：指富貴作官的家庭。
2　關雎：《詩經》第一篇：「關關雎鳩，在河之洲，窈窕淑女，君子好逑。」現存《詩經》共三百十一篇，一般只稱整數叫《詩經》三百首。「關雎」冠三百篇之首；〈詩序〉云：「『關雎』，后妃之德也，風之始也，所以風天下，而正夫婦也。」
3　稍識之無：《唐書‧白居易傳》：「其始生七月能展書，姆指之、無兩字，雖試百數不差。」在此處謙指識字不多。
4　鑑：音ㄐㄧㄢ丶，鏡子。古代鏡子多用銅做。
5　琵琶行：唐朝詩人白居易所寫之樂府詩。
6　失怙：怙音ㄏㄨ丶，依賴。古稱父死叫失怙，母死叫失恃。語出《詩經‧蓼莪》篇：「無父何怙！無母何恃！」
7　家徒壁立：形容家境清寒。《史記‧司馬相如列傳》：「文君夜亡奔相如；相如乃與馳歸成都。家居徒四壁立。」
8　嫻：熟習。
9　女紅：紅音ㄍㄨㄥ。女孩編織縫紉一類的工作。
10　修脯：敬師的禮金。修指束修，脯是肉乾。皆乾肉。修，「脩」的同音假借。《說文》脩、脯也。與「束脩」之意同。

〈琵琶行〉，挨字而認，始識字。刺繡之暇，漸通吟詠，有「秋侵人影瘦，霜染菊花肥」之句。

余年十三，隨母歸寧，兩小無嫌，得見所作，雖嘆其才思雋秀，竊恐其福澤不深；然心注不能釋；告母曰：「若為兒擇婦，非淑姊不娶。」母亦愛其柔和，即脫金約指締姻[12]焉；此乾隆乙未[13]七月十六日也。

是年冬，值其堂姊出閣[14]，余又隨母往。芸與余同齒而長余十月，自幼姊弟相呼，故仍呼之曰淑姊。

時但見滿室鮮衣，芸獨通體素淡，僅新其鞋而已。見其繡製精巧，詢為己作，始知其慧心不僅在筆墨也。其形削肩長項，瘦不露骨，眉彎目秀，顧盼神飛；唯兩齒微露；似非佳相。一種纏綿之態，令人之意也消。索觀詩稿。有僅一聯，或三四句，多未成篇者。詢其故。笑曰：「無師之作，願得知己堪師者敲成之耳。余戲題其籤曰「錦囊佳句」。不知夭壽之機，此已伏矣。

是夜送親城外，返已漏[15]三下，腹飢索餌，婢嫗以棗脯[16]進，余嫌其甜。芸暗牽余袖，隨至其室，見藏有煖粥[17]并小菜焉。余欣然舉箸，忽聞芸堂兄玉衡呼曰：「淑妹速來！」芸急閉門曰：「已疲乏，將臥矣。」玉衡擠身而入，見余將吃粥，乃笑睨芸曰：

---

11 書簏：簏音ㄌㄨˋ，長高形的竹箱。指裝書籍用的竹櫃。
12 約指締姻：約指就是今日的指環；意指以戒指圈套手指訂婚。
13 乾隆乙未：清高宗乾隆四十年，公元 1775 年。
14 出閣：女子出嫁。
15 漏：古時以壺盛水，使水漸漸滴下，以積水的多寡，來計算時間的遲早。
16 棗脯：乾的棗肉。
17 煖粥：溫熱的稀飯。煖同「暖」字。

「頃我索粥，汝曰『盡矣』，乃藏此專待汝婿耶？」芸大窘避去，上下譁笑之。余亦負氣，挈老僕先歸。

自吃粥被嘲，再往，芸即避匿，余知其恐貽人笑也。

至乾隆庚子正月二十二日花燭之夕，見瘦怯身材依然如昔。頭巾既揭，相視嫣然。合巹[18]後，並肩夜膳，余暗于案下握其腕，煖尖滑膩，胸中不覺怦怦作跳。讓之食，適逢齋期，已數年矣。暗計吃齋之初，正余出痘之期，因笑謂曰：「今我光鮮無恙，姊可從此開戒否？」芸笑之以目，點之以首。

廿四日為余姊于歸[19]，廿三國忌不能作樂，故廿二之夜即為余姊款嫁。芸出堂陪宴。余在洞房與伴娘對酌，拇戰[20]輒北，大醉而臥，醒則芸正曉妝未竟也。

是日親朋絡繹，上燈後始作樂。廿四子正，余作新舅送嫁，丑末歸來，業已燈殘人靜，悄然入室；伴嫗盹[21]於床下，芸卸妝尚未臥，高燒銀燭，低垂粉頸，不知觀何書而出神若此。因撫其肩曰：「姊連日辛苦，何猶孜孜不倦耶？」

芸忙回首起立曰：「頃正欲臥，開櫥得此書，不覺閱之忘倦。《西廂》[22]之名聞之熟矣，今始得見，真不愧才子之名，但未免形容尖薄耳。」

---

[18] 合巹：巹音ㄐㄧㄣˇ，是飲酒時所用的瓢（杯子）。古禮夫婦成婚之日共用一杯喝酒，叫合巹酒、交杯酒。
[19] 于歸：出嫁。語出《詩經·桃夭》：「之子于歸，宜其室家。」
[20] 拇戰：喝酒划拳。酒令之一，俗稱猜拳。
[21] 嫗盹：嫗音ㄩˋ，老婦。盹音ㄉㄨㄣˇ，打瞌睡。
[22] 西廂：即《西廂記》，元朝王實甫著，由唐元稹的〈會真記〉改寫而成，寫張君瑞和崔鶯鶯的愛情故事，哀艷動人。金聖嘆評為第六才子書。

余笑曰：「唯其才子，筆墨方能尖薄。」

伴嫗在旁促臥，令其閉門先去。遂與比肩調笑，恍同密友重逢。戲探其懷，亦怦怦作跳，因俯其耳曰：「姊何心春乃爾²³耶？」芸回眸微笑。便覺一縷情絲搖人魂魄；擁之入帳，不知東方之既白。

芸作新婦，初甚緘默，終日無怒容；與之言，微笑而已。事上以敬，處下以和，井井然未嘗稍失。每見朝暾²⁴上窗²⁵，即披衣急起，如有人呼促者然。余笑曰：「今非吃粥比矣，何尚畏人嘲耶？」芸曰：「曩²⁶之藏粥待君，傳為話柄；今非畏嘲，恐堂上道新娘懶惰耳。」

余雖戀其臥而德其正，因亦隨之早起。自此耳鬢相磨，親同形影，愛戀之情有不可以言語形容者。

而歡娛易過，轉睫彌月²⁷。時吾父稼夫公在會稽幕府，專役相迓²⁸，受業於武林趙省齋先生門下。先生循循善誘，余今日之尚能握管²⁹，先生力也。

歸來完姻時，原訂隨侍到館；聞信之餘，心甚悵然。恐芸之對人墮淚，而芸反強顏勸勉，代整行裝。是晚但覺神色稍異面已。臨行，向余小語曰：「無人調護，自去經心！」

---

²³ 心春乃爾：心跳像懷春一樣如此厲害。乃爾即是這樣子的意思。
²⁴ 朝暾：朝陽也。暾音ㄊㄨㄣ，剛出的太陽。
²⁵ 牕：「窗」字的另一寫法。
²⁶ 曩：音ㄋㄤˇ，往日。
²⁷ 彌月：滿月。
²⁸ 相迓：迎接，迓音ㄧㄚˋ。
²⁹ 握管：握筆，即寫文章。

　　及登舟解纜[30]，正當桃李爭妍之候，而余則恍同林鳥失群，天地異色。到館後，吾父即渡江東去。

　　居三月，如十年之隔。芸雖時有書來，必兩問一答，半多勉勵詞，餘皆浮套語，心殊怏怏[31]。每當風生竹院，月上蕉窗，對景懷人，夢魂顛倒。

　　先生知其情，即致書吾父，出十題而遣余暫歸。喜同戍人[32]得赦。

　　登舟後，反覺一刻如年。及抵家，吾母處問安畢，入房，芸起相迎，握手未通片語，而兩人魂魄恍恍然化烟成霧，覺耳中惺然[33]一響，不知更有此身矣。

　　時當六月，內室炎蒸，幸居滄浪亭愛蓮居西間壁。板橋內一軒臨流，名曰「我取」，取「清斯濯纓，濁斯濯足」意也；檐前老樹一株，濃陰覆窗，人面俱綠；隔岸遊人往來不絕，此吾父稼夫公垂簾宴客處也。稟命吾母，攜芸消夏于此。因暑罷繡，終日伴余課書論古，品月評花而已。芸不善飲，強之可三盃，教以射覆為令。自以為人間之樂無過于此矣。

　　一日，芸問曰：「各種古文，宗何為是？」余曰：「《國策》、《南華》[34]取其靈快，匡衡、劉向[35]取其雅健，史遷、班固取其博大，昌黎[36]取其渾，柳州[37]取其峭，廬陵[38]取其宕，三蘇[39]取其辯，

---

[30] 解纜：纜音ㄌㄢˋ，粗大的繩子。此指解開繫船的繩子，就是開船。

[31] 怏怏：怏音ㄧㄤˋ，心裡愁悶不樂。

[32] 戍人：戍守邊疆的人，指兵士、軍人。

[33] 惺然：清楚明白的樣子。

[34] 南華：指的是《莊子》一書，又名《南華經》。

[35] 匡衡、劉向：匡衡，漢人，善說詩。劉向，漢人，著有《新序》、《說苑》。

[36] 昌黎：即指韓愈。古人喜歡以祖籍地為號，韓愈的祖籍昌黎，所以自稱昌黎。

他若賈、董[40]策對，庾、徐[41]駢體，陸贄[42]奏議，取資者不能盡舉，在人之慧心領會耳。」

芸曰：「古文全在識高氣雄，女子學之恐難入彀；唯詩之一道，妾稍有領悟耳。」

余曰：「唐以詩取士，而詩之宗匠必推李杜[43]。卿愛宗何人？」

芸發議曰：「杜詩錘鍊精純，李詩瀟灑落拓；與其學杜之森嚴，不如學李之活潑。」

余曰：「工部為詩家之大成，學者多宗之；卿獨取李，何也？」

芸曰：「格律謹嚴，詞旨老當，誠杜所獨擅；但李詩宛如姑射仙子[44]，有一種落花流水之趣，令人可愛。非杜亞于[45]李，不過妾之私心宗杜心淺，愛李心深。」

余笑曰：「初不料陳淑珍乃李青蓮知己。」

芸笑曰：「妾尚有啟蒙師白樂天[46]先生，時感于懷，未嘗稍釋。」

---

[37] 柳州：唐柳宗元曾貶柳州，所以人稱柳州。

[38] 廬陵：指歐陽修，他是北宋廬陵人。

[39] 三蘇：北宋文學家蘇洵、蘇軾、蘇轍三父子，後世合稱三蘇。

[40] 賈、董：漢代的賈誼、董仲舒。

[41] 庾、徐：南北朝庾信、徐陵兩人齊名。兩人所寫的文章合稱「庾、徐體」。庾信所作〈哀江南賦〉最有名。

[42] 陸贄：宋人，所上奏議，極為後世稱道。

[43] 李、杜：李白、杜甫。李白字太白，號青蓮居士。杜甫曾任工部員外郎，俗稱杜工部。

[44] 姑射仙子：姑射是山名，傳說山上住有神人，肌膚白如冰雪，綽約如處子。因此一般都把美女比喻為姑射仙子。

[45] 亞于：次於。

[46] 白樂天：即唐朝詩人白居易，字樂天。

余曰：「何謂也？」芸曰：「彼非作〈琵琶行〉者耶？」

余笑曰：「異哉！李太白是知己，自樂天是啟蒙師，余適字三白為卿婿：卿與『白』字何其有緣耶？」

芸笑曰：「白字有緣，將來恐白字連篇耳」（吳音呼別字為白字)。相與大笑。

余曰：「卿既知詩，亦當知賦之棄取？」

芸曰：「《楚辭》為賦之祖，妾學淺費解。就漢晉人中，調高語鍊，似覺相如[47]為最。」

余戲曰：「當日文君之從長卿，或不在琴[48]而在此乎？」復相與大笑而罷。

余性爽直落拓不羈，芸若腐儒迂拘多禮，偶為之披衣整袖，必連聲道「得罪」，或遞巾授扇，必起身來接。余始厭之，曰：「卿欲以禮縛我耶？語曰：『禮多必詐』。」芸兩頰發赤，曰：「恭而有禮，何反言詐？」余曰：「恭敬在心，不在虛文[49]。」芸曰：「親莫如父母，可內敬在心而外肆狂放耶？」余曰：「前言戲之耳！」芸曰：「世間反目多由戲起，後勿冤妾，令人鬱死！」余乃挽之入懷，撫慰之始解顏為笑。自此「豈敢」、「得罪」竟成語助詞矣。

---

[47] 相如：即漢代的司馬相如，字長卿。卓文君傾慕其才而與之私奔。

[48] 琴：此處指司馬相如琴桃所鼓之琴曲。

[49] 虛文：指外在的形式規矩。

　　鴻案相莊[50]廿有三年，年愈久而情愈密。家庭之內，或暗室相逢，窄途邂逅，必握手問曰：「何處去？」私心忐忑[51]，如恐旁人見之者。實則同行並坐，初猶避人，久則不以為意。芸或與人坐談，見余至，必起立，偏挪其身，余就而並焉。彼此皆不覺其所以然者，始以為慚，繼成不期然而然。獨怪老年夫婦相視如仇者，不知何意。或曰：「非如是焉得白頭偕老哉！」斯言誠然歟！

　　是年七夕[52]，芸設香燭瓜果，同拜天孫[53]于我取軒中。余鐫[54]「願生生世世為夫婦」圖章二方；余執朱文，芸執白文，以為往來書信之用。是夜月色頗佳，俯視河中，波光如練，輕羅小扇，並坐水窗，仰見飛雲過天，變態萬狀。

　　芸曰：「宇宙之大，同此一月；不知今日世間，亦有如我兩人之情興否？」

　　余曰：「納涼玩月，到處有之；若品論雲霞，或求之幽閨繡闥[55]，慧心默證者固亦不少。若夫婦同觀，所品論者恐不在此雲霞耳。」未幾燭燼月沉，撤果歸臥。

　　七月望，俗謂之鬼節。芸備小酌，擬邀月暢飲，夜忽陰雲如晦。芸愀然[56]曰：「妾能與君白頭偕老，月輪當出。」余亦索然。

---

[50] 鴻案相莊：漢朝梁鴻與妻孟光至吳，鴻為人做工，孟光具食時，必舉案齊眉，後人引為夫妻相敬之詞。言夫婦相敬如賓。《後漢書·梁鴻列傳》：「每歸，妻為具食，不敢於鴻前仰視，舉案齊眉。」案，盛物盤子。莊，當敬字解。
[51] 忐忑：音ㄊㄢˇㄊㄜˋ，相當今日所說「忑忐」，即心跳不安。
[52] 七夕：陰曆七月七日，傳說此夕是牛郎織女一年一度相會的日期，民間習俗都在此晚以香燭瓜果拜牛郎織女。
[53] 天孫：星名，即織女星。即織女。
[54] 鐫：音ㄐㄩㄢ，刻。
[55] 繡闥：女子的閨房；闥音ㄊㄚˋ。

但見隔岸螢光明滅萬點，梳織於柳隄蓼渚間。余與芸聯句以遣悶懷；而兩韻之後，逾聯逾縱，想入非夷，隨口亂道。芸已漱涎涕淚，笑倒余懷，不能成聲矣。覺其鬢邊茉莉濃香撲鼻，因拍其背以他詞解之曰：「想古人以茉莉形色如珠，故供助妝壓鬢，不知此花必沾油頭粉面之氣，其香更可愛，所供佛手[57]當退三舍矣。」芸乃止笑曰：「佛手乃香中君子，只在有意無意間；茉莉是香中小人，故須借人之勢，其香也如脅肩諂笑。」余曰：「卿何遠君子而近小人？」芸曰：「我笑君子愛小人耳。」

正話間，漏已三滴，漸見風掃雲開，一輪湧出；乃大喜，倚腮對酌，酒未三盃[58]，忽聞橋下閤然一聲，如有人墮。就腮細矚[59]，波明如鏡，不見一物，惟聞河灘有隻鴨急奔聲。余知滄浪亭畔素有溺鬼，恐芸膽怯，未敢即言。芸曰：「噫！此聲也，胡為乎來哉？」不禁毛骨皆慄，急閉窗，攜酒歸房。一燈如豆，羅帳低垂，弓影盃蛇[60]，驚神未定。剔燈[61]入帳，芸已寒熱大作。余亦繼之，困頓兩旬；真所謂樂極災[62]生，亦是白頭不終之兆。

中秋日，余病初瘥，以芸半年新婦，未嘗一至間壁之滄浪亭，先令老僕約守者勿放閑人。于將晚時，偕芸及余幼妹，一嫗一婢扶焉。老僕前導，過石橋，進門，折東曲徑而入。疊石成山，林

---

56 愀然：憂愁的樣子。愀音ㄑㄧㄠˇ。
57 佛手：即佛手柑，果皮為鮮黃色，多皺紋，形狀像人手指集合，香氣甚烈，人多用之供佛。
58 盃：同「杯」字。
59 矚：音ㄓㄨˇ，視看。
60 弓影盃蛇：誤杯中的弓影以為杯裡有蛇。此處指受過驚嚇之後，稍為有聲響影動，都會害怕的意思。亦作「杯弓蛇影」。
61 剔燈：剔音ㄊㄧ，挑起。挑起燃燒將盡的燈芯，使油燈能燃燒得更旺盛而明亮些。
62 災：音ㄗㄞ，「災」的本字。

木蘢翠。亭在土山之巔；循級至亭心，周望極目可數里，炊烟四
起，晚霞爛然。隔岸名「近山林」，為大憲行臺宴集之地，時正
誼書院猶未啟也。

攜一毯設亭中，席地環坐。守著烹茶以進。少焉一輪明月已
上林梢，漸覺風生袖底，月到波心，俗慮塵懷，爽然頓釋。芸曰：
「今日之遊樂矣。若駕一葉扁舟，往來亭下，不更快哉！」時已
上燈，憶及七月十五夜之驚，相扶下亭而歸。吳俗，婦女是晚不
拘大家小戶，皆出，結隊而遊，名曰「走月亮」。滄浪亭幽雅清
曠，反無一人至者。

吾父稼夫公喜認義子，以故余異姓弟兄有二十六人；吾母亦
有義女九人。九人中王二姑俞六姑與芸最和好。王痴憨善飲，俞
豪爽善談。每集，必逐余居外，而得三女同榻；此俞六姑一人計
也。余笑曰：「俟妹于歸後，我當邀妹丈來，一住必十日。」俞
曰：「我亦來此，與嫂同榻，不大妙耶？」芸與王微笑而已。

時為吾弟啟堂娶婦，遷居飲馬橋之倉米巷。屋雖宏暢，非復
滄浪亭之幽雅矣。吾母誕辰演劇，芸初以為奇觀。吾父素無忌諱，
點演慘別等劇，老伶[63]刻畫，見者情動。

余窺簾見芸忽起去，良久不出，入內探之，俞與王亦繼至。
見芸一人支頤[64]獨坐鏡奩[65]之側。余曰：「何不快乃爾？」芸曰：
「觀劇原以陶情，今日之戲徒令人斷腸耳。」俞與王皆笑之。余
曰：「此深於情者也。」俞曰：「嫂將竟日獨坐於此耶？」芸曰：

---

[63] 老伶：資深的演戲人，
[64] 支頤：用手托著顋。
[65] 鏡奩：婦女的梳妝臺。奩音ㄌㄧㄢˊ。

「俟有可觀者再往耳。」王聞言先出，請吾母點〈刺梁〉〈後索〉
等劇，勸芸出觀，始稱快。

　　余堂伯父素存公早亡無後，吾父以余嗣[66]焉。墓在西跨塘福
壽山祖塋之側，每年春日必挈[67]芸拜掃。王二姑聞其地有戈園之
勝，請同往。芸見地下小亂石有苔紋，斑駁可觀；指示余曰：「以
此疊盆山，較宣州白石為古致[68]。」余曰：「若此者恐難多得。」
王曰：「嫂果愛此，我為拾之。」即向守墳者借蔴袋一，鶴步而
拾之。每得一塊，余曰「善」，即收之；余曰「否」，即去之。
未幾，粉汗盈盈，拽袋[69]返曰：「再拾則力不勝矣。」芸且揀且
言曰：「我聞山果收穫，必借猴力，果然！」王憤撮十指作哈癢
狀；余橫阻之，責芸曰：「人勞汝逸，猶作此語，無怪妹之動憤
也。」

　　歸途遊戈園，穉綠嬌紅[70]，爭妍競媚。王素憨，逢花必折，
芸叱曰：「既無瓶養，又不簪戴，多折何為？」王曰：「不知痛
癢者；何害？」余笑曰：「將來罰嫁麻面多鬚郎，為花洩忿。」
王怒余以目，擲花于地，以蓮鉤[71]撥入池中，曰，「何欺侮我之
甚也！」芸笑解之而罷。

---

[66] 嗣：繼嗣，指過繼做伯父的兒子，以承接家族香火。
[67] 挈：音ㄑㄧㄝˋ，帶領。
[68] 古致：古雅的情趣。
[69] 拽袋：拽音ㄓㄨㄞˋ，拖拉。拖袋子。
[70] 穉綠嬌紅：穉音ㄓˋ，即「稚」，幼嫩的意思。綠葉嫩脆，紅花嬌豔。
[71] 蓮鉤：指女人小腳。

49

　　芸初緘默，喜聽余議論。余調其言，如蟋蟀之用纏草[72]，漸能發議。其每日飯必用茶泡，喜食芥滷乳腐，吳俗呼為「臭乳腐」；又喜食蝦滷瓜。此二物余生平所最惡者，因戲之曰：「狗無胃而食糞，以其不知臭穢；蜣螂[73]團糞而化蟬，以其欲修高舉也。卿其狗耶？蟬耶？」芸曰：「腐取其價廉而可粥可飯，幼時食慣。今至君家，已如蜣螂化蟬，猶喜食之者，不忘本也。至滷瓜之味，到此初嘗耳。」余曰；「然則我家系狗竇耶？」芸窘而強解曰：「夫糞，人家皆有之，要在食與不食之別耳。然君喜食蒜，妾亦強啖[74]之。腐不敢強，瓜可掩鼻略嘗，入咽當知其美；此猶無鹽[75]貌醜而德美也。」余笑曰：「卿陷我作狗耶？」芸曰：「妾作狗久矣，屈君試嘗之。」以箸強塞余口，余掩鼻咀嚼之，似覺脆美；開鼻再嚼，竟成異味。從此亦喜食。芸以麻油加白糖少許拌滷腐，亦鮮美。以滷瓜搗爛拌滷腐，名之曰「雙鮮醬」，有異味。余曰：「始惡而終好之，理之不可解也。」芸曰：「情之所鍾，雖醜不嫌。」

　　余啟堂弟婦，王虛舟先生孫女也。催粧[76]時偶缺珠花，芸出其納采[77]所受者呈吾母，婢嫗旁惜之。芸曰：「凡為婦人已屬純

---

[72] 余調其言，如蟋蟀之用纏草：調，逗弄。纏音ㄑㄧㄢˋ，纏草，草名。此處是說，沈三白逗弄不喜歡言論的芸娘說話，正如逗弄蟋蟀一般，須用草絲逗引，才能漸漸引發，生出反應。

[73] 蜣螂：音ㄑㄧㄤ　ㄌㄤˊ，蟲名，常食動物屍體和糞便，又喜歡運糞成丸，所以又稱為糞金龜。

[74] 啖：音ㄉㄢˋ，吃。

[75] 無鹽：戰國時無鹽地方有一醜女名叫鍾離春，四十未嫁，自謁見齊宣王，說以齊國危機所在，宣王感動，後來納娶無鹽為后，齊國大安。後代皆以無鹽作為醜女的代表。

[76] 催粧：古時婚禮之一種禮節。《東京夢華錄》：「凡娶婦先一日，下催粧冠帔花粉。」

[77] 納采：即行聘，等於現代的訂婚。

陰，珠乃純陰之精，用為首飾，陽氣全克矣，何貴焉？」而於破
書殘畫，反極珍惜。書之殘缺不全者，必搜集分門，彙訂成帙[78]，
統名之曰「斷簡殘編」。字畫之破損者，必覓故紙粘補成幅；有
破缺處，倩予全好[79]而捲之，名曰「棄餘集賞」。於女紅中饋[80]之
暇，終日瑣瑣[81]，不憚[82]煩倦。芸於破笥[83]爛卷中，偶獲片紙可觀者，
如得異寶。舊鄰馮嫗每收亂卷賣之。其癖好，與余同；且能察眼
意，懂眉語，一舉一動，示之以色，無不頭頭是道。

余嘗曰：「惜卿雌而伏，苟能化女為男，相與訪名山，搜勝
跡，遨遊天下，不亦快哉！」

芸曰：「此何難？俟妾鬢斑之後，雖不能遠遊五嶽，而近地
之虎阜、靈巖，南至西湖，北至平山，儘可偕遊。」

余曰：「恐卿鬢斑之日，步履已艱。」

芸曰，「今世不能，期以來世。」

余曰：「來世卿當作男，我為女子相從。」

芸曰：「必得不昧今生[84]，方覺有情趣。」

余笑曰：「幼時一粥猶談不了；若來世不昧今生，合巹之夕，
細談隔世，更無合眼時矣。」

---

[78] 彙訂成帙：帙音ㄓˋ，書冊。收集起來裝訂成冊。
[79] 倩予全好：倩音ㄑㄧㄢˋ，借助。請我加以補好。
[80] 女紅中饋：指婦人負責縫補衣服，烹煮三餐飲食的事。中饋：言婦人主一家
之飲食生計。
[81] 瑣瑣：音ㄙㄨㄛˇ，細小的樣子。此處指做那些瑣碎的事。
[82] 不憚：憚音ㄉㄢˋ，怕。此謂不怕。
[83] 笥：音ㄙˋ，盛物竹器。此處指書箱。
[84] 不昧今生：表示不忘記今世的一切。

芸曰：「世傳月下老人[85]專司人間婚姻事，今生夫婦已承牽合，來世姻緣亦須仰藉神力，盍繪一像祀之？」

時有苕谿[86]戚柳隄，名遵，善寫人物，倩繪一像，一手挽紅絲，一手攜杖懸姻緣簿，童顏鶴髮，奔馳于非烟非霧中；此戚君得意筆也。友人石琢堂為題讚語于首，懸之內室。每逢朔望[87]，余夫婦必焚香拜禱。後因家庭多故，此畫竟失所在，不知落在誰家矣！「他生未卜此生休」，兩人痴情，果邀神鑑耶？

遷倉米巷，余顏[88]其臥樓曰「賓香閣」，蓋以芸名而取如賓意也。院窄牆高，一無可取。後有廂樓通藏書處，開牕對陸氏廢園，但有荒涼之象。滄浪風景，時切芸懷。

有老嫗居金母橋之東，埂巷之北。繞屋皆菜圃，編籬為門，門外有池約畝許，花光樹影，錯雜籬邊。其地即元末張士誠[89]王府廢基也。屋西數武[90]，瓦礫堆成土山，登其巔可遠眺，地曠人稀，頗饒野趣。嫗偶言及，芸神往不置，謂余曰：「自別滄浪，夢魂常繞，每不得已而思其次；其老嫗之居乎？」余曰：「連朝秋暑灼人，正思得一清涼地以消長晝。卿若願往，我先觀其家可居，即襆被[91]而往，作一月盤桓[92]何如？」芸曰：「恐堂上不許。」

---

[85] 月下老人：相傳有一老人在月下，專司人間男女婚配之事，現都稱媒人為「月下老人」。

[86] 谿：音ㄒㄧ，通「溪」字。

[87] 朔望：陰曆每月初一叫朔，十五叫望。民俗大都在這兩天祭拜祖先神明。

[88] 顏：即「強顏」之省，在此解作厚著臉皮來在匾額上題字。

[89] 張士誠：元末泰州人，以划船運鹽為業，元末起兵，自稱為吳王、誠王，後被明將所敗。

[90] 數武：數步，指不遠處。古人以六尺為步，半步為「武」。古時一步六尺，一武三尺。

[91] 襆被：襆音ㄆㄨˊ。用巾束被，整理行裝的意思。

[92] 盤桓：停留。

余曰：「我自請之。」越日至其地，屋僅二間，前後隔而為四，紙牕竹榻，頗有幽趣。老嫗知余意，欣然出其臥室為賃[93]，四壁糊以白紙，頓覺改觀。于是稟知吾母，挈芸居焉。

鄰僅老夫婦二人，灌園為業，知余夫婦避暑於此，先來通慇勤，並釣池魚，摘園蔬為饋。償其價，不受；芸作鞋報之，始謝而受。時方七月，綠樹陰濃，水面風來，蟬鳴聒耳。鄰老又為製魚竿，與芸垂釣于柳陰深處。日落時，登土山，觀晚霞夕照，隨意聯吟，有「獸雲吞落日，弓月彈流星」之句。少焉，月印池中，蟲聲四起，設竹榻于籬下。老嫗報酒溫飯熟，遂就月光對酌，微醺而飯。浴罷則涼鞵[94]蕉扇，或坐或臥，聽鄰老談因果報應事。三鼓歸臥，週體清涼，幾不知身居城市矣。

籬邊倩鄰老購菊，遍植之。九月花開，又與芸居十日。吾母亦欣然來觀，持螯對菊[95]，賞玩竟日。芸喜曰：「他年當與君卜築于此，買繞屋菜園十畝，課僕嫗，植瓜蔬，以供薪水。君畫我繡，以為詩酒之需。布衣菜飯，可樂終身，不必作遠遊計也。」余深然之。今即得有境地，而知己淪亡，可勝浩嘆！

離余家半里許，醋庫巷有洞庭君祠，俗呼水仙廟，廻廊曲折，小有園亭。每逢神誕，眾姓各認一落，密懸一式之玻璃燈，中設寶座，旁列瓶几，插花陳設，以較勝負。日惟演戲，夜則參差高下插燭于瓶花間，名曰「花照」。花光燈影，寶鼎香浮，若龍宮

---

[93] 賃：音ㄌㄧㄣˋ，租借。
[94] 鞵：音ㄒㄧㄝˊ，同「鞋」字。
[95] 持螯對菊：螯音ㄠˊ，是蟹的兩隻大前腳。秋天菊花盛開，螃蟹正肥，古人喜歡在這季節飲酒，賞菊吃蟹，引為風雅事。

夜宴。司事者或笙簫歌唱，或煮茗[96]清談，觀者如蟻集，檐下皆設欄為限。

余為眾友邀去，插花布置，因得躬逢其盛。歸家向芸豔稱之[97]。芸曰：「惜妾非男子，不能往。」余曰：「冠我冠，衣我衣[98]，亦化女為男之法也。」於是易髻[99]為辮，添掃蛾眉；加余冠，微露兩鬢尚可掩飾，服余衣長一寸又半，于腰間折而縫之，外加馬褂。芸曰：「腳下將奈何？」余曰：「坊間有蝴蝶履，小大由之，購亦極易，且早晚可代撒鞋[100]之用，不亦善乎？」芸欣然，及晚餐後，裝束既畢，效男子拱手闊步者良久。忽變卦曰：「妾不去矣，為人識出既不便，堂上聞之又不可。」余慫恿[101]曰：「廟中司事者誰不知我，即識出亦不過付之一笑耳。吾母現在九妹丈家，密去密來，焉得知之？」

芸攬鏡自照，狂笑不已。余強挽之，悄然逕去。遍遊廟中，無識出為女子者。或問何人，以表弟對，拱手而已。最後至一處，有少婦幼女坐于所設寶座後，乃楊姓司事者之眷屬也。芸忽趨彼通款曲[102]，身一側，而不覺一按少婦之肩。旁有婢嫗怒而起曰：「何物狂生，不法乃爾！」余欲為措詞掩飾。芸見勢惡，即脫帽

---

[96] 茗：茶。

[97] 豔稱之：稱讚它的美麗。

[98] 冠我冠，衣我衣：戴我的帽子，穿我的衣服。第一個「冠」和「衣」都是動詞，都唸第四聲；當「戴」和「穿」講，。

[99] 髻：音ㄐㄧˋ，把頭髮挽束在頭頂叫髮髻。清朝時，女人髮挽髻，男人留辮子。

[100] 撒鞋：拖鞋。

[101] 慫恿：音ㄙㄨㄥˇ ㄩㄥˇ，從旁鼓動人家做某事。

[102] 款曲：指應酬的話語。

54

翹足示之曰：「我亦女子耳。」相與愕然，轉怒為歡。留茶點，喚肩輿[103]送歸。

吳江錢師竹病故，吾父信歸，命余往弔。芸私謂余曰：「吳江必經太湖，妾欲偕往，一寬跟界。」余曰：「正慮獨行踽踽[104]，得卿同行固妙，但無可託詞耳。」芸曰，「託言歸寧[105]。君先登舟，妾當繼至。」余曰：「若然，歸途當泊舟萬年橋下，與卿待月乘涼，以續滄浪韻事。」

時六月十八日也。是日早涼，攜一僕先至胥江渡口，登舟而待。芸果肩輿至。解維出虎嘯橋，漸見風帆沙鳥，水天一色。芸曰：「此即所謂太湖耶？今得見天地之寬，不虛此生矣！想閨中人有終身不能見此者。」閒話未幾，風搖岸柳，已抵江城。

余登岸拜奠畢，歸視舟中洞然，急詢舟子。舟子指曰：「不見長橋柳陰下觀魚鷹捕魚者乎？」蓋芸已與船家女登岸矣。余至其後，芸猶粉汗盈盈，倚女而出神焉。余拍其肩曰：「羅衫汗透矣！」芸回首曰：「恐錢家有人到舟，故暫避之。君何回來之速也？」余笑曰：「欲捕逃耳。」

于是相挽登舟，返棹[106]至萬年橋下，陽烏[107]猶未落也。舟腸盡落，清風徐來，紈扇羅衫，剖瓜解暑。少焉，霞映橋紅，煙籠柳暗，銀蟾[108]欲上，漁火滿江矣。命僕至船梢[109]與舟子同飲。

---

[103] 肩輿：即轎子。

[104] 踽踽：音ㄐㄩˇ，獨自行走，孤單無伴。

[105] 歸寧：女孩子嫁後回娘家叫歸寧。

[106] 返棹：棹音ㄓㄠˋ，船槳。把船搖划回來。

[107] 陽烏：即太陽。傳說太陽中有三足烏鴉，散發萬道光芒，故古人又稱太陽為「金烏」。

[108] 銀蟾：月亮。蟾音ㄔㄢˊ。傳說月亮中有蟾蜍，故又稱月亮為「玉蟾」、「銀

　　船家女名素雲，與余有盃酒交，人頗不俗。招之與芸同坐。船頭不張燈火，待月快酌，射覆為令。素雲雙目閃閃，聽良久，曰：「觴政[110]儂頗嫻習，從未聞有斯令，願受教。」芸即譬其言而開導之，終茫然。余笑曰：「女先生且罷論。我有一言作譬，即瞭然矣。」芸曰：「君若何譬之？」余曰：「鶴善舞而不能耕，牛善耕而不能舞，物性然也。先生欲反而教之，無乃勞乎？」素雲笑捶余肩曰：「汝罵我耶？」芸出令曰；「後許動口，不許動手！違者罰大觥[111]。」素雲量豪，滿斟一觥，一吸而盡。余曰：「動手但准摸索，不准捶人。」芸笑挽素雲置余懷，曰：「請君摸索暢懷。」余笑曰：「卿非解人，摸索在有意無意間耳。擁而狂探，田舍郎之所為也。」時四鬟所簪茉莉，為酒氣所蒸，雜以粉汗油香，芳馨透鼻。余戲曰：「小人臭味充滿船頭，令人作噁[112]。」素雲不禁握拳連捶曰：「誰教汝狂嗅耶？」

　　芸呼曰：「違令，罰兩大觥！」

　　素雲曰：「彼又以小人罵我，不應捶耶？」

　　芸曰：「彼之所謂小人蓋有故也。讀乾此，當告汝。」

　　素雲乃連盡兩觥。芸乃告以滄浪舊居乘涼事。

　　素雲曰：「若然，真錯怪矣。當再罰。」又乾一觥。

蟾」。
[109] 船梢：船尾。
[110] 觴政：酒令，又稱觴令。觴音ㄕㄤ。《說苑》：「魏文侯兩大夫飲，使公乘不仁為觴政，曰：『引不爵者，浮以大白。』文侯飲而不盡爵，公乘不仁舉白浮君。」
[111] 觥：音ㄍㄨㄥ，酒杯。
[112] 作噁：噁心想嘔吐。

芸曰：「久聞素娘善歌，可一聆[113]妙音否？」素即以象箸擊小碟而歌。芸欣然暢飲，不覺酩酊[114]，乃乘輿先歸。余又與素雲茶話片刻，步月而回。

時余寄居友人魯半舫[115]家蕭爽樓中。越數日，魯夫人誤有所聞，私告芸曰：「前日聞若[116]塿挾兩妓飲於萬年橋舟中，子知之否？」芸曰：「有之，其一即我也。」因以偕遊始末詳告之。魯大笑，釋然而去。

乾隆甲寅七月，余自粵東歸。有同伴攜妾回者，曰徐秀峯，余之表妹塿也，豔稱新人之美，邀芸往觀。芸他日謂秀峯曰：「美則美矣，韻猶未也。」秀峯曰：「然則若郎納妾，必美而韻者乎？」芸曰：「然。」從此癡心物色，而短于資[117]。

時有浙妓溫冷香者，寓于吳，有詠〈柳絮〉四律，沸傳[118]吳下，好事者多和之。余友吳江張閑憨素賞冷香，攜〈柳絮〉詩索和。芸微其人[119]而置之；余技癢而和其韻，中有「觸我春愁偏婉轉，撩他離緒更纏綿」之句，芸甚擊節[120]。

明年乙卯秋八月五日，吾母將挈芸遊虎邱，閑憨忽至，曰：「余亦有虎邱之遊。今日特邀君作探花使者。」因請吾母先行，期於虎邱半塘相晤。拉余至冷香寓，見冷香已半老；有女名憨園，

---

[113] 聆：聽。
[114] 酩酊：音ㄇㄧㄥˇ ㄉㄧㄥˇ，大醉的樣子，
[115] 魯半舫：魯璋，字近人，號半舫，吳縣人。書學鄭簠，兼參鄭燮法。寫意花竹，疏老有致，尤工枇杷，識者頗許之。見清蔣寶齡《墨林今話》。
[116] 若：你。
[117] 短于資：缺少金錢。
[118] 沸傳：如鼎沸般爭相流傳。
[119] 微其人：看不起那人。
[120] 擊節：以手拍打出節奏，表示讚賞。

瓜期[121]未破，亭亭玉立，真「一泓秋水照人寒」者也。款接間，頗知文墨。有妹文園尚雛。余此時初無癡想，且念一盃之敘，非寒士所能酬，而既入箇中，私心忐忑[122]，強為酬答。

因私謂憨曰：「余貧士也，子以尤物[123]玩我乎？」

憨笑曰：「非也。今日有友人邀憨園答我。席主為尊客拉去，我代客轉邀客，毋煩他慮也。」余始釋然。

至半塘，兩舟相遇，令憨園過舟叩見吾母。芸、憨相見，歡同舊識，攜手登山，備覽名勝。芸獨愛千頃雲高曠，坐賞良久。返至野芳濱，暢飲甚歡，並舟而泊。

及解維[124]，芸謂余曰：「子陪張君，留憨陪妾可乎？」余諾之。返棹至都亭橋，始過船分袂[125]。歸家已三鼓。

芸曰：「今日得見美而韻者矣，頃已約憨園，明日過我，當為子圖[126]之。」

余駭曰：「此非金屋[127]不能貯，窮措大豈敢生此妄想哉！況我兩人伉儷正篤[128]，何必外求？」

---

[121] 瓜期：女子十六歲的年紀。

[122] 忐忑：音ㄊㄢˇ ㄊㄜˋ，心神不定。

[123] 尤物：尤本意為罪禍，故尤物有紅顏禍水之意；後世則用以稱美豔的女人為尤物。

[124] 維：船纜。

[125] 分袂：分手。袂音ㄇㄟˋ，衣袖。

[126] 圖：謀求。

[127] 金屋不能貯：班固《漢武故事》：「帝（劉徹）年四歲，立為膠東王。數歲，長公主……抱置膝上，問曰：『兒欲得婦不？』膠東王曰：『欲得婦。』長主指左右長御百餘人，皆云不用。末指其女問曰：『阿嬌好不？』於是乃笑對曰：『好！若得阿嬌作婦，當作金屋貯之也。』」本意指男子對原配正妻許下諾言，乃是對婚後幸福之憧憬。後世有時用於指納妾或包養情婦。

芸笑曰：「我自愛之，子姑待之。」

明午憨果至。芸慇勤款接，筵中以猜枚[129]——贏吟輸飲——為令，終席無一羅致語[130]。及憨園歸，芸曰：「頃又與密約，十八日來此，結為姊妹，子宜備牲牢[131]以待。」笑指臂上翡翠釧[132]曰：「若見此釧屬于憨，事必諧矣。頃已吐意，未深結其心也。」余姑聽之。

十八日大雨，憨竟冒雨至，入室良久，始挽手出，見余有羞色，蓋翡翠釧已在憨臂矣。焚香結盟後，擬再續前飲。適憨有石湖之遊，即別去。

芸欣然告余曰：「麗人已得，君何以謝媒耶？」余詢其詳。

芸曰：「向之祕言，恐憨意另有所屬也，頃探之無他，語之曰：『妹知今日之意否？』憨曰：『蒙夫人抬舉，真蓬蒿倚玉樹也。但吾母[133]望我奢[134]，恐難自主耳，願彼此緩圖。』脫釧上臂時，又語之曰：『玉取其堅，且有團圞[135]不斷之意，妹試寵之，以為先兆。』憨曰：『聚合之權，總在夫人也。』即此觀之，憨心已得，所難必者冷香耳，當再圖之。」余笑曰：「卿將效笠翁之〈憐香伴〉[136]耶？」芸曰：「然。」

---

[128] 伉儷正篤：伉儷音ㄎㄤˋ ㄌㄧˊ，夫婦。篤，深厚。此指夫婦感情正深。

[129] 猜枚：指兩人各出手指，猜其指頭數目，以為勝負。即後來的猜拳。

[130] 羅致語：這裡指的是招納定約的話。

[131] 牲牢：即三牲祭品。「牢」是指豢養在柵欄裡用作祭品的牲口。

[132] 翡翠釧：釧音ㄔㄨㄢˋ，手環，又叫手鐲。指用翡翠做成的手環。

[133] 吾母：這裡指老鴇，妓院的經營者。古代妓女都稱老鴇為「母」。

[134] 望我奢：對我有很大的期望。奢，大也。

[135] 團圞：圞音ㄌㄨㄢˊ，圓。團圓。

[136] 笠翁之〈憐香伴〉：清朝李漁，字笠翁，精於譜曲，時人稱李十郎，〈憐香伴〉是它的十種取之一，記石介夫娶婦的故事。

　　自此無日不談憨園矣。後憨為有力者奪去，不果。芸竟以之死。

卷二〈閒情記趣〉

　　余憶童稚時，能張目對日，明察秋毫，見藐小微物，必細察其紋理，故時有物外之趣。

　　夏蚊成雷，私擬作羣鶴舞空，心之所向，則或千或百，果然鶴也。昂首觀之，項為之強[1]。又留蚊於素帳中，徐噴以烟，使其沖烟飛鳴，作青雲白鶴觀；果如鶴唳[2]雲端，怡然稱快。

　　于土牆凹凸處，花臺小草叢雜處，常蹲其身，使與臺齊；定神細視，以叢草為林，以蟲蟻為獸，以土礫凸者為丘，凹者為壑，神遊其中，怡然自得。一日，見二蟲鬥草間；觀之正濃，忽有龐然大物，拔山倒樹而來，蓋一癩蝦蟆也。舌一吐而二蟲盡為所吞。

　　余年幼，方出神，不覺呀然[3]驚恐。神定，捉蝦蟆，鞭數十，驅之別院。

　　年長思之，二蟲之鬥，蓋圖奸不從也。古語云：「姦近殺」，蟲亦然耶？貪此生涯，卵為蚯蚓所哈[4]（吳俗稱陽曰卵），腫不能便。捉鴨開口哈之[5]，婢嫗偶釋手，鴨顛其頸作吞噬狀，驚而大哭；傳為話柄。此皆幼時閑情也。

---

[1] 項為之強：強音ㄐㄧㄤˋ，僵硬。為音ㄨㄟˋ。頸子因此而僵硬了。

[2] 鶴唳：唳音ㄌㄧˋ，鳴叫。鶴的鳴叫。

[3] 呀然：呀音ㄒㄧㄚ；驚嚇的樣子。

[4] 卵為蚯蚓所哈：卵，蘇州人以吳音呼男性生殖器官曰卵。哈，食之意。此處言蚯蚓放毒汁於生殖器，是一句吳地特有之俗語。

[5] 捉鴨開口哈之：鴨善食蚯蚓，故俗傳鴨之涎水可以治蚯蚓之毒。

及長，愛花成癖，喜剪盆樹。識張蘭坡，始精剪枝養節之法，繼悟接花疊石之法。花以蘭為最，取其幽香韻致也，而瓣品[6]之稍堪入譜者，不可多得。

蘭坡臨終時，贈余荷瓣素心春蘭一盆，皆肩平心闊，莖細瓣淨，可以入譜者；余珍如拱璧。值余幕遊於外，芸能親為灌溉，花葉頗茂。不二年，一旦忽萎死。起根視之，皆白如玉，且蘭芽勃然。初不可解，以為無福消受，浩歎而已。事後始悉有人欲分不允，故用滾湯灌殺也。從此誓不植蘭。

次取杜鵑，雖無香而色可久玩，且易剪裁。以芸惜枝憐葉，不忍暢剪，故難成樹。其他盆玩皆然。

惟每年籬東菊綻，秋興成癖。喜摘插瓶，不愛盆玩。非盆玩不足觀，以家無園圃，不能自植；貸[7]于市者，俱叢雜無致；故不取耳。

其插花朵，數宜單，不宜雙。每瓶取一種，不取二色。瓶口取闊大，不取窄小，闊大者舒展。不拘自五七花至三四十花，必于瓶口中一叢怒起，以不散漫，不擠軋，不靠瓶口為妙：所謂「起把宜緊」也。或亭亭玉立，或飛舞橫斜。花取參差，間以花蕊，以免飛鈸耍盤[8]之病。葉取不亂，梗取不強。用針宜藏[9]，針長寧斷之，毋令針針露梗。所謂「瓶口宜清」也。視桌之大小，一桌三瓶至七瓶而止，多則眉目不分，即同市井之菊屏矣。几之高低，自三四寸至二尺五六寸而止，必須參差高下，互相照應，以氣勢

---

[6] 瓣品：猶言品種。瓣，花之冠片。
[7] 貸：買。
[8] 飛鈸耍盤：鈸、盤比喻花，指花朵分佈飛散錯落，紛亂而缺乏章法之意。
[9] 用針宜藏：言帶葉的枝梗宜使藏隱於花間，勿令露出。針指梗枝。

聯絡為上。若中高兩低，後高前低，成排對列，又犯俗所謂「錦灰堆」矣，或密或疎[10]，或進或出，全在會心者，得畫意乃可。

若盆、碗、盤、洗[11]，用漂青松香[12]、榆皮麵和油[13]，先熬以稻灰，收成膠。以銅片按釘向上，將膏火化，粘銅片於盤碗盆洗中[14]。俟冷，將花用鐵絲扎把，插于釘上，宜偏斜取勢，不可居中，更宜枝疏葉清，不可擁擠；然後加水，用碗沙[15]少許掩銅片，使觀者疑叢花生于碗底，方妙。

若以木本花果插瓶，剪裁之法（不能色色自覓，倩人攀折者每不合意），必先執在手中，橫斜以觀其勢，反側以取其態。[16]相定之後，剪去雜技，以疏瘦古怪為佳。再思其梗如何入瓶，或折或曲，插入瓶口，方免背葉側花之患[17]。若一枝到手，先拘定其梗之直者插瓶中，勢必枝亂梗強，花側葉背，既難取態，更無韻致矣。折梗打曲之法：鋸其梗之半而嵌以磚石，則直者曲矣。如患梗倒，敲一二釘以笐[18]之。即楓葉竹枝，亂草荊棘，均堪入選。

---

[10] 疎：同「疏」字。

[11] 盆碗盤洗：指寬大如盆，平淺如碗、如盤、如洗狀的盛花器皿。洗是平淺的盛水器皿，如洗筆的稱為筆洗。

[12] 漂青松香：清除雜質之松香。

[13] 榆皮麵和油：榆皮麵即榆皮之粉末。和，調和。油，此處所指或為桐子油，因含有黏性。

[14] 以上的工作，為的是製造出插花的固著點，就像今日插花用的劍山。

[15] 碗沙：放置在盤碗、盤洗裡的細沙。

[16] 橫斜以觀其勢，反側以取其態：言從橫面的各種角度觀察花枝之形勢，再從反面側面觀察，選擇合乎美感的姿態。

[17] 背葉側花之患：插花要能表現花卉的自然美姿，花葉皆以向陽光生長，所以，花葉的向陽面最具有生生不息之氣。因此，葉片背面向前，花朵傾側，都是插花所避忌的事。

[18] 笐：音ㄍㄨㄢˇ，同「管」。纏絲之用具，此處引申作綑綁解。

或綠竹一竿,配以枸杞數粒;幾莖細草,伴以荊棘兩枝,苟位置得宜,另有世外之趣。

若新栽花木,不妨歪斜取勢,聽其葉側,一年後枝葉自能向上。如樹樹直栽,即難取勢矣。至剪裁盆樹,先取根露雞爪者,左右剪成三節,然後起枝。一枝一節,七枝到頂,或九枝到頂。枝忌對節如肩臂,節忌臃腫如鶴膝。須盤旋出枝,不可光留左右,以避赤胸露背之病。又不可前後直出,有名「雙起」、「三起」者,一根而起兩三樹也。如根無爪形,便成插樹,故不取。

然一樹剪成,至少得三四十年。余生平僅見吾鄉萬翁名彩章者,一生剪成數樹。又在揚州商家,見有虞山遊客攜送黃楊翠柏各一盆,惜乎明珠暗投[19];餘未見其可也。若留枝盤如寶塔,紮枝曲如蚯蚓者,便成匠氣矣。

點綴盆中花石,小景可以入畫,大景可以入神。一甌清茗[20],神能趣入其中,方可供幽齋之玩。種水仙無露璧石,余嘗以炭之有石意者[21]代之。黃芽菜心,其白如玉,取大小五七枝,用沙土植長方盤內,以炭代石,黑白分明,頗有意思。以此類推,幽趣無窮,難以枚舉。如石菖蒲[22]結子,用冷米湯同嚼,噴炭上,置陰濕地,能長細菖蒲;隨意移養盆碗中,茸茸可愛[23]。以老蓮子磨薄兩頭,入蛋殼使雞翼之,俟雛成取出,用久年燕巢泥加天門

---

[19] 明珠暗投:比喻人才埋沒。此處指好盆栽被送給不懂欣賞的人。

[20] 一甌清茗:一杯清茶。甌是一種飲茶器。

[21] 有石意者:型態像石頭般富有情緻趣味的。

[22] 菖蒲:彳尢 夂ㄨˊ,草名,葉狹長如劍。

[23] 茸茸可愛:茸音日ㄨㄥˊ,毛細密貌。茂密細緻可愛。

冬[24]十分之二，搗爛拌勻，植於小器中，灌以河水，曬以朝陽；花發大如酒盃，葉縮如碗口，亭亭可愛。

若夫園亭樓閣，套室迴廊，疊石成山，栽花取勢，又在大中見小，小中見大；虛中有實，實中有虛，或藏或露，或淺或深。不僅在「周迴曲折」四字，又不在地廣石多，徒煩工費。或掘地堆土成山，間以塊石，雜以花草，籬用梅編，牆以藤引，則無山而成山矣。

大中見小者：散漫處植易長之竹，編易茂之梅以屏之。小中見大者：窄院之牆，宜凹凸其形，飾以綠色，引以藤蔓；嵌大石，鑿字作碑記形。推窗如臨石壁，便覺峻峭無窮。虛中有實者：或山窮水盡處，一折而豁然開朗；或軒閣設廚處，一開而可通別院。實中有虛者：開門于不通之院，映以竹石，如有實無也；設矮欄干牆頭，如上有月臺而實虛也。

貧士屋少人多，當仿吾鄉太平船後梢之位置，再加轉移其間。臺級為床，前後借湊[25]，可作三塌，間以板而裱以紙，則前後上下皆越絕[26]。譬之如行長路，即不覺其窄矣。余夫婦喬寓揚州時，曾仿此法。屋僅兩椽，上下臥房、廚竈、客座皆越絕，而綽然有餘。芸曾笑曰：「位置雖精，終非富貴家氣象也。」是誠然歟！

---

[24] 天門冬：屬於百合科，為多年生蔓草；莖略呈木質化，塊根為紡錘狀。可食用藥用。

[25] 前後借湊：言借前後艙房之餘地以相湊合使用。借，借用。湊，湊合，將就之意。

[26] 越絕：踰越、超越。此處猶言剩餘。

　　余掃墓山中，檢有巒紋可觀之石，歸與芸商曰：「用油灰[27]疊宣州石于白石盆，取色勻也。本山黃石雖古樸，亦用油灰，則黃白相間，鑿痕畢露，將奈何？」

　　芸曰：「擇石之頑劣者，搗末于灰痕處，乘濕糝[28]之，乾或色同也。」

　　乃如其言，用宜興窰長方盆疊起一峰，偏于左而凸于右，背作橫方紋，如雲林石法[29]；巉巖[30]凹凸，若臨江石磯狀。虛一角，用河泥種千瓣白萍，石上植蔦蘿[31]，俗呼雲松，經營數日乃成。至深秋，蔦蘿蔓延滿山，如藤蘿之懸石壁。花開正紅色，白萍亦透水大放。紅白相間。神遊其中，如登蓬島。置之檐[32]下，與芸品題：此處宜設水閣，此處宜立茅亭，此處宜鑿六字曰「落花流水之間」，此可以居，此可以釣，此可以眺[33]；胸中丘壑，若將移居者然。一夕，貓奴爭食，自檐而墮，連盆與架，頃刻碎之。

　　余歎曰：「即此小經營，尚干[34]造物忌耶！」兩人不禁淚落。

---

[27] 油灰：用桐油和石灰攪成之黏劑，乾後其堅如石。古常用以塗黏或填補各種器物之空隙。

[28] 糝：音ㄙㄢˇ，撒上粉末。

[29] 雲林石法：據清代李漁所編《芥子園畫譜》中，專列〈山石譜〉石法十一式，有「董北苑巨然石法」、「倪雲林石法」等，對畫石的構思、佈局及用筆染墨，歸納出原則法理。倪瓚（1301-1374），字元鎮，號雲林，後人多以號稱之為倪雲林；元代畫家、詩人。今江蘇無錫人。

[30] 巉巖：音ㄔㄢˊ　ㄧㄢˊ，山勢險峻。

[31] 蔦蘿：音ㄋㄧㄠˇ　ㄌㄨㄛˊ，一種落葉小灌木。

[32] 檐：音ㄧㄢˊ，屋頂邊緣往外遮罩突出的部份，即屋簷。

[33] 眺：音ㄊㄧㄠˋ，遠望。

[34] 干：衝犯，這裡指遭到。

靜室焚香，閒中雅趣。芸嘗以沉速等香，于飯鑊[35]蒸透，在鑪上設一銅絲架，離火半寸許，徐徐烘之；其香幽韻而無烟。佛手忌醉鼻嗅，嗅則易爛。木瓜忌出汗，汗出，用水洗之。惟香圓[36]無忌。佛手、木瓜亦有供法，不能筆宣。每有人將供妥者隨手取嗅，隨手置之，即不知供法者也。

余閒居，案頭瓶花不絕。芸曰：「子之插花，能備風晴雨露，可謂精妙入神；而畫中有草蟲一法，盍仿而效之。」

余曰：「蟲躑躅不受制，焉能仿效？」

芸曰：「有一法，恐作俑[37]罪過耳。」

余曰：「試言之。」

芸曰：「蟲死色不變。覓螳螂、蟬、蝶之屬，以針刺死，用細絲扣蟲項繫花草間，整其足，或抱梗，或踏葉，宛然如生，不亦善乎？」

余喜，如其法行之，見者無不稱絕。求之閨中，今恐未必有此會心者矣。

余與芸寄居錫山華氏，時華夫人以兩女從芸識字。鄉居院曠，夏日逼人。芸教其家作活花屏法甚妙。每屏一扇，用木梢二枝，約長四五寸，作矮條模式，虛其中，橫四擋[38]，寬一尺許，四角鑿圓眼，插竹編方眼。屏約高六七尺，用砂盆種扁豆，置屏

---

[35] 飯鑊：鑊音ㄏㄨㄛˋ，煮飯的鍋子。沒有足的鍋子叫鑊，與有足的鼎相對。

[36] 香圓：即橼，亦供佛貢品。

[37] 作俑：俑音ㄩㄥˇ，古時殉葬所用以木頭刻成的人偶。《孟子‧梁惠王上》篇記載孔子曾說：「始作俑者，其無後乎！」後世以「作俑」一詞引伸為首創作惡之先例。

[38] 橫四擋：放置四方形木框。橫即橫向排列之意。擋指橫木的框。

中，盤延屏上，兩人可移動。多編數屏，隨意遮攔，恍如綠陰滿牖，透風蔽日，紆迴曲折，隨時可更[39]；故曰「活花屏」。有此一法，即一切藤本香草，隨地可用。此真鄉居之良法也。

友人魯半舫名璋，字春山，善寫松或梅菊，工隸書，兼工鐵筆[40]。余寄居其家之蕭爽樓一年有半。樓共五椽[41]，東向，余居其三。晦明風雨，可以遠眺。庭中有木犀[42]一株，清香撩人。有廊有廂，地極幽靜。移居時，有一僕一嫗，並挈其小女來。僕能成衣，嫗能紡績，于是芸繡，嫗績，僕則成衣，以供薪水。余素愛客，小酌必行令。芸善不費之烹庖[43]，瓜蔬魚蝦，一經芸手，便有意外味。同人知余貧，每出杖頭錢[44]，作竟日敘。余又好潔，地無纖塵，且無拘束，不嫌放縱。

時有楊補凡名昌緒，善人物寫真；袁少迂名沛，工山水；王星瀾名巖，工花卉翎毛[45]；愛蕭爽樓幽雅，皆攜畫具來，余則從之學畫，寫草篆，鐫圖章，加以潤筆[46]，交芸備茶酒供客。終日品詩論畫而已。更有夏淡安、揖山兩昆季[47]，並繆山音、知白兩昆季，及蔣韻香，陸橘香，周嘯霞，郭小愚，華杏帆，張閑酣諸君子，如梁上之燕，自去自來。芸則拔釵沽酒，不動聲色，良辰

---

[39] 更：改變更動。

[40] 鐵筆：言雕刻印章的刀，以印章上刻字，故以筆稱之。此指刻印章。

[41] 椽：承屋瓦的圓木，引伸為屋頂瓦蓋。五椽即是說五間房屋。椽音ㄔㄨㄢˊ。

[42] 木犀：俗稱「桂花」。

[43] 善不費之烹庖：善於烹煮不用多花費金錢的菜肴。

[44] 杖頭錢：飲酒之費用。典出《世說新語・任誕》：「阮宣子（阮修）常步行，以百錢掛杖頭，至酒店，便獨酣暢，雖當世貴盛不肯詣也。」

[45] 翎毛：翎音ㄌㄧㄥˊ。鳥禽。

[46] 潤筆：稿酬。請人作詩詞文字或寫書畫作品的酬金。

[47] 昆季：古人稱兄弟叫昆季。昆，本字作【上罒下弟】，周朝以為兄之稱。

美景，不放輕過。今則天各一方，風流雲散，兼之玉碎香埋，不
堪回首矣！

　　蕭爽樓有四忌：談官宦陞遷，公廨[48]時事，八股時文，看牌
擲色；有犯必罰酒五斤。有四取：慷慨豪爽，風流蘊藉，落拓不
羈，澄靜緘默。長夏無事，考對為會。每會八人，每人各攜青蚨
[49]二百．先拈鬮[50]，得第一者為主考，關防別座[51]；第二者為謄錄，
亦就座；餘作舉子，各于謄錄處取紙一條，蓋用印章。主考出五
七言各一句，刻香為限，行立構思，不准交頭私語。對就後投入
一匣，方許就座。各人交卷畢，謄錄啟匣，併錄一冊，轉呈主考，
以杜徇私[52]。十六對中取七言三聯，五言三聯。六聯中取第一者
即為後任主考，第二者為謄錄，每人有兩聯不取者罰錢二十文，
取一聯者免罰十文，過限者倍罰。一場，主考得香錢百文。一日
可十場，積錢千文，酒資大暢矣。惟芸議為官卷[53]，准坐而構思。

　　楊補凡為余夫婦寫〈載花小影〉，神情確肖。是夜月色頗佳，
蘭影上粉牆，別有幽致。星瀾醉後興發曰：「補凡能為君寫真，
我能為花圖影。」

　　余笑曰：「花影能如人影否？」

---

[48] 公廨：廨音ㄒㄧㄝˋ。指官府衙門。
[49] 青蚨：銅錢的別名。蚨音ㄈㄨˊ。《搜神記》：「南方有蟲，名青蚨，大如蠶
　　子，取其子，母即飛來，以母子之血各塗錢八十一支，不拘用母用
　　子，錢皆復飛回。」
[50] 拈鬮：鬮音ㄐㄧㄡ，即紙籤。有如今日之抽籤。
[51] 關防別座：明代劉辰之《國初事略》云：「按關防本為半印，故作長方形，
　　文字亦為金印之半，其後勘合之制廢，而名臨時性質特別官員之印信曰關
　　防。」此指作臨時主試者。別座，言另設一座位。
[52] 徇私：徇音ㄒㄩㄣˊ。偏私。
[53] 官卷：清制大臣子弟參加鄉試稱官生，其卷編官字號，謂之「官卷」，取中
　　另有定額。此處所謂官卷，是指成績優異，受優待之考生。

　　星瀾取素紙舖于牆，即就蘭影用墨濃淡圖之。日間取視，雖不成畫，而花葉蕭疎，自有月下之趣。芸甚寶之，各有題詠[54]。

　　蘇城有南園、北園二處，菜花黃時，苦無酒家小飲；攜盒而往，對花冷飲，殊無意昧。或議就近覓飲者，或議看花歸飲者，終不如對花熱飲為快。眾議未定。

　　芸笑曰：「明日但各出杖頭錢，我自擔爐火來。」

　　眾笑曰：「諾。」

　　眾去。余問曰：「卿果自往乎？」

　　芸曰：「非也，妾見市中賣餛飩者，其擔鍋竈無不備，盍雇之而往？妾先烹調端整，到彼處再一下鍋，茶酒兩便。」

　　余曰：「酒菜固便矣，茶乏烹具。」

　　芸曰：「攜一砂罐去，以鐵叉串罐柄，去其鍋，懸于行竈中，加柴火煎茶，不亦便乎？」余鼓掌稱善。

　　街頭有鮑姓者，賣餛飩為業，以百錢雇其擔，約以明日午後，鮑欣然允議。

　　明日看花者至，余告以故，眾咸歎服。飯後同往，并帶席墊。至南園，擇柳陰下團坐。先烹茗，飲畢，然後煖酒烹肴。是時風和日麗，徧地黃金，青衫紅袖，越阡度陌，蝶蜂亂飛，令人不飲自醉。既而酒肴俱熟，坐地大嚼。擔者頗不俗，拉與同飲。遊人見之，莫不羨為奇想。杯盤狼藉，各已陶然，或坐或臥，或歌或嘯。紅日將頹，余思粥，擔者即為買米煮之，果腹[55]而歸。

---

[54] 題詠：題寫詩句。
[55] 果腹：飽吃。

芸曰：「今日之遊樂乎？」

眾曰：「非夫人之力不及此。」[56]大笑而散。

貧士起居服食，以及器皿[57]房舍，宜省儉而雅潔。省儉之法，曰「就事論事」。余愛小飲，不喜多菜。芸為置一梅花盒，用二寸白磁深碟六隻，中置一隻，外置五隻，用灰漆就，其形如梅花。底蓋均起凹楞，蓋之上有柄如花蒂。置之案頭，如一朵墨梅覆桌；啟蓋視之，如菜裝于花瓣中，一盒六色，二三知己，可以隨意取食。食完再添。另做矮邊圓盤一隻，以便放杯、箸、酒壺之類，隨處可擺，移掇[58]亦便。即食物省儉之一端也。

余之小帽領襪，皆芸自做。衣之破者移東補西，必整必潔；色取闇淡[59]，以免垢跡，既可出客，又可家常。此又服飾省儉之一端也。

初至蕭爽樓中，嫌其暗，以白紙糊壁，遂亮。夏月樓下去牕，無闌干，覺空洞無遮攔。芸曰：「有舊竹簾在，何不以簾代欄？」

余曰：「如何？」

芸曰：「用竹數根，黝黑[60]色，一豎一橫，留出走路，截半簾搭在橫竹上，垂至地，高與桌齊；中豎短竹四根，用麻線紮定，

---

[56] 上述兩句對話，暗含用典故之妙。芸娘所說的「今日之遊樂乎」，是出自蘇軾〈後赤壁賦〉裏的句子，這裏借用，形同義似。沈三白所說的「非夫人之力不及此」一句，出自《左傳》僖公三十年中晉文公所說之語。原句之「夫（音ㄈㄨˊ）人」是「這個人」的意思，本指秦穆公而言，而沈復這裏借用，卻是指夫人、太太的意思，字形相同而音義不同。這種借形異義的用典，往往顯示使用者的機智，很能增加聽者會心的趣味。

[57] 器皿：皿音ㄇㄧㄣˇ。裝食品的用具。

[58] 移掇：掇音ㄉㄨㄛˊ，拾取。移動或拿取。

[59] 闇淡：闇音ㄢˋ，暗淡。

71

然後于橫竹搭簾處，尋舊黑布條，連橫竹裹縫之。既可遮攔飾觀，又不費錢。」此「就事論事」之一法也。以此推之，古人所謂「竹頭木屑皆有用」，良有以[61]也。

夏月荷花初開時，晚含而曉放。芸用小紗囊撮茶葉少許，置花心。明早取出，烹天泉水泡之，香韻尤絕。

---

[60] 黝黑：黝音一ㄡ∨。黑色。
[61] 良有以：實在很有道理。良，真確之意。

卷三〈坎坷記愁〉

　　人生坎坷，何為乎來哉？往往皆自作孽耳。余則非也！多情重諾，爽直不羈，轉因之為累。況吾父稼夫公慷慨豪俠，急人之難，成人之事，嫁人之女，撫人之兒，指不勝屈[1]；揮金如土，多為他人。余夫婦居家，偶有需用，不免典質[2]；始則移東補西，繼則左支右絀[3]。諺云：「處家人情，非錢不行。」先起小人之議，漸招同室之譏[4]。「女子無才便是德」，真千古至言也！

　　余雖居長而行三，故上下呼芸為「三娘」；後忽呼為「三太太」，始而戲呼，繼成習慣，甚至尊卑長幼，皆以「三太太」呼之，此家庭之變機歟？

　　乾隆乙巳，隨侍吾父於海寧官舍。芸於吾家書中附寄小函。吾父曰：「媳婦既能筆墨，汝母家信付彼司之[5]。」後家庭偶有閒言，吾母疑其述事不當，乃不令代筆。吾父見信非芸手筆，詢余曰：「汝婦病耶？」余即作札[6]問之，亦不答。久之，吾父怒曰：「想汝婦不屑代筆耳！」迨余歸，探知委曲，欲為婉剖[7]。芸急止之曰：「寧受責于翁，勿失歡於姑[8]也。」竟不自白。

---

[1] 指不勝屈：不能用屈彎手指來數盡，比喻不少。
[2] 典質：將物品抵押給別人來借錢花用。
[3] 左支右絀：絀音ㄔㄨˋ，短缺。左邊支出，右邊不足，意指經濟上東挪西借，費用短欠。
[4] 同室之譏：指家裡其他成員之怨言。
[5] 司之：司，掌管、擔任之意。此處指負責寫信。
[6] 作札：寫信，古人稱書信為書札、信札。
[7] 婉剖：用委屈婉轉的話來解釋。
[8] 翁姑：從前媳婦稱公公為翁，稱婆婆為姑。

　　庚戌之春，予又隨侍吾父于邗江幕中。有同事俞孚亭者，挈眷居焉。吾父謂孚亭曰：「一生辛苦，常在客中，欲覓一起居服役之人而不可得。兒輩果能仰體親意，當于家鄉覓一人來，庶[9]語音相合。」孚亭轉述于余，密札致芸，倩媒物色[10]，得姚氏女。芸以成否未定，未即稟知吾母。其來也，託言鄰女之嬉遊者。及吾父命余接取至署，芸又聽旁人意見，託言吾父素所合意者。吾母見之曰：「此鄰女之嬉遊者也，何娶之乎？」芸遂并失愛於姑矣。

　　壬子春，余館[11]真州。吾父病於邗江[12]，余往省，亦病焉。余弟啟堂時亦隨侍。芸來書曰：「啟堂弟曾向鄰婦借貸，倩芸作保，現追索甚急。」余詢啟堂。啟堂轉以嫂氏為多事。余遂批紙尾曰：「父子皆病，無錢可償；俟啟弟歸時，自行打算可也。」

　　未幾，病皆愈，余仍往真州。芸覆書來，吾父拆視之，中述啟弟鄰項事；且云：「令堂以老人之病，皆由姚姬而起。翁病稍痊，宜密囑姚託言思家，妾當令其家父母到揚接取；實彼此卸責之計也。」吾父見書怒甚，詢啟堂以鄰項事，答言不知。遂札飭[13]余曰：「汝婦背夫借債，讒謗小叔，且稱姑曰令堂，翁曰老人，悖謬[14]之甚！我已專人持札回蘇斥逐。汝若稍有人心，亦當知過！」余接此札，如聞青天霹靂；即肅書認罪，覓騎遄歸[15]，恐

---

[9] 庶：差不多可以的意思。
[10] 倩媒物色：請媒人尋找合適的對象。
[11] 館：遊幕任職，常寄住雇主處。此處當動詞用。
[12] 邗江：音ㄏㄢˊ，水名，亦名邗溝，江蘇境內從揚州市西北至淮安縣北入淮河的運河。
[13] 飭：音ㄔˋ，命令。
[14] 悖謬：音ㄅㄟˋ ㄇㄧㄡˋ，荒謬而不合情理。
[15] 遄歸：遄音ㄔㄨㄢˊ，急疾。急歸。

芸之短見也。到家述其本末,而家人乃持逐書至,歷斥多過,言甚決絕。芸泣曰:「妾固不合妄言,但阿翁當恕婦女無知耳。」

越數日,吾父又有手諭至,曰:「我不為已甚。汝攜婦別居,勿使我見,免我生氣足矣。」

乃寄芸于外家,而芸以母亡弟出,不願往依族中,幸友人魯半舫聞而憐之,招余夫婦往居其家蕭爽樓。越兩載,吾父漸知始末,適余自嶺南歸,吾父自至蕭爽樓,謂芸曰:「前事我已盡知,汝盍歸乎?」余夫婦欣然,仍歸故宅,骨肉重圓。豈料又有憨園之孽障[16]耶!

芸素有血疾,以其弟克昌出亡不返,母金氏復念子病沒,悲傷過甚所致;自識憨園,年餘未發,余方幸其得良藥。而憨為有力者奪去,以千金作聘,且許養其母。佳人已屬沙吒利[17]矣。

余知之而未敢言也,及芸往探始知之,歸而嗚咽,謂余曰:「初不料憨之薄情乃爾也!」

余曰:「卿自情癡耳,此中人何情之有哉!況錦衣玉食者未必能安于荊釵布裙[18]也,與其後悔,莫若無成。」因撫慰之再三。而芸終以受愚為恨,血疾大發。床席支離[19],刀圭[20]無效。時發時

---

[16] 孽障:即業障,佛家語,指前生的過惡造成今生的阻礙。

[17] 佳人已屬沙吒利:吒音ㄓㄚˋ。唐韓翃有美女柳氏,為蕃將沙吒利所劫,後有虞侯官許俊到沙吒利府中,為韓氏奪回柳氏歸。據《章台柳傳》云:「唐韓翃幸姬曰柳氏,豔絕一時,有蕃將沙吒利劫以歸第,虞侯許俊經造沙吒利之第,挾柳氏歸於翃。」王言先有句說:「佳人已屬沙吒利,義士今無古押衙。」後人即據此為典,指心愛人被佔奪而去,即謂之「佳人已屬沙吒利。」此借以指憨園為人奪去。

[18] 荊釵布裙:以荊為釵,以布為裙,指婦女穿著粗布衣服,生活節儉樸素。

[19] 支離:指形體不全,身體衰弱。

[20] 刀圭:圭音ㄍㄨㄟ,量藥用具,引申作醫藥、醫術解,此處說醫藥治療。

止，骨瘦形銷。不數年而逋負[21]日增，物議日起。老親又以盟妓一端，憎惡日甚。余則調停中立，已非生人之境矣。

芸生一女，名青君。時年十四，頗知書，且極賢能，質釵典服，幸賴辛勞。子名逢森，時年十二，從師讀書。余連年無館，設一書畫舖于家門之內。三日所進，不敷一日所出，焦勞困苦，竭蹶[22]時形。隆冬無裘，挺身而過。青君亦衣單股慄，猶強曰「不寒」。因是芸誓不醫藥。

偶能起床，適余有友人周春煦自福郡王幕中歸，倩人繡〈心經〉一部。芸念繡經可以消灾降福，且利其繡價之豐，竟繡焉。而春煦行色匆匆，不能久待，十日告成。弱者驟勞，致增腰痠[23]頭暈之疾。豈知命薄者，佛亦不能發慈悲也！繡經之後，芸病轉增，喚水索湯，上下厭之。

有西人賃屋于余畫舖之左，放利債為業；時倩余作畫，因識之。友人某向渠借五十金，乞余作保；余以情有難却，允焉。而某竟挾資遠遁。西人惟保是問，時來饒舌；初以筆墨為抵，漸至無物可償。歲底，吾父家居，西人索債，咆哮于門。吾父聞之，召余訶責曰：「我輩衣冠之家，何得負此小人之債！」正剖訴間，適芸有自幼同盟姊適錫山華氏，知其病，遣人問訊。堂上誤以為憨園之使，因愈怒曰：「汝婦不守閨訓，結盟娼妓。汝亦不思習上，濫伍小人。若置汝死地，情有不忍。姑寬三日限，速自為計，遲必首汝逆[24]矣！」

---

[21] 逋負：逋音ㄅㄨ，逃避，此處作拖欠解。背負積欠的債務。
[22] 竭蹶時形：蹶音ㄐㄩㄝˊ，挫折。時形，即經常出現。費用短缺，挫折困頓的狀況經常出現。
[23] 痠：音ㄙㄨㄢ，痠痛。
[24] 首汝逆：陳罪曰首。言陳訴忤逆不孝之罪於官。

芸聞而泣曰:「親怒如此,皆我罪孽。妾死君行,君必不忍;妾留君去,君必不捨。姑密喚華家人來,我強起問之。」

因令青君扶至房外,呼華使問曰:「汝主母特遣來耶?抑便道來耶?」曰:「主母久聞夫人臥病,本欲親來探望;因從未登門,不敢造次[25];臨行囑咐,倘夫人不嫌鄉居簡褻[26],不妨到鄉調養,踐幼時燈下之言。」蓋芸與同繡日,曾有疾病相扶之誓也。

因囑之曰:「煩汝速歸,稟知主母,于兩日後放舟密來。」

其人既退,謂余曰:「華家盟姊,情逾骨肉,君若肯至其家,不妨同行;但兒女攜之同往既不便,留之累親又不可,必於兩日內安頓之。」

時余有表兄王藎臣,一子名韞石[27],願得青君為媳婦。芸曰:「聞王郎懦弱無能,不過守成之子,而王又無成可守;幸詩禮之家,且又獨子,許之可也。」

余謂藎臣曰:「吾父與君有渭陽之誼[28],欲媳青君,諒無不允。但待長而嫁,勢所不能。余夫婦往錫山後,君即稟知堂上,先為童媳;何如?」

藎臣喜曰:「謹如命」。

逢森亦托友人夏揖山轉薦學貿易。安頓已定,華舟適至。時庚申之臘二十五日也。

---

[25] 造次:冒昧。

[26] 簡褻:自謙說待客簡慢的客套話,。

[27] 藎音ㄐㄧㄣˋ。韞音ㄩㄣˋ。

[28] 渭陽之誼:指甥舅關係。《詩經·秦風·渭陽》曰:「我送舅氏,曰至渭陽。」此為春秋時秦康公送晉文公歸國的詩。秦康公乃晉文公之甥,因此後世用此典故稱甥舅關係為「渭陽之誼」。

芸曰:「子然出門,不惟招鄰里笑,且西人之項無著,恐亦不放,必于明日五鼓悄然而去。」

余曰:「卿病中能冒曉寒耶?」

芸曰;「死生有命,無多慮也。」

密稟吾父,亦以為然。是夜先將半肩[29]行李挑下船,令逢森先臥,青君泣於母側。芸囑曰:「汝母命苦,兼亦情癡,故遭此顛沛。幸汝父待我厚,此去可無他慮。兩三年內,必當布置重圓。汝至汝家,須盡婦道,勿似汝母。汝之翁姑以得汝為幸,必善視汝。所留箱籠什物,盡付汝帶去。汝弟年幼,故未令知。臨行時託言就醫,數日即歸;俟我去遠,告知其故,稟聞祖父可也。」

旁有舊嫗,即前卷中曾賃其家消暑者,願送至鄉;故是時陪侍在側,拭淚不已。將交五鼓,煖粥共啜[30]之。芸強顏[31]笑曰:「昔一粥而聚,今一粥而散;若作傳奇,可名『喫粥記』矣。」

逢森聞聲亦起,呻曰:「母何為?」

芸曰:「將出門就醫耳。」

逢森曰:「起何早?」

曰:「路遠耳。汝與姊相安在家,毋討祖母嫌。我與汝父同往,數日即歸。」

雞聲三唱[32],芸含淚扶嫗,啟後門將出,逢森忽大哭,曰:「噫!我母不歸矣!」

---

[29] 半肩:言用一半肩膀就背完的行李,指行李無多。

[30] 啜:音ㄔㄨㄛˋ,喝、吸。

[31] 強顏:強音ㄑㄧㄤˇ。勉強裝出喜悅的容顏。

青君恐驚人，急掩其口而慰之。當是時，余兩人寸腸已斷，不能復作一語，但止以勿哭而已。

青君閉門後，芸出巷十數步，已疲不能行，使嫗提燈，余背負之而行。將至舟次³³，幾為邏者所執，幸老嫗認芸為病女，余為壻，且得舟子³⁴（皆華氏工人）聞聲接應，相扶下船。解維後，芸始放聲痛哭。是行也，其母子已成永訣³⁵矣！

華名大成，居無錫之東高山，面山而居，躬畊³⁶為業，人極樸誠。其妻夏氏，即芸之盟姊也。是日午未之交，始抵其家。華夫人已倚門而待，率兩小女至舟，相見甚歡。扶芸登岸，款待慇懃³⁷。四鄰婦人孺子，闃然入室，將芸環視，有相問訊者，有相憐惜者，交頭接耳，滿室啾啾。

芸謂華夫人曰：「今日真如漁父入桃源³⁸矣。」

華曰：「妹莫笑，鄉人少所見，多所怪耳。」

自此相安度歲。至元宵，僅隔兩旬，而芸漸能起步。是夜觀龍燈于打麥場中，神情態度，漸可復元；余乃心安，與之私議曰：「我居此非計，欲他適而短於資，奈何？」

芸曰：「妾亦籌之矣。君姊丈范惠來現於靖江鹽公堂司會計，十年前曾借君十金，適數不敷，妾典釵湊之，君憶之耶？」

---

³² 三唱：指雄雞已經三度啼叫。即五更時分，天已將明。
³³ 舟次：船停靠的地方。次指停駐處。
³⁴ 舟子：船夫。
³⁵ 永訣：永遠告別，不再見面。
³⁶ 躬畊：親自下田耕種。畊，同「耕」字。
³⁷ 慇懃：音一ㄣ ㄑ一ㄣˊ，也寫做殷勤，對待別人，誠意周到。
³⁸ 漁父入桃源：陶淵明所作〈桃花源記〉中，寫漁父進入桃花源後，「村中聞有此人，咸來問訊。」這裡就是用這段文句來做比喻。

余曰：「忘之矣。」

芸曰：「聞靖江去此不遠，君盍一往？」

余如其言。時天頗煖，織絨袍嗶嘰[39]短褂，猶覺其熱。此辛酉正月十六日也。是夜宿錫山客旅，賃被而臥。晨起，趁江陰航船，一路逆風，繼以微雨。夜至江陰江口，春寒澈骨，沽酒禦寒，囊為之罄[40]。躊躇終夜，擬卸襯衣質錢[41]而渡。

十九日，北風更烈，雪勢猶濃，不禁慘然淚落。暗計房資渡費，不敢再飲。正心寒股慄間，忽見一老翁，草鞋氈笠，負黃包入店，以目視余，似相識者。

余曰：「翁非泰州曹姓耶？」

答曰：「然。我非公，死填溝壑矣，今小女無恙[42]，時誦公德。不意今日相逢，何逗留于此？」

蓋余幕泰州時，有曹姓，本微賤，一女有姿色，已許婿家，有勢力者放債謀其女，致涉訟。余從中調護，仍歸所許，曹即投入公門為隸，叩首作謝，故識之。余告以投親遇雪之由。

曹曰：「明日天晴，我當順途相送。」出錢沽酒，備極款洽[43]。

二十日，曉鐘初動，即聞江口喚渡聲。余驚起，呼曹同濟[44]。曹曰：「勿急，宜飽食登舟。」乃代償房飯錢，拉余出沽。余以

---

[39] 嗶嘰：音ㄅㄧˋ ㄐㄧ，一種毛織物。

[40] 罄：音ㄑㄧㄥˋ，財物用完之意。

[41] 質錢：將物品典押以借錢。

[42] 無恙：安然無差錯。

[43] 備極款洽：充滿和樂之情，極度歡喜融洽。

連日逗留，急欲趕渡，食不下咽，強啖麻餅兩枚。及登舟，江風如箭，四肢發戰。

曹曰：「聞江陰有人縊[45]於靖，其妻雇是舟而往。必俟雇者來始渡耳。」

枵腹[46]忍寒，午始解纜。至靖，暮烟四合矣。

曹曰：「靖有公堂兩處，所訪者城內耶？城外耶？」

余踉蹌[47]隨其後，且行且對曰：「實不知其內外也。」

曹曰：「然則且止宿，明日往訪耳。」

進旅店，鞵襪已為泥淤濕透，索火烘之。草草飲食，疲極酣睡。晨起，襪燒其半。曹又代償房飯錢。訪至城中，惠來尚未起；聞余至，披衣出，見余狀，驚曰：「舅何狼狽至此？」

余曰：「姑勿問，有銀乞借二金，先遣送我者。」

惠來以番餅[48]二圓授余，即以贈曹。曹力却，受一圓而去。余乃歷述所遭，并言來意。

惠來曰：「郎舅至戚，即無宿逋[49]，亦應竭盡綿力；無如航海鹽船新被盜，正當盤賬[50]之時，不能挪移豐贈，當勉措番銀二

---

44 濟：渡河。
45 縊：音一ˋ，以繩帶上吊。
46 枵腹：音ㄒ一ㄠ ㄈㄨˋ，腹中空虛飢餓。
47 踉蹌：音ㄌ一ㄤˋ ㄑ一ㄤˋ，腳步不穩，走路歪斜。
48 番餅：即清朝銀圓。
49 宿逋：言舊時所欠之債務。
50 盤賬：核對賬冊項目。

十圓，以償舊欠，何如？」余本無奢望，遂諾之。留住兩日，天已晴煖，即作歸計。二十五日，仍回華宅。

芸曰：「君遇雪乎？」

余告以所苦。因慘然曰：「雪時，妾以君為抵靖，乃尚逗留江口。幸遇曹老，絕處逢生，亦可謂吉人天相矣。」

越數日，得青君信，知逢森已為揖山薦引入店。蓋臣請命于吾父，擇正月二十四日將伊接去。兒女之事，粗能了了，但分離至此，令人終覺慘傷耳。

二月初，日煖風和，以靖江之項[51]薄備行裝，訪故人胡肯堂於邗江鹽署。有貢局[52]眾司事公延入局，代司筆墨[53]，身心稍定。至明年壬戌八月，接芸書曰：「病體全瘳[54]，惟寄食于非親非友之家，終覺非久長之策，願亦來邗，一覩平山之勝。」

余乃賃屋於邗江先春門外，臨河兩椽，自至華氏接芸同行。華夫人贈一小奚奴曰阿雙，幫司炊爨[55]，並訂他年結鄰之約。時已十月，平山淒冷，期以春遊。滿望散心調攝，徐圖骨肉重圓[56]。不滿月，而貢局司事忽裁十有五人，余系友中之友，遂亦散閒。

---

[51] 項：款項，此處指從靖江討回的債款。
[52] 貢局：相當於今日之稅務局。
[53] 司筆墨：負責文書類的工作。
[54] 瘳：音ㄔㄡ，指病已痊癒。
[55] 炊爨：音ㄔㄨㄟ　ㄘㄨㄢˋ，煮飯。
[56] 骨肉重圓：父母與子女重新團聚。

芸始猶百計代余籌畫，強顏慰藉，未嘗稍涉怨尤。至癸亥仲春[57]，血疾大發。余欲再至靖江，作「將伯」之呼[58]。

芸曰：「求親不如求友。」

余曰：「此言雖是，奈友雖關切，現皆閒處，自顧不遑[59]。」

芸曰：「幸天時已煖，前途可無阻雪之慮。願君速去速回，勿以病人為念。君或體有不安，妾罪更重矣。」

時已薪水不繼，余佯為雇騾以安其心，實則囊餅徒步，且食且行。向東南兩渡叉河，約八九十里，四望無村落。至更許，但見黃沙漠漠，明星閃閃，得一土地祠，高約五尺許，環以短牆，植以雙柏。因向神叩首，祝曰：「蘇州沈某，投親失路至此，欲假神祠一宿，幸神憐佑！」于是移小石香爐于旁，以身探之，僅容半體。以風帽反戴掩面，坐半身于中，出膝於外，閉目靜聽，微風蕭蕭而已。足疲神倦，昏然睡去。

及醒，東方已白，短牆外忽有步語聲。急出探視，蓋土人趕集經此也。問以途曰；「南行十里即泰興縣城，穿城向東南，十里一土墩，過八墩，即靖江，皆康莊也。」

余乃反身，移爐于原位，叩首作謝而行。過泰興，即有小車可附。申刻抵靖，投刺[60]焉。良久，司閽者曰：「范爺因公往常州去矣。」察其辭色，似有推托。

---

[57] 仲春：一年四季，每季三月，陰曆每季的第一月叫孟月，第二月叫仲月，第三月叫暮或季月，仲春是春季第二月，即陰曆二月。

[58] 作「將伯」之呼：言求助於人之意。典出於《詩經・小雅・正月》：「載輸爾載，將伯助予。」後人每借為「求助」的意思。

[59] 不遑：遑音ㄏㄨㄤˊ，閑暇。沒有時間。

[60] 投刺：投名帖求見。刺，相當於今日的名片。

余詰之曰：「何日可歸？」

曰：「不知也。」

余曰：「雖一年亦將待之。」

闇者會余意；私問曰：「公與范爺嫡郎舅[61]耶？」

余曰：「苟非嫡者，不待其歸矣。」

闇者曰：「公姑待之。」

越三日，乃以回靖告，共挪二十五金。雇騾急返。

芸正形容慘變，咻咻涕泣。見余歸，卒然[62]曰：「君知昨午阿雙捲逃乎？倩人大索，今猶不得。失物小事，人係伊母臨行再三交託，今若逃歸，中有大江之阻，已覺堪虞；倘其父母匿子圖詐，將奈之何？且有何顏見我盟姊！」

余曰：「請勿急。卿慮過深矣。匿子圖詐，詐其富有也；我夫婦兩肩擔一口耳。況攜來半載，授衣分食，從未稍加扑責，鄰里咸知。此實小奴喪良，乘危竊逃。華家盟姊贈以匪人，彼無顏見卿，卿何反謂無顏見彼耶？今當一面呈縣立案，以杜後患可也。」

芸聞余言，意似稍釋。然自此夢中囈語，時呼「阿雙逃矣」，或呼「憨何負我」，病勢日以增矣。余欲延醫診治。

芸阻曰：「妾病始因弟亡母喪，悲痛過甚；繼為情感；後由忿激。而平素又多過慮，滿望努力做一好媳婦而不能得，以至頭

---

[61] 嫡郎舅：嫡音ㄉㄧˊ，直親為嫡，旁親為庶。指親姐妹夫與親妻弟的關係。
[62] 卒然：「卒」音ㄘㄨˋ，同「猝」。忽然。

眩怔忡，諸症畢備，所謂病入膏肓[63]，良醫束手，請勿為無益之
費。憶妾唱隨二十三年，蒙君錯愛，百凡體恤，不以頑劣見棄。
知己如君，得壻如此，妾已此生無憾。若布衣煖，菜飯飽，一室
雍雍[64]，優游泉石，如滄浪亭蕭爽樓之處境，真成烟火神仙矣。
神仙幾世纔能修到，我輩何人，敢望神仙耶？強而求之，致干造
物之忌；即有情魔之擾，總因君太多情，妾生薄命耳！」

　　因又嗚咽而言曰：「人生百年，終歸一死。今中道相離，忽
焉長別，不能終奉箕帚[65]，目睹逢森娶婦；此心實覺耿耿。」言
已，淚落如豆。

　　余勉強慰之曰：「卿病八年，懨懨[66]欲絕者屢矣。今何忽作
斷腸語耶？」

　　芸曰：「連日夢我父母放舟來接，閉目即飄然上下，如行雲
霧中，殆魂離而軀殼存乎？」

　　余曰：「此神不收舍，服以補劑，靜心調養，自能安痊。」

　　芸又欷歔曰：「妾若稍有生機一線，斷不敢驚君聽聞。今冥
路已近，苟再不言，言無日矣。君之不得親心，流離顛沛，皆由
妾故；妾死則親心自可挽回，君亦可免牽掛。堂上春秋[67]高矣，
妾死，君宜早歸。如無力攜妾骸骨歸，不妨暫厝於此，待君將來

---

[63] 病入膏肓：肓音ㄏㄨㄤ。膏肓，指心下橫隔膜處，古醫生以為藥石不能攻治
　　之處。病況嚴重，已無可救藥。
[64] 雍雍：和諧融洽。
[65] 奉箕帚：箕帚音ㄐㄧ　ㄓㄡˇ。箕，盛垃圾之用具，俗稱畚箕；帚，掃地之
　　具。這裡指為人婦服侍丈夫，在家處理家務，灑掃內外。
[66] 懨懨：音ㄧㄢ，病勢嚴重的樣子。
[67] 春秋：此處指年歲。

85

可耳。願君另續德容兼備者,以奉雙親,撫我遺子,妾亦瞑目矣。」言至此,痛腸欲裂,不覺慘然大慟。

余曰:「卿果中道相捨,斷無再續之理,況『曾經滄海難為水,除卻巫山不是雲[68]』耳。」芸乃執余手而更欲有言,僅斷續疊言「來世」二字。忽發喘,口噤,兩目瞪視,千呼萬喚,已不能言。痛淚兩行,淎淎[69]流溢。既而喘漸微,淚漸乾,一靈縹緲,竟爾長逝!時嘉慶癸亥三月三十日也。當是時,孤燈一盞,舉目無親,兩手空拳,寸心欲碎。綿綿此恨,曷其有極[70]!

承吾友胡肯堂以十金為助,餘盡室中所有,變賣一空,親為成殮[71]。

嗚呼!芸一女流,具男子之襟懷才識。歸吾門後,余日奔走衣食,中饋缺乏,芸能纖悉不介意。及余家居,惟以文字相辯析而已。卒之疾病顛連,齎[72]恨以沒,誰致之耶!余有負閨中良友,又何可勝道哉!奉勸世間夫婦,固不可彼此相仇,亦不可過于情篤。話云「恩愛夫妻不到頭」,如余者,可作前車之鑒也。

回煞[73]之期,俗傳是日魂必隨煞而歸,故居中舖設一如生前,且須舖生前舊衣于床上,置舊鞋於床下,以待魂歸瞻顧。吳下相

---

[68] 曾經滄海難為水,除卻巫山不是雲:是唐元稹的〈離思〉詩中句子。意謂曾對某一對象一往情深,所以對其他的對象再也看不上眼。

[69] 淎淎:音ㄅㄥˊ,淚流的樣子。

[70] 綿綿此恨,曷其有極:曷音ㄏㄜˊ,何。如此悠長的悔恨,那有終結的時候呢?前一句出於白居易〈長恨歌〉「天長地久有時盡,此恨綿綿無絕期。」後一句出於《詩經‧鴇羽》:「悠悠蒼天,曷其有極。」

[71] 成殮:殮音ㄌㄧㄢˋ,將屍體安放入棺柩裡。這裡指辦好一切喪葬事宜。

[72] 齎:為「齎」字的俗寫,也寫作「賷」,音ㄐㄧ,攜帶,抱持。齎恨以沒意即抱恨而死。

[73] 回煞:又稱歸煞、回魂。古代以為人死之後,其魂魄會在短時間中回歸生前

傳謂之「收眼光」；延[74]羽士[75]作法，先召于床而後遣之，謂之「接眚[76]」。邗江俗例，設酒肴于死者之室，一家盡出，謂之「避眚」；以故有因避被竊者。

芸娘眚期，房東因同居而出避，鄰家囑余亦設肴遠避。余冀魂歸一見，姑漫應之。同鄉張禹門諫余曰：「因邪入邪，宜信其有，勿嘗試也。」

余曰：「所以不避而待之者，正信其有也。」

張曰：「回煞犯煞，不利生人。夫人即或魂歸，業已陰陽有間；竊恐欲見者無形可接，應避者反犯其鋒耳。」

時余癡心不昧，強對曰：「死生有命。君果關切，伴我何如？」

張曰：「我當于門外守之。君有異見，一呼即入可也。」

余乃張燈入室，見舖設宛然，而音容已杳[77]，不禁心傷淚湧。又恐淚眼模糊，失所欲見，忍淚睜目，坐床而待。撫其所遺舊服，香澤猶存，不覺柔腸寸斷[78]，冥然昏去。轉念待魂而來，何遽睡耶！開目四視，見席上雙燭青燄熒熒，光縮如豆[79]，毛骨悚然，通體寒慄。因摩兩手擦額，細矚之，雙燄漸起，高至尺許，紙裱頂格，幾被所焚。余正得藉光四顧間，光忽又縮如前。此時心舂

所處之地，故稱回魂；鬼魂歸來之夜，或將有凶煞出現，故又稱回煞。

[74] 延：聘請。

[75] 羽士：即道士。道士修練道術，期望一朝得道，羽化而升仙，故稱得道之道士為羽士。

[76] 眚：ㄕㄥˇ。凶煞。—

[77] 杳：縹渺遙遠，不得而見。

[78] 柔腸寸斷：形容傷心到極點。

[79] 光縮如豆：燭光聚縮，小得像豆一般小。

股慄,欲呼守者進觀,而轉念柔魂弱魄,恐為盛陽所逼[80];悄呼芸名而祝之,滿室寂然,一無所見。既而燭燄復明,不復騰起矣。出告禹門,服余膽壯,不知余實一時情癡耳。

芸沒後,憶和靖「妻梅子鶴[81]」語,自號梅逸。權葬[82]芸於揚州西門外之金桂山,俗呼郝家寶塔。買一棺之地,從遺言寄于此,攜木主[83]還鄉。吾母亦為悲悼,青君、逢森歸來,痛哭成服[84]。

啟堂進言曰:「嚴君怒猶未息,兄宜仍往揚州,俟嚴君歸里,婉言勸解,再當專札相招。」

余遂拜母別子女,痛哭一場;復至揚州,賣畫度日。因得常哭于芸娘之墓,影單形隻,備極淒涼。且偶經故居,傷心慘目。重陽日,鄰塚皆黃,芸墓獨青。

守墳者曰:「此好穴場,故地氣旺也。」余暗祝曰:「秋風已緊,身尚衣單。卿若有靈,佑我圖得一館[85],度此殘年,以待家鄉信息。」

未幾,江都幕客章馭庵先生欲回浙江葬親,倩余代庖三月,得備禦寒之具。封篆[86]出署,張禹門招寓其家。張亦失館,度歲

---

[80] 盛陽所逼:強大的陽氣所逼迫。俗謂人間塵世為陽間,鬼魂世界為陰間。活人帶陽氣,死魂帶陰氣。陽剛而陰柔,故陰魂會被活人陽氣所逼迫。

[81] 妻梅子鶴:宋人林逋字和靖,隱居西湖,不娶無子,所居旁多栽梅、養鶴,自稱「以梅為妻,以鶴為子」。

[82] 權葬:權宜性暫時安葬,欲待以後再行改葬。

[83] 木主:即神主木牌。

[84] 成服:穿著孝服辦理喪事。

[85] 圖得一館:謀得一份衙門裡幕僚的工作。

[86] 封篆:清朝制度,自十二月下旬至次年正月中旬過年期間,各官署停止辦公叫封印;而印章每以篆文刻之,故封印也叫封篆。

艱難，商于余，即以餘資二十金傾囊借之，且告曰：「此本留為亡荊[87]扶柩之費，一俟得有鄉音，償我可也。」

是年即寅張度歲，晨占夕卜，鄉音殊杳。至甲子三月，接青君信，知吾父有病。即欲歸蘇，又恐觸舊忿。正趑趄[88]觀望間，復接青君信，始痛悉吾父業已辭世，刺骨痛心，呼天莫及。無暇他計，即星夜馳歸，觸首靈前，哀號流血。嗚呼！吾父一生辛苦，奔走于外。生余不肖，既少承歡膝下，又未侍藥床前，不孝之罪何可逭[89]哉！

吾母見余哭，曰：「汝何此日始歸耶？」

余曰：「兒之歸，幸得青君孫女信也。」吾母目余弟婦，遂嘿然[90]。

余入幕守靈，至七終，無一人以家事告，以喪事商者。余自問人子之道已缺，故亦無顏詢問。

一日，忽有向余索逋[91]者，登門饒舌。余出應曰：「欠債不還，固應催索；然吾父骨肉未寒，乘凶追呼，未免太甚。」

中有一人私謂余曰：「我等皆有人招之使來，公且避出，當向招我者索償也。」

余曰：「我欠我償，公等速退！」皆唯唯而去。

---

[87] 亡荊：即亡妻
[88] 趑趄：音ㄗ　ㄐㄩ，遲疑不定，不敢前往。
[89] 逭：音ㄏㄨㄢˋ，逃避。《說文》逭，逃也。
[90] 嘿然：嘿音ㄇㄛˋ。即默然，閉口不說話。
[91] 索逋：討索所欠債。

　　余因呼啟堂諭之曰：「兄雖不肖，並未作惡不端。若言出嗣降服，從未得過纖毫嗣產。此次奔喪歸來，本人子之道，豈為爭產故耶？大丈夫貴乎自立，我既一身歸，仍以一身去耳！」言已，返身入幕，不覺大慟[92]。

　　叩辭吾母，走告青君，行將出走深山，求赤松子[93]于世外矣。青君正勸阻間，友人夏南薰字淡安，夏逢泰字揖山兩昆季[94]尋蹤而至。抗聲諫余曰：「家庭若此，固堪動忿；但足下父死而母尚存，妻喪而子未立，乃竟飄然出世，於心安乎？」

　　余曰：「然則如之何？」

　　淡安曰：「奉屈暫居寒舍。聞石琢堂[95]殿撰有告假回籍之信，盍俟其歸而往謁之？其必有以位置君[96]也。」

　　余曰：「兄喪未滿百日，兄等有老親在堂，恐多未便。」

　　揖山曰：「愚兄弟之相邀，亦家君意也。足下如執以為不便，西鄰有禪寺，方丈僧與余交最善。足下設榻於寺中，何如？」余諾之。

---

[92] 慟：音ㄊㄨㄥˋ，哀痛到極點。

[93] 赤松子：古代仙人名，見《史記·張良傳》：「願棄人世間，從赤松子遊。」此處意指隨仙人隱居學道。

[94] 昆季：兄弟。昆原作「昆」，先秦時稱兄為「昆」。

[95] 石琢堂：石韞玉（1756-1837）字執如，號琢堂，又號花韻庵主人，吳縣人。乾隆五十五年（1790）年庚戌狀元，授翰林院修撰。嘉慶三年（1798）出補四川重慶府知府，嘉慶十二年（1807）升任山東按察使，旋降官翰林，即告疾歸鄉，主講於蘇州紫陽書院。著有《獨學廬集》等。

[96] 以位置君：將一職位安置給你工作。

青君曰：「祖父所遺房產不下三四千金，既已分毫不取，豈自己行囊亦捨去耶？我往取之，逕送禪寺父親處可也。」因是於行囊之外，轉得吾父所遺圖書、硯台、筆筒[97]數件。

寺僧安置余于大悲閣。閣南向，向東設神像，隔西首一間，設月牕，緊對佛龕[98]，中為作佛事[99]者齋食之地。余即設榻其中。臨門有關聖提刀立像[100]，極威武。院中有銀杏一株，大三抱，蔭覆滿閣。夜靜風聲如吼。揖山常攜酒果來對酌，曰：「足下一人獨處，夜深不寐，得無畏怖耶？」

余曰：「僕[101]一生坦直，胸無穢念[102]，何怖之有？」

居未幾，大雨傾盆，連宵達旦三十餘天。時慮銀杏折枝，壓梁傾屋，賴神默佑，竟得無恙。而外之牆坍屋倒者不可勝計，近處田禾俱被漂沒。余則日與僧人作畫，不見不聞。

七月初，天始霽[103]，揖山尊人[104]號蓴薌，有交易赴崇明，偕余往，代筆書券，得二十金。歸，值吾父將安葬，啟堂命逢森向余曰：「叔因葬事乏用，欲助一二十金。」

余擬傾囊與之。揖山不允，分幫其半。余即攜青君先至墓所。葬既畢，仍返大悲閣。

---

⁹⁷ 筆筒：筒音ㄊㄨㄥˊ，同「筒」，即筆筒。

⁹⁸ 佛龕：龕音ㄎㄢ。供奉佛陀的櫥櫃。

⁹⁹ 佛事：指開壇誦經拜懺等法事。

¹⁰⁰ 關聖提刀立像：即關公，後人尊稱為「武聖」，因稱關聖。通常畫塑形像都提著有名的青龍偃月刀。

¹⁰¹ 僕：古人謙稱自己為僕。

¹⁰² 穢念：骯髒不正的邪念。

¹⁰³ 霽：音ㄐㄧˋ，雨停雲開，天色放晴。

¹⁰⁴ 尊人：對別人父親的尊稱。

　　九月杪[105]，揖山有田在東海永泰沙，又偕余往收其息。盤桓兩月，歸已殘冬，移寓其家雪鴻草堂度歲；真異姓骨肉[106]也。

　　乙丑七月，琢堂始自都門回籍。琢堂名韞玉，字執如，琢堂其號也，與余為總角交[107]。乾隆庚戌[108]殿元[109]，出為四川重慶守。白蓮教[110]之亂，三年戎馬，極著勞績。及歸，相見甚歡。旋于重九日挈眷重赴四川重慶之任，邀余同往。余即叩別吾母于九妹倩[111]陸尚吾家，蓋先君故居已屬他人矣。吾母囑曰：「汝弟不足恃，汝行須努力。重振家聲，全望汝也！」逢森送余至半途，忽淚落不已，因囑勿送而返。

　　舟出京口，琢堂有舊交王惕夫孝廉[112]在淮揚鹽署，繞道往晤；余與偕往，又得一顧芸娘之墓。返舟由長江溯流而上，一路游覽名勝。至湖北之荊州，得陞潼關觀察之信，遂留余與其嗣君[113]敦夫眷屬等，暫寓荊州。琢堂輕騎減從至重慶度歲，遂由成都歷棧道之任。丙寅二月，川眷始由水路往，至樊城登陸。途長費鉅，車重人多，斃馬折輪，備嘗辛苦。

---

[105] 杪：末

[106] 骨肉：指至親的父子兄弟姐妹。

[107] 總角交：自幼年即為玩伴的好朋友。古人幼兒多束髮於額上，其形如角，為之總角。

[108] 乾隆庚戌：即乾隆五十五年（1790）。

[109] 殿元：古代科舉考試，京師殿試第一名，稱為殿元，即進士第一名，亦稱狀元。

[110] 白蓮教：一種秘密教會組織，起於元時，奉拜彌勒佛；至清代為亂最烈。

[111] 妹倩：即妹丈，亦稱妹夫、妹婿。倩作婿解。

[112] 孝廉：古代選舉科目名稱之一，源出自漢代。選舉孝順或清廉者出來任事。明、清兩朝之「舉人」，亦可稱為「孝廉」。

[113] 嗣君：嗣，繼承；這裡指繼承父業的兒子；是對別人兒子的稱謂。

　　抵潼關甫四月，琢堂又陞山左廉訪。清風兩袖，眷屬不能偕行，暫借潼川書院作寓。十月杪，始支山左廉俸，專人接眷，附有青君之書，駭悉逢森于四月間夭亡。始憶前之送余墮淚者，蓋父子永訣也。嗚呼！芸僅一子，不得延其嗣續耶！

　　琢堂聞之，亦為之浩歎；贈余一妾，重入春夢。從此擾擾攘攘，又不知夢醒何時耳。

卷四〈浪遊記快〉

　　余遊幕三十年來，天下所未到者，蜀中、黔中與滇南耳。惜乎輪蹄徵逐[1]，處處隨人；山水怡情，雲烟過眼，不過領略其大概，不能探僻尋幽也。余凡事喜獨出己見，不屑隨人是非，即論詩品畫，莫不存人珍我棄、人棄我取之意；故名勝所在，貴乎心得，有名勝而不覺其佳者，有非名勝而自以為妙者。聊以平生所歷者記之。

　　余年十五時，吾父稼夫公館於山陰趙明府[2]幕中，有趙省齋先生名傳者，杭之宿儒也，趙明府延教其子，吾父命余亦拜投門下。

　　暇日出遊，得至吼山。離城約十餘里，不通陸路。近山見一石洞，上有片石，橫裂欲墮，即從其下蕩舟入。豁然空其中，四面皆峭壁，俗名之曰「水園」。臨流建石閣五椽，對面石壁有「觀魚躍」三字，水深不測，相傳有巨鱗潛伏。余投餌試之，僅見不盈尺者出而唼食[3]焉。閣後有道通旱園，拳石亂矗[4]，有橫闊如掌者，有柱石平其頂而上加大石者，鑿痕猶在，一無可取。遊覽既畢，宴于水閣，命從者放爆竹，轟然一響，萬山齊應，如聞霹靂聲。此幼時快遊之始。惜乎蘭亭、禹陵未能一到，至今以為憾。

---

[1] 輪蹄徵逐：輪指車輛，蹄代表騎馬；徵是應他人的招請，逐是主動追求。此處意指為求生計所需，到處遊幕，隨人奔波。

[2] 明府：清朝時太守或縣令的別稱。

[3] 唼食：唼音ㄕㄚ，指本意是小口品嚐地吃食，這裡指魚類吃東西。

[4] 矗：音ㄔㄨˋ，直立貌。

至山陰之明年，先生以親老不遠遊，設帳于家[5]。余遂從至杭，西湖之勝，因得暢遊。結構之妙，予以龍井為最，小有天園次之。石取天竺之飛來峯[6]，城隍山之瑞石古洞；水取玉泉，以水清多魚，有活潑趣也。大約至不堪者，葛嶺之瑪瑙寺；其餘湖心亭，六一泉諸景，各有妙處，不能盡述；然皆不脫脂粉氣，反不如小靜室之幽僻，雅近天然。

蘇小墓在西泠橋側。土人指示，初僅半坏黃土而已，乾隆庚子，聖駕南巡，曾一詢及。甲辰春，復舉南巡盛典，則蘇小墓已石築其墳，作八角形，上立一碑，大書曰「錢塘蘇小小之墓」。從此弔古騷人，不須徘徊探訪矣！余思古來烈魄忠魂堙沒不傳者，固不可勝數，即傳而不久者亦不為少。小小一名妓耳，自南齊至今，盡人而知之，此殆[7]靈氣所鍾，為湖山點綴耶？

橋北數武有崇文書院，余曾與同學趙緝之投考其中。時值長夏，起極早，出錢塘門，過昭慶寺，上斷橋，坐石闌上。旭日將升，朝霞映于柳外，盡態極妍[8]；白蓮香裡，清風徐來，令人心骨皆清。步至書院，題猶未出也。午後繳卷。偕緝之納涼于紫雲洞，大可容數十人，石竅上透日光。有人設短几矮凳，賣酒于此。解衣小酌，嘗鹿脯[9]甚妙，佐以鮮菱、雪藕；微酣，出洞。

---

[5] 設帳于家：在家中開設館學，講學傳受生徒。傳東漢大儒馬融設絳帳以為生徒講學，故後人皆以設帳來表示開館授徒。

[6] 飛來峯：位於浙江杭縣靈隱山東南，相傳此山峰乃由印度飛來，故名之為飛來峰，山石狀甚奇特。

[7] 殆：音ㄉㄞˋ，大概。

[8] 盡態極妍：妍音ㄧㄢˊ，秀美。指極盡秀美的姿態。

[9] 脯：音ㄈㄨˇ，肉乾。

緝之曰：「上有朝陽臺，頗高曠，盍往一遊？」余亦興發，奮勇登其巔，覺西湖如鏡，杭城如丸，錢塘江如帶，極目可數百里。此生平第一大觀也。坐良久，陽烏將落，相攜下山，南屏晚鐘動矣。韜光、雲棲[10]路遠未到，其紅門局之梅花，姑姑廟之鐵樹，不過爾爾。紫陽洞余以為必可觀，而訪尋得之，洞口僅容一指，涓涓[11]流水而已，相傳中有洞天，恨不能抉[12]門而入。

清明日，先生春祭掃墓，挈余同遊。墓在東嶽，是鄉多竹，墳丁掘未出土之毛筍，形如梨而尖，作羹供客。余甘之[13]，盡其兩碗。

先生曰：「噫！是雖味美而剋心血，宜多食肉以解之。」

余素不貪屠門之嚼，至是飯量且因筍而減。歸途覺煩燥，脣舌幾裂。

過石屋洞，不甚可觀。水樂洞峭壁多藤蘿，入洞如斗室，有泉流甚急，其聲琅琅[14]。池廣僅三尺，深五寸許，不溢亦不竭。余俯流就飲，煩燥頓解。洞外二小亭，坐其中，可聽泉聲。衲子[15]請觀萬年缸。缸在香積廚，形甚巨，以竹引泉灌其內，聽其滿溢，年久結苔厚尺許；冬日不冰[16]，故不損也。

---

[10] 韜光、雲棲：浙江杭縣的兩寺廟名，皆屬西湖名勝之地。

[11] 涓涓：音ㄐㄩㄢ，水流細小之貌。

[12] 抉：音ㄐㄩㄝˊ，挖。

[13] 甘之：認為甘美，亦即喜歡其美味。

[14] 琅琅：音ㄌㄤˊ，本意為玉石相碰擊的聲音，這裡用以形容泉流的聲音。

[15] 衲子：音ㄋㄚˋㄗ˙，指和尚。衲，本為衣服補丁縫綴之義，以僧人生活樸儉，衣服多經補綴，故和尚穿的衣服就叫衲，因此引申為指僧人。和尚亦常自稱老衲。

[16] 不冰：冰在此當動詞，指結冰。

　　辛丑秋八月，吾父病瘧返里。寒索火，熱索冰，余諫不聽，竟轉傷寒，病勢日重。余侍奉湯藥，晝夜不交睫[17]者幾一月。吾婦芸娘亦大病，憊憊在牀。心境惡劣，莫可名狀[18]。吾父呼余囑之曰：「我病恐不起。汝守數本書，終非餬口[19]計，我託汝于盟弟蔣思齋，仍繼吾業可耳。」越日思齋來，即于榻前命拜為師。未幾，得名醫徐觀蓮先生診治，父病漸痊。芸亦得徐力起牀。而余則從此習幕矣。此非快事，何記於此？曰：此拋書浪遊之始，故記之。

　　思齋先生名襄，是年冬，即相隨習幕于奉賢官舍。有同習幕者，顧姓名金鑑，字鴻干，號紫霞，亦蘇州人也。為人慷慨剛毅，直諒不阿[20]，長余一歲，呼之為兄。鴻干即毅然呼余為弟，傾心相友；此余第一知交也。惜以二十二歲卒，余即落落寡交。今年且四十有六矣。茫茫滄海，不知此生再遇知己如鴻干者否？憶與鴻干訂交，襟懷高曠，時興山居之想。

　　重九日，余與鴻干俱在蘇。有前輩王小俠與吾父稼夫公喚女伶演劇，宴客吾家。余患其擾，先一日約鴻干赴寒山登高，藉訪他日結廬之地。芸為整理小酒榼[21]。越日天將曉，鴻干已登門相邀。遂攜榼出胥門，入麵肆，各飽食。渡胥江，步至橫塘棗市橋，雇一葉扁舟到山，日猶未午。舟子頗循良，令其糴米[22]煮飯。余

---

[17] 交睫：睫音ㄐㄧㄝˊ，眼瞼上下的細毛。交睫就是閉上眼睛。

[18] 莫可名狀：無法用語言文字來形容。

[19] 餬口：餬音ㄏㄨˊ，這裡指謀生度日。。

[20] 直諒不阿：直是率直，諒是誠信。語出論語季氏：「友直，友諒，友多聞，益矣。」這裡意指性格剛正不偏袒。

[21] 榼：榼音ㄎㄜˋ，古代盛酒或貯水的器具。如「執榼承飲」。

[22] 糴米：糴音ㄉㄧˊ，買米。糴米就是購買米糧。

兩人上岸，先至中峰寺。寺在支硎[23]古剎之南，循道而上，寺藏深樹，山門寂靜，地僻僧閑，見余兩人不衫不履[24]，不甚接待。余等志不在此，未深入。歸舟，飯已熟。

飯畢，舟子攜榼相隨，囑其子守船，由寒山至高義園之白雲精舍。軒臨峭壁，下鑿小池，圍以石樹，一泓秋水，崖懸薛荔，牆積莓苔。坐軒下，惟聞落葉蕭蕭，悄無人跡。出門有一亭，囑舟子坐此相候。余兩人從石罅[25]中入，名「一線天」，循級盤旋，直造其巔，曰「上白雲」；有菴，已坍頹，存一危樓，僅可遠眺。小憩[26]片刻，即相扶而下。

舟子曰：「登高忘攜酒榼矣。」

鴻干曰：「我等之遊，欲覓偕隱地耳，非專為登高也。」

舟子曰：「離此南行二三里，有上沙村，多人家，有隙地，我有表戚范姓居是村，盍往一遊？」

余喜曰：「此明末徐俟齋先生隱居處也。有園聞極幽雅，從未一遊。」

于是舟子導往。村在兩山夾道中。園依山而無石，老樹多極紆迴盤鬱之勢，亭榭[27]牕欄，盡從樸素，竹籬茆舍[28]，不媿[29]隱者之居。中有皂莢亭，樹大可兩抱。余所歷園亭，此為第一。

---

[23] 硎：音ㄒㄧㄥˊ，磨刀石。
[24] 不衫不履：指衣服鞋子隨便，穿著不講究。
[25] 石罅：罅音ㄒㄧㄚˋ縫隙。這裡指石縫。
[26] 小憩：憩音ㄑㄧˋ休息。小憩就是短暫休息。
[27] 榭：音ㄒㄧㄝˋ，指臺上有房子的建築物。
[28] 茆舍：茆音ㄇㄠˊ，即茅舍。
[29] 媿：音ㄎㄨㄟˋ，同「愧」字。這裡即「名符其實」的意思。

　　園左有山，俗呼雞籠山，山峰直豎，上加大石，如杭城之瑞石古洞，而不及其玲瓏。旁一青石如榻，鴻干臥其上曰：「此處仰觀峯嶺，俯視園亭，既曠且幽，可以開樽矣。」因拉舟子同飲，或歌或嘯，大暢胸懷。土人[30]知余等覓地而來，誤以為堪輿[31]，以某處有好風水相告。鴻干曰：「但期合意，不論風水。」（豈意竟成讖語[32]！）酒餅[33]既罄，各採野菊插滿兩鬢。

　　歸舟日已將沒，更許抵家，客猶未散。芸私告余曰：「女伶中有蘭官者，端莊可取。」余假傳母命呼之入內，握其腕而睨之，果豐頤白膩。

　　余顧芸曰：「美則美矣，終嫌名不稱實。」

　　芸曰：「肥者有福相。」

　　余曰：「馬嵬之禍，玉環[34]之福安在？」

　　芸以他辭遣之出，謂余曰：「今日君又大醉耶？」余乃歷述所遊，芸亦神往者久之。

　　癸卯春，余從思齋先生就維揚之聘，始見金、焦面目。金山宜遠觀，焦山宜近視。惜余往來其間，未嘗登眺。渡江而北，漁洋[35]所謂「綠楊城郭是揚州」一語，已活現矣。平山堂離城約三

---

[30] 土人：當地居民。

[31] 堪輿：音ㄎㄢ ㄩˊ，輿本意為車子，盛載物件，大地盛載萬物生長期上，一如一輛大車，故古人亦稱大地為輿。堪輿是指察看地理形勢風水。

[32] 讖語：讖音ㄔㄣˋ，指後來應驗的預言。

[33] 餅：音ㄆㄧㄥˊ，同「瓶」字。

[34] 玉環：即唐玄宗內寵楊貴妃，是歷史上以圓潤豐滿出名的美女。安史之亂時，玄宗避亂四川，士兵皆恨楊貴妃誤國，六軍不發，遂被賜死於馬嵬坡。成語有「環肥燕瘦」之句。

[35] 漁洋：王漁洋，即指清朝士人王士禎。

四里，行其途有八九里，雖全是人工，而奇思幻想，點綴天然；即閬苑瑤池[36]，瓊樓玉宇，諒不過此[37]。其妙處在十餘家之園亭合而為一，聯絡至山，氣勢俱貫。其最難位置處，出城八景，有一里許緊沿城郭。夫城綴于曠遠重山間，方可入畫。園林有此，蠢笨絕倫；而觀其或亭或臺、或牆或石，或竹或樹，半隱半露間，使遊人不覺其觸目；此非胸有丘壑者斷[38]難下手。

城盡，以虹園為首，折而向北，有石梁曰虹橋，不知園以橋名乎？橋以園名乎？蕩舟過，曰「長隄春柳」。此景不綴城腳而綴于此，更見佈置之妙。再折而西，壘土立廟，曰小金山。有此一擋，便覺氣勢緊湊，亦非俗筆。聞此地本沙土，屢築不成，用木排若干層疊加土，費數萬金乃成，若非商家，烏能如是！

過此有勝概樓，年年觀競渡[39]於此。河面較寬，南北跨一蓮花橋，橋門通八面，橋面設五亭，揚人呼為「四盤一煖鍋」，此思窮力竭之為，不甚可取。橋南有蓮心寺，寺中突起喇嘛[40]白塔，金頂纓絡[41]，高矗雲霄，殿角紅牆，松柏掩映，鐘磬[42]時聞，此天下園亭所未有者。過橋見三層高閣，畫棟飛檐，五彩絢爛，疊以太湖石，圍以白石闌，名曰「五雲多處」；如作文中間之大結構也。過此名「蜀岡朝旭」，平坦無奇，且屬附會。將及山，河面漸束，堆土植竹樹，作四五曲；似已山窮水盡，而忽豁然開朗，平山之萬松林已列于前矣。

36　閬苑、瑤池：閬音ㄌㄤˇ。閬苑、瑤池都是指神仙住的地方。

37　諒不過此：諒意為推斷。即是根據推斷，當不會勝過這樣。

38　斷：絕對。

39　競渡：指端午節在水上划龍舟競賽。

40　喇嘛：蒙古、西藏的僧人叫喇嘛，他們信奉的宗教叫喇嘛教。

41　纓絡：纓本是帽帶，絡是套馬頭的繩索；此處當纏繞講。

42　鐘磬：磬音ㄑㄧㄥˋ。鐘磬都是古代的樂器名。

　　平山堂為歐陽文忠公[43]所書。所謂淮東第五泉，真者在假山石洞中，不過一井耳，味與天泉同；其荷亭中之六孔鐵井欄者，乃係假設，水不堪飲。九峯園另在南門幽靜處，別饒天趣[44]；余以為諸園之冠。康山未到，不識如何。

　　此皆言其大概，其工巧處，精美處，不能盡述。大約宜以艷妝美人目之[45]，不可作浣紗溪上觀[46]也。余適恭逢南巡盛典，各工告竣，敬演接駕點綴，因得暢其大觀，亦人生難遇者也。

　　甲辰之春，余隨侍吾父于吳江何明府幕中，與山陰章蘋江、武林章映牧、苕溪[47]顧靄泉諸公同事，恭辦南斗圩行宮[48]，得第二次瞻仰天顏。一日，天將晚矣，忽動歸興。有辦差小快船，雙艣[49]兩槳，于太湖飛棹疾馳，吳俗呼為「出水鬛頭[50]」，轉瞬已至吳門橋；即跨鶴騰空，無此神爽。抵家，晚餐未熟也。

　　吾鄉素尚繁華，至此日之爭奇奪勝，較昔尤奢。燈彩眩眸，笙歌聒耳，古人所謂「畫棟雕甍[51]」，「珠簾繡幕」，「玉欄杆」，

---

[43] 歐陽文忠公：指宋代的歐陽修。
[44] 饒天趣：富含天然的趣味。
[45] 目之：「目」是眼睛，在此名詞當動詞，作「看」講。
[46] 浣紗溪上觀：浣音ㄨㄢˇ，洗滌。浣紗溪也就是若耶溪，在今浙江省紹興縣南若耶山之下；溪旁有浣紗石，相傳是古代越國美女西施浣紗之處。此句意謂將對象看作像西施那樣的美，出於天真自然，純美無暇的極致；用以對比前句「艷妝美人」之人工修飾，濃冶庸俗。
[47] 苕溪：苕音ㄊㄧㄠˊ。為浙江省中的水流名。
[48] 南斗圩行宮：圩音ㄩˊ，隄岸。南斗圩，地名，在蘇州境。行宮，天子出巡所居之所。此處言打點在南斗圩的行宮事務，以備天子巡幸。乾隆三十年南巡時，曾駐蹕於南斗圩行宮。
[49] 艣：與「櫓」通。
[50] 出水鬛頭：鬛頭，本指馬韁繩。這裡指水上快艇，如陸上騎馬般。
[51] 甍：音ㄇㄥˊ，指屋脊。

「錦步障[52]」，不啻過之。余為友人東拉西扯，助其插花結彩。閑則呼朋引類，劇飲狂歌，暢懷遊覽。少年豪興，不倦不疲。苟生于盛世而仍居僻壤，安得此遊觀哉！

是年，何明府因事被議，吾父即就海寧王明府之聘。嘉興有劉蕙階者，長齋佞佛[53]，來拜吾父。其家在烟雨樓側，一閣臨河，曰「水月居」，其誦經處也，潔靜如僧舍。烟雨樓在鏡湖之中，四岸皆綠楊，惜無多竹。有平臺可遠眺，漁舟星列，漠漠平波，似宜月夜。衲子備素齋[54]甚佳。

至海寧，與白門史心月、山陰俞午橋同事。心月一子名燭衡，澄靜緘默，彬彬儒雅，與余莫逆，此生平第二知心交也。惜萍水相逢，聚首無多日耳。遊陳氏安瀾園，地占百畝，重樓複閣，夾道迴廊。池甚廣，橋作六曲形；石滿藤蘿，鑿痕全掩；古木千章[55]，皆有參天之勢；鳥啼花落，如入深山。此人工而歸于天然者。余所歷平地之假石園亭，此為第一。曾于桂花樓中張宴，諸味盡為花氣所奪，惟醬薑味不變。薑桂之性老而愈辣，以喻忠節之臣，洵[56]不虛也。

出南門，即大海，一日兩潮，如萬丈銀隄，破海而過。船有迎潮者，潮至，反棹相向。于船頭設一木招，狀如長柄大刀，招

[52] 錦步障：步障即是帳幕，「錦」常用來形容事物的華美。這裡是指華麗的帳幕。
[53] 長齋佞佛：長齋是說長期吃素，佞佛是指崇奉佛法。佞音ㄋㄧㄥˋ。言長期吃素食，尊奉佛法。
[54] 素齋：素食。
[55] 千章：「章」是量詞，指千條、千株。
[56] 洵：確實。

一掭，潮即分破，船即隨招而入。俄頃始浮起，撥轉船頭，隨潮而去，頃刻百里。

塘上有塔院，中秋夜曾隨吾父觀潮于此。循塘東約三十里，名尖山，一峰突起，撲入海中，山頂有閣，匾曰「海闊天空」，一望無際，但見怒濤接天而已。

余年二十有五，應徽州績谿克明府之召。由武林下「江山船」，過富春山，登子陵釣臺[57]。臺在山腰，一峯突起，離水十餘丈，豈漢時之水竟與峰齊耶？月夜泊界口，有巡檢署。「山高月小，水落石出」，此景宛然。黃山僅見其腳，惜未一瞻面目。

績溪城處于萬山之中，彈丸小邑，民情淳樸。近城有石鏡山，由山彎中曲折一里許，懸崖急湍，濕翠欲滴；漸高，至山腰，有一方石亭，四面皆陡壁；亭左石削如屏，青色，光潤可鑑[58]人形，俗傳能照前生[59]；黃巢[60]至此，照為猿猴形，縱火焚之，故不復現。

離城十里有「火雲洞天」，石紋盤結，凹凸巉巖[61]，如黃鶴山樵[62]筆意，而雜亂無章，洞石皆深絳色。旁有一庵甚幽靜，鹽商程虛谷曾招遊，設宴于此。席中有肉饅頭，小沙彌眈眈旁視[63]，授以四枚。臨行以番銀二圓為酬。山僧不識，推不受。告以一枚

---

[57] 子陵釣臺：後漢光武帝之至友嚴光，字子陵，意不欲為官，隱居山林。後世稱其垂釣之土臺為「子陵釣臺」。

[58] 鑑：映照。

[59] 照前生：照出前世的面貌。

[60] 黃巢：唐朝人，曾起兵作亂，攻陷長安，後為李克用所破，自刎而死。

[61] 巉巖：音ㄔㄢˊ ㄧㄢˊ，山高而險峻。

[62] 黃鶴山樵：明朝王蒙之號，王蒙字叔明，湖州人。趙孟頫之甥也。敏給於文，不尚矩度，工畫山水，兼善人物。元末官理問，遇亂隱居黃鶴山，自稱黃鶴山樵。洪武初知泰安州事。後以坐胡惟庸事被逮，死獄中。

[63] 眈眈旁視：站在旁邊瞪著眼睛專注地看。

可易青錢七百餘文，僧以近無易處，仍不受。乃攢湊青蚨六百文付之，始欣然作謝。

他日，余邀同人攜榼再往。老僧囑曰：「曩者小徒不知食何物而腹瀉，今勿再與。」可知藜藿之腹[64]，不受肉味，良可嘆也。

余謂同人曰：「作和尚者必居此等僻地，終身不見不聞，或可修真養靜。若吾鄉之虎邱山，終日目所見者妖童艷妓，耳所聽者絃索笙歌，鼻所聞者佳肴美酒，安得身如枯木，心如死灰哉！」

又去城三十里，名曰仁里，有花果會，十二年一舉；每舉，各出盆花為賽。余在績溪，適逢其會，欣然欲往，苦無轎馬，乃教以斷竹為杠，縛椅為轎，雇人肩之而去。同遊者惟同事許策廷，見者無不訝笑。至其地，有廟，不知供何神。廟前曠處，高搭戲臺，畫梁方柱，極其巍煥[65]，近視則紙紮彩畫，抹以油漆者。鑼聲忽至，四人抬對燭，大如斷柱，八人抬一豬，大若牯牛[66]，蓋公養十二年始宰以獻神。

策廷笑曰：「豬固壽長，神亦齒利；我若為神，烏能享此？」

余曰：「亦足見其愚誠也。」

入廟，殿廊軒院所設花果盆玩，並不剪枝拗節，盡以蒼老古怪為佳，大半皆黃山松。既而開場演劇，人如潮湧而至，余與策廷遂避去。未兩載，余與同事不合，拂衣歸里。

---

[64] 藜藿之腹：藜藿音ㄌㄧˊ ㄏㄨㄛˋ，指野菜。此處是言和尚只專吃素食的腸胃。

[65] 巍煥：形容雄偉華麗。

[66] 牯牛：牯音ㄍㄨˇ。牯牛是指公牛，為方言用語。

　　余自績溪之遊，見熱鬧場中卑鄙之狀，不堪入目，因易儒為賈。余有姑丈袁萬九，在盤溪之仙人塘作釀酒生涯；余與施心畊附資合夥。袁酒本海販；不一載，值臺灣林爽文之亂，海道阻隔，貨積本折。不得已仍為「馮婦[67]」，館江北四年，一無快遊可記。

　　迨居蕭爽樓，正作烟火神仙，有表妹倩[68]徐秀峰自粵東歸，見余閒居，慨然曰：「足下待露而爨[69]，筆畊而炊[70]，終非久計，盍偕我作嶺南遊？當不僅獲蠅頭利[71]也。」

　　芸亦勸余曰：「乘此老親尚健，子尚壯年，與其商柴計米而尋懽，不如一勞而永逸。」

　　余乃商諸交遊者，集資作本。芸亦自辦繡貨，及嶺南所無之蘇酒、醉蟹等物，稟知堂上，于小春十日，偕秀峯由東壩出蕪湖口。

　　長江初歷，大暢襟懷。每晚，舟泊後，必小酌船頭。見捕魚者罾罟[72]不滿三尺，孔大約有四寸，鐵箍四角，似取易沉。

　　余笑曰：「聖人之教雖曰『罟不用數』[73]，而如此之大孔小罾，焉能有獲？」

---

[67] 仍為馮婦：馮婦，人名，乃春秋時一位勇士之姓名，喜獵虎，後改業。一日，見眾人正逐虎，於是再次參加獵虎工作。事見《孟子‧盡心上》。後人都用「重作馮婦」來比喻一個人的回頭來重作以前做過的事。

[68] 妹倩：倩，女婿。這裡是妹婿、妹夫。

[69] 待露而爨：露指別人的恩澤，爨是生火煮飯。此句是說依賴他人的幫助才能有飯吃。。

[70] 筆畊而炊：指靠寫文稿、賣畫作以謀生計。畊同「耕」。

[71] 蠅頭利：比喻小利。

[72] 罾罟：罾音ㄗㄥ。指漁網。

[73] 罟不用數：罟音ㄍㄨˇ，網的總稱。「數」在這裡念ㄘㄨˋ，密的意思。罟不用數是指捕魚不用密網。《孟子‧梁惠王》篇：「數罟不入洿（ㄨ）池」。

秀峯曰：「此專為網鰦魚[74]設也。」見其繫以長綆[75]，忽起忽落，似探魚之有無。未幾，急挽出水，已有鰦魚枷[76]罥孔而起矣。

余始嘿然曰：「可知一己之見，未可測其奧妙！」

一日，見江心中一峯突起，四無依倚。秀峯曰：「此小孤山也。」霜林中，殿閣參差；乘風徑過，惜未一遊。至滕王閣，猶吾蘇府學之尊經閣移于胥門之大馬頭，王子安[77]序中所云，不足信也。

即於閣下換高尾昂首船，名「三板子」。由贛關至南安登陸，值余三十誕辰，秀峯備麵為壽。越日過大庾嶺，出巔一亭，匾曰「舉頭日近」，言其高也。山頭分為二，兩邊峭壁，中留一道如石巷。口列兩碑：一曰「急流勇退」，一曰「得意不可再往」。山頂有梅將軍祠，未考為何朝人。所謂嶺上梅花，並無一樹；意者以梅將軍得名梅嶺耶？余所帶送禮盆梅，至此將交臘月，已花落而葉黃矣。

過嶺出口，山川風物，便覺頓殊。嶺西一山，石竅玲瓏，已忘其名。輿夫[78]曰：「中有仙人牀榻。」忽忽竟過，以未得遊為恨。

至南雄，雇老龍船。過佛山鎮，見人家牆頂多列盆花，葉如冬青，花如牡丹，有大紅、粉白、粉紅三種，蓋山茶花也。

---

[74] 鰦魚：鰦音ㄅㄧㄢ，即魴魚。
[75] 綆：音ㄍㄥˇ，繩子。
[76] 枷：音ㄐㄧㄚ。本義為古時圈套在犯人頸部的刑具。此處枷當動詞用，指魚頭已經套在網孔上。
[77] 王子安：唐朝王勃，勃曾作〈滕王閣序〉。
[78] 輿夫：車夫

臘月望，始抵省城，寓靖海門內，貲王姓臨街樓屋三椽。秀峯貨物皆銷與當道[79]，余亦隨其開單拜客。即有配禮者，絡繹取貨，不旬日而余物已盡。除夕蚊聲如雷。歲朝賀節，有棉袍紗套者。不維[80]氣候迥別，即土著人物，同一五官而神情迥異。

正月既望，有署中同鄉三友拉余遊河觀妓，名曰「打水圍」，妓名「老舉」[81]。于是同出靖海門，下小艇，如剖分之半蛋而加篷焉。先至沙面。妓船名「花艇」，皆對頭分排，中留水巷，以通小艇往來。每幫約一、二十號，橫木綁定，以防海風。兩船之間釘以木樁，套以藤圈，以便隨潮漲落。鴇兒[82]呼為「梳頭婆」，頭用銀絲為架，高約四寸許，空其中而蟠髮于外，以長耳挖插一朵花于鬢；身披玄青短襖，著玄青長褲，管拖腳背；腰束汗巾，或紅或綠；赤足撒鞵，式如梨園旦腳。登其艇，即躬身笑迎，搴幃[83]入艙。旁列椅杌[84]，中設大炕，一門通艄[85]後。婦呼有客，即聞履聲雜沓而出；有挽髻者，有盤辮者；傅粉如粉牆，搽脂如榴火；或紅襖綠褲，或綠襖紅褲，有著短襪而撮繡花蝴蝶履者，有赤足而套銀腳鐲者；或蹲于炕，或倚于門；雙瞳閃閃，一言不發。

余顧秀峯曰：「此何為者也？」

秀峯曰：「目成[86]之後，招之始相就耳。」

---

[79] 當道：指在官府任職，握有權勢的人。

[80] 不維：不只、不僅。

[81] 老舉：這是粵語方言。

[82] 鴇兒：鴇音ㄅㄠˇ。經營娼妓行業的婦人，亦稱老鴇。

[83] 搴幃：音ㄑㄧㄢ ㄨㄟˊ。拉開帳子。

[84] 杌：音ㄨˋ，本義為樹木被砍伐後所餘的樹頭根部，其形如今日的無背靠的的凳子；今日的凳子當是仿此而作。

[85] 艄：音ㄕㄠ，船尾。

[86] 目成：指以眼睛審視確定。

　　余試招之，果即懶容至前，袖出[87]檳榔為敬。入口大嚼，澀不可耐；急吐之，以紙擦脣，其吐如血。合艇皆大笑。

　　又至軍工廠。妝束亦相等，惟長幼皆能琵琶而已。與之言，對曰：「口迷？」口迷[88]者「何」也。

　　余曰：「『少不入廣』者，以其銷魂耳！若此野妝蠻語，誰為動心哉？」

　　一友曰：「潮幫妝束如仙，可往一遊。」

　　至其幫，排舟亦如沙面。有著名鴇兒素娘者，妝束如花鼓婦。其粉頭衣皆長領，頸套項鎖，前髮齊眉，後髮垂肩，中挽一鬏[89]似丫髻；裹足者著裙，不裹足者短襪，亦著蝴蝶履，長拖褲管，語音可辨。而余終嫌為異服，興趣索然。

　　秀峯曰：「靖海門對渡有揚幫，皆吳妝。君往，必有合意者。」

　　一友曰：「所謂揚幫者，僅一鴇兒呼曰邵寡婦，攜一媳曰大姑，係來自揚州，餘皆湖、廣、江西人也。」

　　因至揚幫，對面兩排僅十餘艇。其中人物皆雲鬢霧鬟，脂粉薄施；闊袖長裙，語音了了。所謂邵寡婦者慇懃相接。遂有一友另喚酒船——大者曰「恆艃[90]」，小者曰「沙姑艇」——作東道相邀，請余擇妓。余擇一雛年[91]者，身材狀貌有類余婦芸娘，而足極尖細，名喜兒。秀峯喚一妓，名翠姑。餘皆各有舊交。放艇

---

[87] 袖出：從衣袖中拿出。
[88] 口迷：粵語裡說「甚麼？」叫「口迷」，今日粵語都寫成「乜」音ㄇㄧㄝˋ。
[89] 一鬏：字典無此字。粵方言稱一束為「一揪」，揪粵語音同秋。
[90] 艃：音ㄌㄨˇ，同「櫓」，在船兩旁撥水使船行進的工具。大的叫櫓，小的叫槳。
[91] 雛年：年紀小的。

中流，開懷暢飲。至更許，余恐不能自持，堅欲回寓，而城已下鑰久矣。蓋海疆之城，日落即閉，余不知也。

及終席，有臥而吃鴉片烟者，有擁妓而調笑者。俹頭[92]各送衾枕至，行將連牀開鋪。

余暗詢喜兒：「汝本艇可臥否？」

對曰：「有寮可居，未知有客否也。」——寮者，船頂之樓。

余曰：「姑往探之。」

招小艇渡至邵船，但見合幫燈火相對如長廊，寮適無客。鴇兒笑迎曰：「知今日貴客來，故留寮以相待也。」

余笑曰：「姥真荷葉下仙人哉！」

遂有俹頭移燭相引，由艙後梯而登。宛如斗室，旁一長榻，几案俱備。揭帘[93]再進，即在頭艙之頂，牀亦旁設，中間方牕嵌以玻璃，不火而光滿一室，蓋對船之燈光也。衾帳鏡奩，頗極華美。喜兒曰：「從臺可以望月。」

即在梯門之上疊開一牕，蛇行而出，即後艄之頂也。三面皆設短欄。一輪明月，水闊天空。縱橫如亂葉浮水者，酒船也；閃爍如繁星列天者，酒船之燈也；更有小艇梭織往來，笙歌弦索之聲，雜以漲潮之沸[94]，令人情為之移。

余曰：「『少不入廣』，當在斯矣！」惜余婦芸娘不能偕遊至此。回顧喜兒，月下依稀相似，因挽之下臺，息燭而臥。

---

[92] 俹頭：俹音ㄆㄥ，僕人。
[93] 帘：音ㄌㄧㄢˊ，遮門窗用的布簾。
[94] 漲潮之沸：潮水漲時湧起的浪聲，如水沸騰般。

天將曉，秀峯等已闃然至。余披衣起迎，皆責以昨晚之逃。

余曰：「無他，恐公等掀衾揭帳耳。」遂同歸寓。

越數日，偕秀峯遊海珠寺。寺在水中，圍牆若城，四周離水五尺許，有洞，設大炮以防海寇。潮長潮落，隨水浮沉，不覺炮門之或高或下，亦物理之不可測者。十三洋行在幽蘭門之西，結構與洋畫同。對渡名花地，花木甚繁，廣州賣花處也。余自以為無花不識，至此僅識十之六七，詢其名，有《群芳譜》[95]所未載者，或土音[96]之不同歟！

海幢寺規模極大，山門內植榕樹，大可十餘抱，陰濃如蓋，秋冬不凋。柱檻楣欄皆以鐵梨木為之。有菩提樹，其葉似柿，浸水去皮，肉筋細如蟬翼紗，可裱小冊[97]寫經。

歸途訪喜兒于花艇，適翠、喜二妓俱無客。茶罷欲行，挽留再三。余所屬意在寮，而其媳大姑已有酒客在上。因謂邵鴇兒曰：「若可同往寓中，則不妨一敘。」

邵曰：「可。」秀峯先歸，囑從者整理酒肴。余攜翠、喜至寓。正談笑間，適郡署王懋老不期來，挽之同飲。酒將沾脣，忽聞樓下人聲嘈雜，似有上樓之勢。蓋房東一姪素無賴，知余招妓，故引人圖詐耳。

秀峯怨曰：「此皆三白一時高興，不合我亦從之。」

余曰：「事已至此，應速思退兵之計，非鬮口時也。」

---

95 群芳譜：畫冊名，明王象晉所撰。共分十二譜，內記寫花草較多。
96 土音：一個地方的語音。此處是指當地的人叫那些花的名稱。
97 可裱小冊：可裝訂成小冊子。

戀老曰：「我當先下說之。」

余急喚僕速雇兩轎，先脫兩妓，再圖出城之策。聞戀老說之不退，亦不上樓。兩轎已備，余僕手足頗捷，令其向前開路。秀峯挽翠姑繼之，余挽喜兒于後，一闃而下。秀峯翠姑得僕力，已出門去。喜兒為橫手所掣[98]，余急起腿中其臂，手一鬆而喜兒脫去，余亦乘勢脫身出。

余僕猶守于門，以防追搶。急問之曰：「見喜兒否？」

僕曰：「翠姑已乘轎去；喜娘但見其出，未見其乘轎也。」

余急燃炬，見空轎猶在路旁。急追至靖海門，見秀峯侍翠轎而立。又問之。對曰：「或應投東，而反奔西矣。」

急反身，過寓十餘家，聞暗處有喚余者，燭之[99]，喜兒也；遂納之轎，肩而行[100]。秀峯亦奔至，曰：「幽蘭門有水竇[101]可出，已託人賄之啟鑰。翠姑去矣，喜兒速往！」

余曰：「君速回寓退兵。翠、喜交我。」

至水竇邊，果已啟鑰。翠先在。余遂左掖喜，右挽翠，折腰鶴步[102]，踉蹌[103]出竇。天適[104]微雨，路滑如油。至河干[105]沙面，笙

---

[98] 橫手所掣：掣音ㄔㄚˋ，是「拿」的別寫。被抓住。指被那些無賴橫出去的手抓住。

[99] 燭之：拿燭火照他。「燭」在這裡當動詞「照」講。

[100] 肩而行：用肩扛抬著轎走。「肩」本是名詞，在這裡當動詞，是以肩膀扛東西的意思。

[101] 水竇：竇音ㄉㄡˋ，洞穴。水竇即水洞。

[102] 折腰鶴步：彎著腰，踮著腳尖像鶴似的走路。

[103] 踉蹌：音ㄌㄧㄤˋ ㄑㄧㄤˋ，指走路腳步不穩的樣子。

[104] 適：正好。

[105] 河干：干是岸邊。河干就是河邊。語出《詩經‧魏風‧伐檀》：「坎坎伐檀

歌正盛。小艇有識翠姑者，招呼登舟。始見喜兒首如飛蓬，釵環俱無有。

余曰：「被搶去耶？」

喜兒笑曰：「聞此皆赤金，阿母物也。妾於下樓時已除去，藏于囊中。若被搶去，累君賠償耶？」

余聞言，心甚德之[106]；令其重整釵環，勿告阿母，託言寓所人雜，故仍歸舟耳。翠姑如言告母，並曰：「酒菜已飽，備粥可也。」

時寮上酒客已去。邵鍋兒命翠亦陪余登寮。見兩對繡韈泥淤已透。三人共粥，聊以充飢。剪燭絮談，始悉翠籍湖南，喜亦豫產，本姓歐陽，父亡母醮[107]，為惡叔所賣。翠姑告以迎新送舊之苦：心不歡，必強笑；酒不勝，必強飲；身不快，必強陪；喉不爽，必強歌；更有乖張其性者，稍不合意，即擲酒翻案，大聲辱罵；假母不察，反言接待不周；又有惡客徹夜蹂躪[108]，不堪其擾。喜兒年輕初到，母猶惜之。不覺淚隨言落。喜兒亦默然涕泣。余乃挽喜入懷，撫慰之。囑翠姑臥于外榻，蓋因秀峯交也。

自此或十日，或五日，必遣人來招。喜或自放小艇，親至河干迎接。余每去，必偕秀峯，不邀他客，不另放艇。一夕之歡，番銀四圓而已。秀峯今翠明紅，俗謂之「跳槽」，甚至一招兩妓；余則惟喜兒一人。偶然獨往，或小酌于平臺，或清談于寮內，不令唱歌，不強多飲，溫存體恤，一艇怡然。鄰妓皆羨之。有空閑

兮，真之河之干兮，河水清且漣猗。」
[106] 德之：讚美她的才德。「德」此當動詞，指讚美他人的才德。
[107] 醮：音ㄐㄧㄠˋ，嫁也。《列女傳》：「婦人一醮不改，夫死不嫁。」
[108] 蹂躪：摧殘侮辱。

無客者,知余在寮,必來相訪。合幫之妓,無一不識;每上其艇,呼余聲不絕;余亦左顧右盼,應接不暇。此雖揮霍萬金所不能致者。余四月在彼處共費百餘金,得嘗荔枝鮮果,亦生平快事。後鴇兒欲索五百金,強余納喜。余患其擾,遂圖歸計。秀峯迷戀于此,因勸其購一妾,仍由原路返吳。

明年,秀峰再往,吾父不准偕遊,遂就青浦楊明府之聘。及秀峯歸,述及喜兒因余不往,幾尋短見。噫!「半年一覺揚幫夢,贏得花船薄倖名[109]」矣!

余自粵東歸來,館青浦兩載,無快遊可述。未幾,芸、憨相遇,物議沸騰,芸以憤激致病。余與程墨安設一書畫鋪于家門之側,聊佐湯藥之需。

中秋後二日,有吳雲客偕毛憶香、王星瀾邀余遊西山小靜室,余適腕底無閒[110],囑其先往。吳曰:「子能出城,明午當在山前水踏橋之來鶴菴相候。」余諾之。

越日,留程守鋪。余獨步出閶門,至山前,過水踏橋,循田塍[111]而西。見一菴南向,門帶清流。剝啄[112]問之。應曰:「客何來?」

余告之。笑曰:「此『得雲』也,客不見匾額乎?『來鶴』已過矣!」

余曰:「自橋至此,未見有菴。」

---

[109] 半年一覺揚幫夢,贏得花船薄倖名:這兩句是改杜牧的詩,「十年一覺揚州夢,贏得青樓薄倖名」。
[110] 腕底無閒:筆腕底下沒得空閒,意思是指有書畫工作正忙,沒有空閒。
[111] 塍:音ㄔㄥˊ,田間的界路。
[112] 剝啄:本為敲擊聲,此處作敲門解。

其人回指曰：「客不見土牆中森森多竹者，即是也。」

余乃返，至牆下，小門深閉。門隙窺之，短籬曲徑，綠竹猗猗[113]，寂不聞人語聲。叩之亦無應者。一人過，曰：「牆穴有石，敲門具也。」余試連擊，果有小沙彌[114]出應。

余即循徑入，過小石橋，向西一折，始見山門，懸黑漆額，粉書「來鶴」二字，後有長跋[115]，不暇細觀。入門經韋陀殿，上下光潔，纖塵不染，知為小靜室。忽見左廊又一小沙彌奉壺出。余大聲呼問。即聞室內星爛笑曰：「何如？我謂三白決不失信也。」

旋見雲客出迎，曰：「候君早膳，何來之遲？」一僧繼其後，向余稽首[116]，問知為竹逸和尚。入其室，僅小屋三椽，額曰「桂軒」，庭中雙桂盛開。星瀾、憶香羣起嚷曰：「來遲罰三杯！」席上葷素精潔，酒則黃白俱備。

余問曰：「公等遊幾處矣？」

雲客曰：「昨來已晚，今晨僅到得雲河亭耳。」歡飲良久。飯畢，仍自得雲河亭共遊八九處，至華山而止，各有佳處，不能盡述。

華山之頂有蓮花峯，以時欲暮，期以後遊。桂花之盛，至此為最。就花下飲清茗一甌，即乘山輿徑回來鶴。桂軒之東，另有臨潔小閣，已盃盤羅列。竹逸寡言靜坐而好客善飲。始則折桂催花，[117]繼則每人一令，二鼓[118]始罷。

---

[113] 猗猗：猗音一。美好茂盛。
[114] 小沙彌：小和尚。沙彌通常是指初出家的人
[115] 跋：音ㄅㄚˊ，寫在書畫後面的說明文字。
[116] 稽首：稽音ㄑㄧˇ，頭至地，本字作「諳」。古時叩頭至地的一種最敬禮。
[117] 折桂催花：言演奏音樂之意。

余曰：「今夜月色甚佳，即此酣臥，未免有負清光，何處得高曠地，一玩月色，庶不虛此良夜也？」

竹逸曰：「放鶴亭可登也。」

雲客曰：「星瀾抱得琴來，未聞絕調[119]，到彼一彈，何如？」

乃偕往。但見木犀香裡，一路霜林，月下長空，萬籟俱寂。星瀾彈「梅花三弄」，飄飄欲仙。憶香亦興發，袖出鐵笛，嗚嗚而吹之。

雲客曰：「今夜石湖看月者，誰能如吾輩之樂哉！」蓋吾蘇八月十八日石湖行春橋下，有看串月勝會，遊船排擠，徹夜笙歌，名雖看月，實則挾妓閧飲而已。未幾，月落霜寒，興闌歸臥。

明晨，雲客謂眾曰：「此地有無隱菴，極幽僻，君等有到過者否？」

咸對曰：「無論未到，並未嘗聞也。」

竹逸曰：「無隱四面皆山，其地甚僻，僧不能久居。向年[120]曾一至，已坍廢，自尺木彭居士重修後，未嘗往焉。今猶依稀識之。如欲往遊，請為前導。」

憶香曰：「枵腹[121]去耶？」

竹逸笑曰：「已備素麵矣，再令道人攜酒盒相從也。」

---

[118] 二鼓：即二更。古人夜分五更。每一更敲一鼓，二鼓表示二更，約夜間十時正左右。三更是十二時正左右。

[119] 絕調：絕妙的音樂，這裡指琴曲。

[120] 向年：往年。

[121] 枵腹：枵音ㄒㄧㄠ。空餓著肚子，

麵畢，步行而往。過高義園，雲客欲往白雲精舍。入門就坐，一僧徐步出，向雲客拱手曰：「違教[122]兩月。城中有何新聞？撫軍在轅[123]否？」

憶香忽起，曰：「禿！」拂袖徑出。余與星瀾忍笑隨之，雲客、竹逸酬答數語，亦辭出。

高義園即范文正公[124]墓。白雲精舍在其旁。一軒面壁，上懸藤蘿，下鑿一潭，廣丈許，一泓清碧，有金鱗游泳其中，名曰鉢盂泉。竹爐茶竈，位置極幽。軒後于萬綠叢中，可瞰[125]范園之概。惜衲子俗，不堪久坐耳。

是時由上沙村過雞籠山，即余與鴻干登高處也。風物依然，鴻干已死，不勝今昔之感！正惆悵間，忽流泉阻路，不得進。有三五村童掘菌子于亂草中，探頭而笑，似訝多人之至此者。詢以無隱路。

對曰：「前途水大不可行。請返數武[126]，南有小徑，度嶺可達。」從其言。度嶺南行里許，漸覺竹樹叢雜，四山環繞，徑滿綠茵，已無人跡。

竹逸徘徊四顧，曰：「似在斯而徑不可辨，奈何？」

余乃蹲身細瞰，于千竿竹中隱隱見亂石牆舍，徑掩叢竹間，橫穿入覓之，始得一門，曰「無隱禪院，某年月日南園老人彭某重修」。

---

[122] 違教：不能得到指教。這是用於久別未曾見面的客氣話。
[123] 轅：音ㄩㄢˊ，衙署、行營。
[124] 范文正公：即宋朝的范仲淹，諡文正。
[125] 瞰：音ㄎㄢˋ，俯視。
[126] 返數武：是說回頭走幾步。古時候稱半步叫武。

眾喜曰：「非君，則武陵源矣！」

山門緊閉，敲良久，無應者。忽旁開一門，呀然有聲，一鶉衣[127]少年出，面有菜色，足無完履，問曰：「客何為者？」

竹逸稽首曰：「慕此幽靜，特來瞻仰。」

少年曰：「如此窮山，僧散無人接待，請覓他遊。」言已，閉門欲進。雲客急止之，許以啟門放遊，必當酬謝。

少年笑曰：「茶葉俱無，恐慢客耳，豈望酬耶？」

山門一啟，即見佛面，金光與綠陰相映，庭階石礎，苔積如繡。殿後臺級如牆，石闌繞之。循臺而西，有石形如饅頭，高二丈許，細竹環其趾。再西折北，由斜廊躡級[128]而登。客堂三楹[129]緊對大石。石下鑿一小月池，清泉一派，荇藻[130]交橫。堂東即正殿，殿左西向為僧房廚竈；殿後臨峭壁，樹雜陰濃，仰不見天。星瀾力疲，就池邊小憩，余從之。

將啟盒小酌，忽聞憶香音在樹杪，呼曰：「三白速來！此間有妙境！」仰而視之，不見其人，因與星瀾循聲覓之。由東廂出一小門，折北，有石蹬[131]如梯，約數十級，于竹塢中瞥見一樓。又梯而上，八牖洞然，額曰「飛雲閣」。四山抱列如城，缺西南一角，遙見一水浸天，風帆隱隱，即太湖也。倚牖俯視，風動竹梢，如翻麥浪。

---

127 鶉衣：鶉音ㄔㄨㄣ╱。破舊補丁的衣服，如鶉鶉羽毛上斑點一般。
128 躡級：躡音ㄋㄧㄝˋ，以腳尖觸地而行。上樓梯多以腳尖用力，所以用躡。
129 楹：音ㄧㄥ╱，柱子。
130 荇藻：音ㄒㄧㄥˋ ㄗㄠˇ，水草。
131 蹬：音ㄉㄥˋ，登山的石階。

憶香曰：「何如？」

余曰：「此妙境也。」

忽又聞雲客于樓西呼曰：「憶香速來！此地更有妙境！」

因又下樓，折而西十餘級，忽豁然開朗，平坦如臺。度其地已在殿後峭壁之上，殘磚缺礎尚存，蓋亦昔日之殿基也。周望環山，較閣更暢。憶香對太湖長嘯一聲，則群山齊應。乃席地開樽，忽覺枵腹。少年欲烹焦飯代茶，隨令改茶為粥。邀與同啖[132]。

詢其何以冷落至此，曰：「四無居鄰，夜多暴客，積糧時來強竊，即植蔬果，亦半為樵子所有。此為崇寧寺下院，長廚中月送飯乾一石，鹽菜一罎[133]而已。某為彭姓裔，暫居看守，行將歸去，不久當無人跡矣。」

雲客謝以番銀一圓。返至來鶴，買舟而歸。余繪〈無隱圖〉一幅，以贈竹逸，誌[134]快遊也。

是年冬，余為友人作中保所累，家庭失歡，寄居錫山華氏。

明年春，將之維揚，而短于資[135]，有故人韓春泉在上洋幕府，因往訪焉。衣敝履穿，不堪入署，投札約晤于郡廟園亭中。及出見，知余愁苦，慨助十金。園為洋商捐施而成，極為闊大，惜點綴各景，雜亂無章，後疊山石，亦無起伏照應。

---

[132] 啖：音ㄉㄢˋ，吃。

[133] 罎：音ㄊㄢˊ，同「罈」字，用來裝酒的瓦器。

[134] 誌：記。

[135] 短于資：缺少路費。

　　歸途忽思虞山之勝，適有便舟附之。時當春仲，桃李爭妍，逆旅行蹤，苦無伴侶，乃懷青銅三百，信步[136]至虞山書院。牆外仰矚，見叢樹交花，嬌紅稚綠，傍水依山，極饒幽趣。惜不得其門而入。問途以往，遇設篷淪茗[137]者，就之。烹碧蘿春[138]，飲之極佳。詢虞山何處最勝，一遊者曰：「從此出西關，近劍門，亦虞山最佳處也。君欲往，請為前導。」余欣然從之。

　　出西門，循山腳，高低約數里，漸見山峯屹立，石作橫紋。至則一山中分，兩壁凹凸，高數十仞，近而仰視，勢將傾墮。其人曰：「相傳上有洞府，多仙景，惜無徑可登。」余興發，挽袖卷衣[139]，猿攀而上，直造[140]其巔。所謂洞府者，深僅丈許，上有石罅，洞然見天，俯首下視，腿軟欲墮。乃以腹面壁[141]，依藤附蔓[142]而下。其人嘆曰：「壯哉！遊興之豪，未見有如君者。」余口渴思飲，邀其人就野店沽飲三盃。陽烏將落，未得遍遊，拾赭石十餘塊，懷之歸寓。負笈搭夜航至蘇，仍返錫山。此余愁苦中之快遊也。

　　嘉慶甲子春，痛遭先君之變，行將棄家遠遁，友人夏揖山挽留其家。秋八月，邀余同往東海永泰沙，勘收花息。沙隸崇明，出劉河口，航海百餘里。新漲初闢，尚無街市。茫茫蘆荻，絕少人烟，僅有同業丁氏倉庫數十椽，四面掘溝河，築堤栽柳繞于外。

---

[136] 信步：隨意行走。
[137] 淪茗：音ㄩㄝˋ ㄇㄧㄥˊ，指煮茶。
[138] 碧蘿春：即是碧螺春，為有名之茶葉名，本產於洞庭湖地區。
[139] 卷衣：卷音ㄐㄩㄢˇ，同「捲」。捲起衣服袖子。
[140] 造：到達。
[141] 以腹面壁：以腹部向著石壁，即臉朝著壁。
[142] 依藤附蔓：抓拉著藤蔓。

　　丁字實初，家于崇，為一沙之首戶，司會計者姓王，俱豪爽好客，不拘禮節。與余乍見，即同故交。宰豬為餉[143]，傾甕為飲。今則拇戰，不知詩文；歌則號呶[144]，不講音律。酒酣，揮[145]工人舞拳相撲為戲。蓄牯牛百餘頭，皆露宿隄上。養鵝為號[146]，以防海盜。日則驅鷹犬獵于蘆叢沙渚間，所獲多飛禽。余亦從之馳逐，倦則臥。

　　引至園田成熟處，每一字號圈築高堤，以防潮汛[147]。堤中通有水竇，用閘啟閉。旱則漲潮時啟閘灌之，潦則落潮時開閘泄之。佃人[148]皆散處如列星，一呼俱集，稱業戶曰「產主」，唯唯聽命，樸誠可愛；而激之非義，則野橫過于狼虎，幸一言公平，率然拜服。風雨晦明，恍同太古[149]。

　　臥牀外矚，即覿洪濤；枕畔潮聲，如鳴金鼓。一夜，忽見數十里外有紅燈，大如栲栳[150]，浮于海中；又見紅光燭天，勢同失火。實初曰：「此處起現神燈神火，不久又將漲出沙田矣。」揖山興致素豪，至此益放。余更肆無忌憚，牛背狂歌，沙頭醉舞，隨其興之所至，真生平無拘之快遊也！事竣，十月始歸。

　　吾蘇虎邱之勝，余取後山之千頃雲一處，次則劍池而已。餘皆半藉人工，且為脂粉所污，已失山林本相。即新起之白公祠、

---

[143] 宰豬為餉：殺豬招待賓客吃。

[144] 號呶：音ㄏㄠˊ ㄋㄠˊ，大聲叫喊。

[145] 揮：指揮，招使。

[146] 養鵝為號：鵝見到陌生人就會高聲吭叫，所以養鵝的人以鵝叫的聲音來當作防賊的信號。

[147] 潮汛：汛音ㄈㄣˋ，同「泛」字。潮水氾濫。

[148] 佃人：佃音ㄉㄧㄢˋ。租地耕種的人。

[149] 恍同太古：就如同上古洪荒時代的樣子。

[150] 栲栳：音ㄎㄠˇ ㄌㄠˇ，用竹或柳條編製，用來盛裝東西的器具。

塔影橋，不過留雅名耳。其冶坊濱余戲改為「野芳濱」，更不過
脂鄉粉隊，徒形其妖冶而已。其在城中最著名之獅子林，雖曰「雲
林手筆」，且石質玲瓏，中多古木；然以大勢觀之，竟同亂堆煤
渣，積以苔蘚，穿以蟻穴，全無山林氣勢。以余管窺所及，不知
其妙。

　　靈巖山為吳王館娃宮故址，上有西施洞、響屧廊[151]、采香徑
諸勝，而其勢散漫，曠無收束，不及天平、支硎[152]之別饒幽趣。

　　鄧尉山一名玄墓，西背太湖，東對錦峯，丹崖翠閣，望如圖
畫。居人種梅為業，花開數十里，一望如積雪，故名「香雪海」。
山之左有古柏四樹[153]，名之曰「清奇古怪」。清者一株挺直，茂
如翠蓋；奇者臥地三曲[154]，形「之」字；古者禿頂扁闊，半朽如
掌；怪者體似旋螺，枝幹皆然；相傳漢以前物也。

　　乙丑孟春，揖山尊人蓴薌先生偕其弟介石率子姪四人往幞山
[155]家祠春祭，兼掃祖墓，招余同往。順道先至靈巖山，出虎山橋，
由費家河進香雪海觀梅。幞山祠宇即藏于香雪海中，時花正盛，
咳吐俱香。余曾為介石畫〈幞山風木圖〉十二冊。

---

151 響屧廊：屧音ㄒㄧㄝˋ，鞋底的墊荐：此稱代作鞋子。響屧廊相傳西施入吳
國，吳王夫差為建館娃宮，中有廊道，其下鑿空，墊置一排陶甕，上鋪具彈
性梗梓木板。西施與宮女漫舞其上，能發出木琴般樂音，因名「響屧廊」。
宋范成大《吳郡志》記載：「響屧廊在靈巖山寺。相傳吳王令西施輩步屧，
廊虛而響，故名。」
152 天平、支硎：二山名。天平山在姑蘇城西二十里。支硎山，乃因晉高士支道
林遁跡憩遊其上，故有此名
153 四樹：四棵。「樹」在此當計算樹木的量詞「棵」講。
154 三曲：有三處曲折。
155 幞山：山名。幞音ㄆㄨˊ，本義為頭巾。

是年九月，余從石琢堂殿撰赴四川重慶府之任。溯[156]長江而上，舟抵皖城。皖山之麓，有元季[157]忠臣余公之墓。墓側有堂三楹，名曰大觀亭。面臨南湖，背倚潛山。亭在山脊，眺遠頗暢。旁有深廊，北牕洞開，時值霜時初紅，爛如桃李。同遊者為蔣壽朋、蔡子琴。

南城外又有王氏園，其地長于東西，短于南北，蓋北緊背城，南則臨湖故也。既限于地，頗難位置，而觀其結構，作重臺疊館之法。重臺者，屋上作月臺為庭院，疊石栽花于上，使遊人不知腳下有屋；蓋上疊石者則下實，上庭院者則下虛，故花木仍得地氣而生也。疊館者，樓上作軒，軒上再作平臺，上下盤折，重疊四層，且有小池，水不漏洩，竟莫測其何虛何實。其立腳全用磚石為之，承重處仿照西洋立柱法。幸面對南湖，目無所阻，騁懷遊覽，勝于平園，真人工之奇絕者也。

武昌黃鶴樓在黃鵠磯上，後拖黃鵠山，俗呼為蛇山。樓有三層，畫棟飛檐，倚城屹峙，面臨漢江，與漢陽晴川閣相對。余與琢堂冒雪登焉。仰視長空，瓊花飛舞，遙指銀山玉樹，恍如身在瑤臺。江中往來小艇，縱橫掀播，如浪捲殘葉，名利之心，至此一冷。壁間題詠甚多，不能記憶。但記楹對有云：

> 何時黃鶴重來，且共倒金樽，澆洲渚千年芳草；
> 但見白雲飛去，更誰吹玉笛，落江城五月梅花。

---

[156] 溯：音ㄙㄨˋ，逆水而上謂之溯，即往河流的上游走去。
[157] 元季：元朝末年。朝代的末年稱為季。

　　黃州赤壁在府城漢川門外，屹立江濱，截然如壁，石皆絳色，故名焉。《水經》[158]謂之赤鼻山。東坡遊此作二賦，指為吳魏[159]交兵處，則非也。壁下已成陸地。上有二賦亭。

　　是年仲冬[160]抵荊州。琢堂得升潼關觀察之信，留余住荊州，余以未得見蜀中山水為恨。時琢堂入川，而哲嗣[161]敦夫眷屬及蔡子琴、席芝堂俱留於荊州。居劉氏廢園。余記其廳額曰「紫藤紅樹山房」。庭階圍以石欄，鑿方池一畝。池中建一亭，有石橋通焉。亭後築土壘石，雜樹叢生。餘多曠地，樓閣俱傾頹矣。

　　客中無事，或吟或嘯，或出遊，或聚談。歲暮雖資斧[162]不繼，而上下雍雍，典衣沽酒，且置鑼鼓敲之。每夜必酌，每酌必令。窘則四兩燒刀[163]，亦必大施觴政[164]。

　　遇同鄉蔡姓者，蔡子琴與敘宗系，乃其族子也。倩其導遊名勝。至府學前之曲江樓。昔張九齡為長史時，賦詩其上。朱子[165]亦有詩曰：「相思欲回首，但上曲江樓。」

　　城上又有雄楚樓，五代時高氏所建。規模雄峻，極目可數百里。繞城傍水，盡植垂楊，小舟蕩槳往來，頗有畫意。荊州府署即關壯繆帥府，儀門內有青石斷馬槽，相傳即赤兔馬[166]食槽也。

---

[158] 水經：是專寫河川的書，作者不詳，《唐書》以為桑欽所作。。酈道元為之作注，稱為《水經注》。
[159] 吳魏：指三國時的孫吳與曹魏。其實有名的赤壁之戰並非在黃州的赤壁。
[160] 仲冬：農曆十一月叫仲冬。古代每季三月，首曰孟，次曰仲，末曰季。
[161] 哲嗣：尊稱別人的兒子。
[162] 資斧：指金錢費用。
[163] 燒刀：一種辛辣濃烈的燒酒。
[164] 觴政：指行酒令划拳罰酒的一類遊戲。
[165] 朱子：即宋代理學家朱熹。
[166] 赤兔馬：駿馬名。三國呂布有赤兔馬，後此馬為關羽所騎，縱橫戰場。

　　訪羅含[167]宅于城西小湖上，不遇；又訪宋玉[168]故宅于城北。昔庾信[169]遇侯景之亂[170]，遁歸江陵，居宋玉故宅，繼改為酒家；今則不可復識矣。

　　是年大除[171]，雪後極寒，獻歲發春，無賀年之擾，日惟燃紙炮，放紙鳶，紮紙燈以為樂。既而風傳花信[172]，雨濯春塵。琢堂諸姬攜其少女幼子順川流而下。敦夫乃重整行裝，合幫而走。由樊城登陸，直赴潼關。

　　由山南閿鄉縣[173]西出函谷關，有「紫氣東來」四字，即老子乘青牛所過之地。兩山夾道，僅容二馬並行。約十里即潼關，左背峭壁，右臨黃河。關在山河之間，扼喉而起，重樓疊垛[174]，極其雄峻。而車馬寂然，人烟亦稀。昌黎詩曰：「日照潼關四扇開」[175]，殆亦言其冷落耶？

---

[167] 羅含：東晉文學家。字君章，桂陽耒陽（今湖南耒陽市）人。據稱曾夢見文彩異常之禽鳥飛入口中，從此文思日進。歷任主簿至廷尉等官職，年七十七卒。名重一時，時稱為「湘中之琳瑯」、「江左之秀」。

[168] 宋玉：宋玉，或名子淵，戰國時鄢（今湖北襄樊宜城）人。相傳他是屈原學生。曾事楚頃襄王。據《史記・屈原賈生列傳》載「屈原既死之後，楚有宋玉、唐勒、景差之徒者，皆好辭而以賦見稱。」為屈原之後辭賦大家。作品有〈九辯〉〈風賦〉〈高唐賦〉〈神女賦〉〈登徒子好色賦〉等。

[169] 庾信：庾信（513—581）字子山，南陽新野（今屬河南）人。庾肩吾之子，幼從父出入於蕭綱宮廷，後又與徐陵任蕭綱東宮學士，成為宮體文學之代表作家，為南北朝文學之集大成者。

[170] 侯景之亂：侯景（？～552），字萬景。本為北魏懷朔鎮戍兵；先後投靠爾朱榮、高歡，後降南朝梁武帝蕭衍，於梁朝末年發動叛亂。史稱「侯景之亂」。

[171] 大除：大年除夕，即春節的前一天。

[172] 花信：花開的訊息。

[173] 閿鄉縣：閿音ㄨㄣ／。閿鄉縣在河南省。

[174] 疊垛：垛音ㄉㄨㄟˋ。層層短牆堆疊起來。

[175] 日照潼關四扇開：韓愈詩〈次潼關先寄張十二閣老使君〉中句，原詩云：「荊山行盡華山來，日照潼關四扇開；刺史莫嫌迎候遠，相公親破蔡州回。」

　　城中觀察之下，僅一別駕[176]。道署緊靠北城，後有園圃，橫長約三畝。東西鑿兩池，水從西南牆外而入，東流至兩池間，支分三道：一向南，至大廚房以供日用；一向東，入東池；一向北折西，由石螭[177]口中噴入西池，繞至西北，設閘洩瀉，由城腳轉北，穿竇而出，直下黃河。日夜環流，殊清人耳。竹樹蔭濃，仰不見天。

　　西池中有亭，藕花繞左右。東有面南書室三間，庭有葡萄架，下設方石，可弈可飲。以外皆菊畦。西有面東軒屋三間，坐其中可聽流水聲。軒南有小門，可通內室。軒北牕下另鑿小池。池之北有小廟，祀花神。園正中築三層樓一座，緊靠北城，高與城齊，俯視城外，即黃河也。河之北，山如屏列，已屬山西界。真洋洋大觀也。

　　余居園南，屋如舟式，庭有土山，上有小亭，登之可覽園中之概；綠蔭四合，夏無暑氣。琢堂為余顏[178]其齋曰「不繫之舟」。此余幕遊以來，第一好居室也。土山之間，藝菊數十種；惜未及含葩[179]，而琢堂調山左廉訪矣。眷屬移寓潼川書院，余亦隨往院中居焉。

　　琢堂先赴任。余與子琴、芝堂等無事，輒出遊，乘騎至華陰廟。過華封里，即堯時三祝[180]處。廟內多秦槐[181]漢柏，大皆三四抱，

---

[176] 別駕：官名，又稱州通判，是刺史的佐吏。漢代設置別駕從事史，為州刺史之佐吏，刺史行部，別乘傳車從行，故名。

[177] 石螭：螭音彳，無角之龍。石頭雕成的沒有角的龍。

[178] 顏：題字在匾額上叫「顏」，當動詞用。

[179] 含葩：葩音夊丫，花朵。結花苞。

[180] 堯時三祝：唐堯時，華地守邊疆者對帝堯「壽」、「富」、「多男子」三個祝願。後世有「華封三祝」之語。典出《莊子‧天地》篇：「堯觀乎華。華封人曰：『嘻，聖人。請祝聖人，使聖人壽。』堯曰：『辭。』『使聖人富。』

126

有槐中抱柏而生者，柏中抱槐而生者。殿廷古碑甚多。內有陳希夷[182]書「福」「壽」字。華山之腳有玉泉院，即希夷先生化形骨蛻處。有石洞如斗室，塑先生臥像於石牀。其地水淨沙明，草多絳色，泉流甚急，修竹繞之。洞外一方亭，額[183]曰「無憂亭」。旁有古樹三株，紋如裂炭，葉似槐而色深，不知其名，土人即呼曰「無憂樹」。

太華之高不知幾千仞，惜未能裹糧往登焉。歸途見林柿正黃，就馬上摘食之；土人呼止，弗聽；嚼之，澀甚，急吐去，下騎覓泉漱口，始能言。土人大笑。蓋柿須摘下煮一沸，始去其澀；余不知也。

十月初，琢堂自山東專人來接眷屬，遂出潼關，由河南入魯。

山東濟南府城內，西有大明湖。其中有歷下亭、水香亭諸勝。夏月柳陰濃處，菡萏[184]香來，載酒泛舟，極有幽趣。余冬日往視，但見衰柳寒烟，一水茫茫而已。

趵突泉[185]為濟南七十二泉之冠。泉分三眼，從地底怒湧突起，勢如騰沸。凡泉皆從上而下，此獨從下而上，亦一奇也。池上有樓，供呂祖[186]像，遊者多于此品茶焉。

明年二月，余就館萊陽。至丁卯秋，琢堂降官翰林，余亦入都。所謂登州海市[187]，竟無從一見。

　　堯曰：『辭。』『使聖人多男子。』堯曰：『辭。』」本句指此。

[181] 槐：音ㄏㄨㄞˊ，樹名。

[182] 陳希夷：即陳摶，唐末宋初人，居華山修道，以睡養生著名，俗稱睡仙。

[183] 額：為匾額題字。「額」在此做動詞用。

[184] 菡萏：音ㄏㄢˋ ㄉㄢˋ，荷花的別名。

[185] 趵突泉：趵音ㄅㄛˊ，泉名。

[186] 呂祖：即八仙中的呂洞賓。

獅子林中乾隆題字

滄浪亭

滄浪亭內景

---

187 登州海市：海市，即海市蜃樓。登州在春秋時為牟子國，漢屬東萊郡，唐置
登州，明清為登州府；今山東牟平縣。其地濱海，故時能見海市蜃樓。

卷五〈中山記歷〉

　　嘉慶四年，歲在己未[1]。琉球國[2]中山王尚穆[3]薨[4]，世子尚哲[5]，先七年卒。世孫尚溫[6]，表請襲封。中朝懷柔遠藩，錫[7]以恩命。臨軒召對，特簡儒臣。於是，趙介山先生名文楷，太湖人，官翰林院修撰，充正使；李和叔先生，名鼎元，綿州人，官內閣中書，副焉。

　　介山馳書約余偕行。余以高堂垂老，憚於遠遊；繼思遊幕二十年，徧窺兩戒[8]，然而尚囿方隅之見[9]，未觀域外；更歷瀛溟之

---

[1] 嘉慶四年，歲在己未：即公元 1799 年。

[2] 琉球國：國名。在日本之南，台灣之東北。包括今日沖繩等五十餘島，原為一獨立國家，明朝時歸附我國為藩屬國，受冊封其國王為中山王。1879 年，日本派軍人與警察藉口鎮壓琉球，並將王室強行遷移至東京，遂成日本轄下之的沖繩縣。

[3] 中山王尚穆：根據琉球國的《中山世譜》載：「尚穆王：童名思五郎金，乾隆四年己未三月二十六日降誕。…五十九年甲寅四月初八日薨，在位四十三年，壽五十六，葬于玉陵。」

[4] 薨：音ㄏㄨㄥ，古代天子死稱為「崩」，諸侯死叫「薨」。這裡指的是中山國王死，由於中山國在明清時期為我國藩屬，地位比之於諸侯，所以用「薨」。

[5] 世子尚哲：根據琉球國的《中山世譜》載：「尚哲王：（小註：尚哲王以世子薨，未及即位，止以正統之重，追尊稱王。）童名思德金，乾隆二十四年己卯五月出六日降誕。父尚穆王。……五十三年戊申八月二時日薨，壽三十，葬于玉陵。」世子，指諸侯的繼承者。

[6] 世孫尚溫：根據琉球國的《中山世譜》載：「尚溫王：童名思五郎金，乾隆四十九年甲辰二月初一日降誕。父尚哲王（小字註：尚溫係第二子）…。大清乾隆六十年乙卯即位。（乾隆）七年壬戌，…本年七月十一日薨，在位八年，壽十九，葬于玉陵。」

[7] 錫：通「賜」字。

[8] 兩戒：指中國山河南北之界線。

[9] 方隅之見：隅是方形物體的一角。這裡指見聞拘限於某個固定的角落。

勝[10]，庶廣異聞。稟商吾父，允以隨往。

從客凡五人：王君文誥[11]、秦君元鈞、繆君頌[12]、楊君華才，其一即余也。

五年五月朔日，隨簜節[13]以行。祥飆[14]送風，神魚扶舳[15]；計六晝夜，徑達所屆。凡所目擊，咸登掌錄。誌山水之麗崎[16]，記物產之瓌怪[17]，載官司之典章，嘉士女之風節。文不矜奇，事皆記實。自慚譾陋[18]，甘貽測海之嗤；要堪傳信，或勝鑿空之說云爾。

五月朔日，恰逢夏至，僕被登舟。向來封中山王，去以夏至，乘西南風，歸以冬至，乘東北風，風有信也。舟二，正使與副使共乘其一。舟身長七尺，首尾虛艄三丈，深一丈三尺，寬二丈二尺，較歷來封舟，幾小一半，前後各一桅，長六丈有奇，圍三尺。中艙前一桅，長十丈有奇，圍六尺，以番木為之。通計二十四艙，

---

[10] 瀴溟之勝：絕遠杳茫的海國美景勝地。瀴溟，水絕遠貌。

[11] 王君文誥：據《甌缽羅室書畫過目考》說：「王文誥字純生，號見大；仁和人。嘗獨遊皋亭諸山探梅，愛二松奇古，因號二松居士。畫臻逸品；尋丈大幅，兀傲有奇氣。有《韻山堂集》、《二松庵遊草》。」也是對蘇東坡研究的專家學者，著有《蘇文忠公詩編注集成》一百三卷。

[12] 繆君頌：據《墨林今話》說：「長洲繆頌，號石林散人。工詩，善山水，為王二癡弟子，名噪都中。嘉慶壬戌（應是庚申，1800）隨星使往琉球，歸，詩益放縱，畫益超脫。……石林夙有心疾，間一發，佯狂落拓，亦以癡自居，其署款輒書癡頌。」

[13] 簜節：簜音ㄉㄤˋ，大竹。以大竹所作出使者所持儀節；古代使者出使皆持節以示信。

[14] 祥飆：飆音ㄅㄧㄠ，旋風。這裡指祥瑞的風。

[15] 舳：音ㄓㄨˊ，長方形的大船。

[16] 麗崎：奇麗險怪。

[17] 瓌怪：瓌音ㄍㄨㄟ，奇異。指珍奇怪異。

[18] 譾陋：音ㄐㄧㄢˇ ㄌㄡˋ，淺薄固陋。

艙底貯石，載貨十一萬斤有奇。龍口[19]置大砲一，左右各置大砲二，兵器貯艙內。大桅下，橫大木為轆轤[20]，移砲升篷皆仗之，挲[21]以數十人。艙面為戰臺，尾樓為將臺，立幟列藤牌，為使臣聽事。下即舵樓，舵前有小艙，實以沙布針盤。中艙梯而下，高可六尺，為使臣會食地。前艙貯火藥貯米，後以居兵。稍後為水艙，凡四井；二號船稱是。每船約二百六十餘人，船小人多，無立錐處；風信已屆，如欲易舟，恐延時日也。

　　初二日，午刻，移泊竈門[22]。申刻，慶雲[23]見於西方，五色輪囷[24]，適與樓船旗幟，上下輝映，觀者莫不嘆為奇瑞。或如玄圭[25]，或如白珂[26]，或如靈芝，或如玉禾，或如絳綃[27]，或如紫綈[28]，或如文杏之葉，或如含桃之顆，或如秋原之草，或如春湘之波。向讀屠長卿[29]賦，今始知其形容之妙也。畫士施生，為〈航海行樂圖〉，甚工。余見茲圖，遂乃擱筆。香崖雖善畫，亦不能辨此。

---

[19] 龍口：即船頭正首。
[20] 轆轤：古代機械上的絞盤，相當於今日起降重所用的滑車裝置。
[21] 挲：音ㄋㄧㄢˇ，用繩子牽拉。
[22] 竈門：竈音ㄠˋ。竈門本作「竈頭」，在福建省。
[23] 慶雲：祥瑞的雲霞。
[24] 輪囷：音ㄌㄨㄣˊ ㄐㄩㄣ，雲氣旋繞盤屈的樣子。
[25] 玄圭：圭音ㄍㄨㄟ，長方形上削成尖角的玉版，為古代公爵所執持的信物。玄，紅黑色。
[26] 白珂：珂音ㄎㄜ。白色的玉石。
[27] 絳綃：音ㄐㄧㄤˋ ㄒㄧㄠ，鮮紅色的絲織品。
[28] 紫綈：綈音ㄊㄨㄛˊ，亦絲織品；此指紫色的絲綢。
[29] 屠長卿：屠隆（1543-1605），字長卿，一字緯真，號赤水，浙江鄞縣人。生於明世宗嘉靖二十一年，卒於明神宗萬曆三十四年，是明朝的文學家、戲曲家。舉萬曆五年進士，除知縣，遷禮部主事、郎中等官職，後罷官回鄉。家貧，賣文為生以終。有《鴻苞》、《考槃餘事》，《游具雜編》、及《由拳》、《白榆》、《采真》、《南遊》諸集。尤其精通曲藝，著有《彩毫記》、《曇花記》、《修文記》等劇作。此段文字出於屠隆〈五色雲賦〉。

初四日，亥刻起椗[30]，乘潮至羅星塔。海闊天空，一望無際。余婦芸娘，昔遊太湖，謂得見天地之寬，不虛此生；使觀於海，其愉快又當何如！

初九日，卯刻，見彭家山。列三峯，東高而西下。申刻，見釣魚臺，三峯離立，如筆架，皆石骨[31]。惟時水天一色，舟平而駛，有白鳥無數，繞船而送；不知所自來。入夜，星影橫斜，月光破碎，海面盡作火燄，浮沉出沒。木華〈海賦〉[32]所謂「陰火潛然」者也。

初十日，辰正，見赤尾嶼。嶼方而赤，東西凸而中凹，凹中又有小峯二，船從山北過。有大魚二夾舟行，不見首尾，脊黑而微綠，如十圍枯木，附於舟側。舟人以為風暴將起，魚先來護。午刻，大雷雨，以震風[33]轉東北，舵無主，舟轉側甚危；幸而大魚附舟尚未去。忽聞霹靂一聲，風雨頓止。申刻，風轉西南且大，合舟之人，舉手加額，咸以為有神助。得二詩以誌之。詩云：

> 平生浪跡遍齊州[34]，又附星槎[35]作遠遊，魚解扶危風轉順，海雲紅處是琉球。
> 白浪滔滔撼大荒，海天東望正茫茫；此行足壯書生膽，手挾風雷意激昂。

自謂頗能寫出爾時光景。

---

[30] 起椗：椗音ㄉㄧㄥˋ，同「碇」，鐵錨。此指起航。

[31] 石骨：言穿孔之巖石，即珊瑚礁巖。

[32] 木華海賦：木華是晉朝人，著〈海賦〉，文章雋麗。

[33] 震風：震指《易經》八卦裡的震卦，位屬東方；故震風即是東風。

[34] 齊州：此指中國本土之地。

[35] 星槎：槎音ㄔㄚˊ，船。星槎也作星楂，仙舟之意。此指使者出使所乘坐的船。《論語》云：「乘桴浮於海。」

　　十一日，午刻，見姑米山。山共八嶺，嶺各一二峯，或斷或續。未刻，大風暴雨如注，然雨雖暴而風順。酉刻，舟已近山；琉球人以姑米多礁，黑夜不敢進，待明而行，亦不下椗，但將篷收回，順風而立，則舟蕩漾而不能進退。戌刻，舟中舉號火，姑米山有火應之。詢知為球人暗令，日則放砲，夜則舉火，儀注[36]所謂得信者，此也。

　　十二日，辰刻，過馬齒山。山如犬牙相錯，四峯離立，若馬行空。計又行七更[37]，船再用甲寅針，取那霸港。回望見迎封船在後，共相慶幸。歷來針路所見，尚有小琉球、雞籠山、黃麻嶼，此行俱未見。問知琉球夥長[38]，年已六十，往來海面八次，每度細審，得其準的，以為不出辰、卯[39]二位。而乙卯位單乙針尤多，故此次最為簡捷；而所見亦僅三山，即至姑米。針則開洋用單辰，行七更後用乙辰，自後盡用乙，過姑米乃用乙卯，惟記更以香，殊難憑準。念五虎門至官塘，里有定數。因就時辰表按時計里，每時約行百有十里。自初八日[40]未時開洋，迄十二日辰時計共五十八時。初十日暴風停兩時，十一日夜畏觸礁停三時，實行五十三時，計程應得五千八百三十里。計到那霸港實洋面六千里有奇。

---

[36] 儀注：指出使時所擬定的行程儀節註記。

[37] 七更：「更」之說法不一，黃淑璥《台灣使槎錄》及《赤崁筆錄引樵》二編云：「『更』也者，一日一夜定為十更，以焚香幾支度。」王必昌之《重修台灣縣志》有云：「按海洋行舟，以磁為漏筒如酒壺狀，中實細沙，懸之，沙從筒眼滲出，復以一筒承之，上筒沙盡，下筒沙滿更換，是為一更。」又徐葆光之《中山傳信錄》則云：「或云百里為一更，或云六十里為一更，或云分晝夜為十更。今問海船夥長，皆云六十里之說為近。」另，琉人程順則之《指南廣益》云：「一更六十里，以沙漏定之。」

[38] 夥長：船上管羅盤的人，即船長。《廣陽雜記五》：「海舶上司羅盤者曰夥長。」

[39] 辰卯：羅盤上，「辰」的位置是東南方，「卯」的位置是東。

[40] 初八：應是出七日之誤。

　　據琉球夥長云：海上行舟，風小固不能駛，風過大亦不能駛；風大則浪大，浪大力能壅船[41]，進尺仍退二寸。惟風七分，浪五分，最宜駕駛；此次是也。從來渡海，未有平穩而駛如此者。於時，球人駕獨木船數十，以繂[42]挽舟而行，迎封三接如儀，辰刻進那霸港。

　　先是二號船於初十日望不見，至是乃先至，迎封船亦隨後至，齊泊臨海寺前。夥長云：從未有三舟齊到者。

　　午刻，登岸，傾山人士，聚觀於路。世孫率百官迎詔如儀。世孫年十七，白皙而豐頤，儀度雍容；善書，頗得松雪[43]筆意。

　　按《中山世鑑》[44]：隋使羽騎尉朱寬至國，於萬濤間見地形如虯龍[45]浮水，始曰流虯。而《隋書》又作流求，《新唐書》作流鬼，《元史》又作瑠求[46]，明復作琉球。《世鑑》又載：元延祐元年國分為三大里，凡十八國，或稱山南王，或稱山北王。余於中山、南山，遊歷幾徧，大村不及二里，而即謂之國，得勿誇大乎？

　　琉人每言大風，必曰颶颸。按韓昌黎詩：「雷霆逼颶颸[47]」，是與颸同稱者為颶。《玉篇》：「颸，大風也，於筆切。」《唐書・百官志》有颸海道，或係球人誤書。《隋書》稱琉球有虎、狼、

---

[41] 壅船：阻礙船的航行。

[42] 繂：音ㄌㄩㄢˊ，拉船的繩子。

[43] 松雪：宋末元初的趙孟頫，號松雪道人，是宋朝的宗室，入仕元朝。名書法家，又精山水畫。

[44] 中山世鑑：書名，記中山（琉球）史地的書。

[45] 虯龍：虯音ㄑㄧㄡˊ，生有角的小龍。常用來形容盤屈的狀貌。

[46] 瑠：音ㄌㄧㄡˊ即玻璃的「璃」字。按應作「瑠」。

[47] 颶颸：ㄐㄩˋ ㄩˋ，強烈的颱風，即大風。颸字本作「颸」，或是颶字之異體。

熊、羆[48]，今實無之。又云：無牛羊驢馬。驢誠無，而六畜無不備，乃知書不可盡信也。

天使館西向，仿中華廨署。有旗竿二，上懸冊封黃旂[49]。有照牆[50]，有東西轅門，左右有鼓亭，有班房。大門署曰「天使館」。門內廊房各四楹。儀門署曰「天澤門」，萬曆中使臣夏子陽題，年久失去，前使徐葆光[51]補書。門內左右各十一間，中有甬道。道西榕樹一株，大可十圍，徐公手植；最西者為廚房。大堂五楹，署曰「敷命堂」，前使汪楫[52]題。稍北，葆光額曰「皇綸三錫」。堂後有穿堂，直達二堂；堂五楹，中為正副使會食之地。前使周公[53]署曰「聲教[54]東漸」。左右即寢室[55]。堂後南北各一樓；南樓為正使所居，汪楫額曰「長風閣」；北樓為副使所居，前使林麟焻[56]

---

[48] 羆：音ㄆㄧˊ，形狀似熊的一種動物，也稱為「人熊」。

[49] 旂：通「旗」字。

[50] 照牆：亦稱照壁，屏門的牆。

[51] 徐葆光：徐葆光字亮直，號澄齋，江蘇長洲人。儀表秀偉，詩文雅瞻，兼工書法。康熙四十四年(1705)，康熙南巡，徐以諸生獻詩賦而被取錄，至京師舉戊子順天鄉試，壬辰會試雖然沒有考取，不過欽賜一體殿試，最後以第三人及第，授以編修之職。康熙五十七年（1718），奉旨充冊封琉球副使。其使琉球期間，撰《中山傳信錄》六卷，考據素稱精博。

[52] 汪楫：汪楫（1626-1689）字次舟（一作舟次），號悔齋，安徽休寧人，寄籍江蘇江都。生於明熹宗天啟六年，卒於清聖祖康熙二十八年，年六十四歲。性亢直耿介，意氣高偉浩然；力學不倦，時常索取奇文祕籍來閱讀。為歲貢生，署贛榆訓導。康熙十八年（1679）薦應博學鴻儒，試卷列為一等，授翰林院檢討，纂修《明史》。康熙二十二年（1683）充冊封琉球正使，義不受琉球國王饋金，琉球國人建卻金亭來紀念。

[53] 周公：這裡指的是周煌，涪州人，乾隆丁巳進士，官至兵部尚書。諡文恭。他在乾隆廿一年（1756）曾充任冊封中山王尚穆的副使。著有《琉球國志略》一書。

[54] 聲教：指皇朝的政令與教化。《尚書·禹貢》：「朔南暨聲教。」

[55] 寢室：寢音ㄨㄟˇ，醒覺。睡醒休息之室。

[56] 林麟焻：林麟焻字石來，號玉巖，福建莆田人，康熙九年（1670）庚戌進士，

額曰「停雲樓」。額北有詩牌，乃海山先生[57]所題也。周礪礁石為垣[58]，望同百雉[59]。垣上悉植火鳳，幹方，無花有刺，似霸王鞭；葉似慎火草，俗謂能避火，名吉姑蘿。南院有水井，樓皆上覆甋[60]，下砌方磚。院中平以砂，桌椅牀帳，悉仿中國式。寄塵[61]得詩四首，有句云：「相看樓閣雲中出，即是蓬萊島上居。」又有句云：「一舟翦徑[62]憑風信，五日飛帆駐月楂。」皆真情真境也。

孔子廟在久米村[63]。堂三楹，中為神座，如王者垂旒搢圭[64]。而署其主[65]曰：「至聖先師孔子神位」。左右兩龕，龕二人立侍，各手一經，標曰《易》、《書》、《詩》、《春秋》；即所謂四配也。

授中書舍人。康熙二十二年癸亥(1683)奉詔出使琉球，作冊封副使。麟焻少即以詩名於鄉里，其在都中官閒之暇，時偕二三同志倡酬；而又眷顧宗邦，凡拂鬱困頓之致，憫時傷亂之懷，舉於詩發之。他的作品曾為王士禎、陳維崧手加點抹，序以傳世。所著有《玉巖詩集》等。焻音彳尤ˋ。

[57] 海山先生：即周煌，字海山。

[58] 周礪礁石為垣：垣音ㄩㄢˊ，牆。周圍以磨過的礁石砌成低牆。

[59] 百雉：雉是古代表示城牆高度的單位，三丈為雉。百雉，形容牆垣高聳雄偉。

[60] 甋：音ㄊㄨㄥˊ，覆蓋樓房屋頂的一種半圓形瓦片。

[61] 寄塵：據清，彭蘊璨輯纂《畫史彙傳》引述《耕硯田齋筆記》：「寄塵：湖南長沙人，俗姓彭，名衡麓，號八九山人。善蘭竹，好吟詠；受學于袁枚，善畫。嘉慶己未入閩，挂錫烏石山。會當事奉詔敕封中山王，隨往琉球，名傳海外。是年冬，圓寂焉。」沈三白的好朋友石韞玉〈獨學廬三稿，文類〉卷四末，有〈寄塵和尚小札跋〉一篇記載說：「寄塵和尚翰墨妙一時，擘窠大字尤瑰瑋。余視學湘南時，曾來請謁，適鎖院，未之見也。後李鼎元充琉球封使，攜之作中山之游；歸而病，遂死；舍人（指李鼎元）即葬之於榕城。」

[62] 翦徑：本意謂強盜在路途中搶劫，此處則當作「開路」解。

[63] 久米村：在那霸島，為琉球國裡華裔三十六姓聚居的村落，故孔子廟建於此，又稱為「唐營」。有「粂村竹籬」，為中山八景之一。「久米」其實是日本倭字，本作「粂」，琉球語讀音如「苦念搭くにんだ kuninda」，歷來冊封使所記皆誤抄成「久米」兩字，本書亦然。

[64] 垂旒搢圭：旒音ㄌㄧㄡˊ，古帝王冠冕前垂掛的流蘇；搢音ㄐㄧㄣ丶，指挾持。這裡是說頭戴有垂流蘇的冠冕，腰帶插著圭版。這是說古代王者之服飾。

[65] 主：所奉祀之神主木牌。

堂外為臺，臺東西，拾級以登，柵如欞星門[66]，中仿戟門[67]，半樹塞以止行者；其外臨水為屏牆。堂之東為明倫堂，堂北祀啟聖[68]。久米士之秀者，皆肄業其中；擇文理精通者，為之師，歲有廩給[69]。丁祭[70]一如中國儀。敬題一詩云：

> 洋溢聲名四海馳，島邦也解拜先師；廟堂齋穆垂旒貴，
> 聖教如今洽九夷。

用申仰止之忱。

國中諸寺，以圓覺為大。渡觀蓮塘橋，亭供辨才天女，云即斗姥。將入門，有池曰圓鑑，荇藻交橫，芰荷[71]半倒；門高敞，有樓翼然。左右金剛四[72]，規模略仿中國，佛殿七楹。更進，大殿亦七楹，名龍淵殿，中為佛堂，左右奉木主，亦祀先王神位，兼祀祧主。左序為方丈，右序為客座，皆設席。周緣[73]以布，下

---

[66] 欞星門：孔廟前的門名。欞音ㄌㄧㄥˊ。

[67] 戟門：戟音ㄐㄧˇ，古代長刺鉤兵器。立戟為門謂之戟門。

[68] 啟聖：這裡指孔子的父親叔梁紇。

[69] 廩給：公家給的薪俸。

[70] 丁祭：即仲春、仲秋的上旬丁日，祭祀孔廟的儀式。《御定月令輯要》〈孔廟丁祭〉條說：「（唐）玄宗開元二十八年，詔春秋二仲上丁祭之。」

[71] 芰荷：音ㄐㄧˋ ㄏㄜˊ，指荷花、枝葉。

[72] 金剛四：金剛原是佛教名詞，梵文 Vajra 的意譯。本義為「金中最剛者」，有牢固、銳利，能摧毀一切之意。這裡指佛陀的侍從力士。佛寺入門處兩旁，即有金剛四座，為佛經所說帝釋的外將，分別處於須彌山四邊，各自守護一方，故也稱護世四天王。東方持國天王，佛教中梵名曰提頭賴吒，身白色，持琵琶；南方增長天王，佛教中梵名曰毗樓勒叉，身青色，執寶劍；西方廣目天王，佛教中梵名曰毗樓拔叉，身紅色，持絹帶索蛇；北方多聞天王，佛教中梵名曰毗舍羅波拏，身綠色，執寶幢。寺廟山門兩旁多塑四大天王像，即是本文所說的四大金剛。

[73] 周緣：周圍圍繞裝飾著。

襯草極平而淨，名曰踏腳綿。方丈前，為蓬萊庭。左為香積廚[74]。側有井，名「不冷泉」[75]。客座右，為古松嶺，異石錯辨，列於松間。左廂為僧寮，右廂為獅子窟。僧寮南，有樂樓。樓南有園，饒花木，此圓覺寺之勝概也。

又有護國寺。為國王禱雨之所。龕內有神，黑而裸，手劍立，狀甚猙獰。有鐘，為前明景泰七年鑄。寺後多鳳尾蕉，一名鐵樹。又有天王寺，有鐘，亦為景泰七年鑄。又有定海寺，有鐘為前明天順三年鑄。至於龍渡寺、善興寺、和光寺，荒廢無可述者。

此邦海味，頗多特產，為中國之所罕見。一石鉅[76]：似墨魚而大，腹圓如蜘蛛，雙鬚八手，攢生兩肩，有刺，類海參；無足無鱗介，味如鮑魚；登萊有所謂八帶魚者，以形考之，殆是石鉅；或即烏鰂[77]之別種歟！

一海蛇，長三尺，僵直如朽索，色黑，狀猙獰；土人云能殺蟲、療痼[78]、已癘[79]；殆永州異蛇[80]類；土俗甚重之，以為貴品。

一海膽，如蝟，剝皮去肉，搗成泥，盛以小瓶，可供饌。

一寄生螺，大小不一，長圓各異，皆負殼而行。螺中有蟹，兩螯八跪，跪四大四小，以大跪行。螯一大一小，小者常隱，大者以取食，觸之則大跪盡縮，以大螯拒戶。蟹也而有螺性，〈海

---

[74] 香積廚：指佛寺中的廚房。語出《維摩詰經》

[75] 不冷泉：應為「石冷泉」，或因「石」字草書似「不」字而誤。

[76] 石鉅：鉅音ㄐㄩˋ，魚名。有可寫作「石距」。

[77] 烏鰂：鰂音ㄗㄜˊ，即烏賊。

[78] 療痼：痼音ㄍㄨˋ，指久而不癒的病。治病。

[79] 已癘：已是停止、結束之意。這裡是能治惡疾疫癘，使之痊癒。

[80] 永州異蛇：這裡指柳宗元所寫〈捕蛇者說〉裡所說的能治病，具療效的特異蛇類。

賦〉所云：璅玤腹蟹[81]，豈有類歟？《太平廣記》[82]調蟹入螺中，似先有蟹；然取置碗中，以觀其求脫之勢，力猛殼脫，頃刻死；則又與殼相依為命。造物不測，難以臆度[83]也。

一沙蟹，闊而薄，兩螯大於身，甲小而缺其前；縮兩螯以補之，若無縫；八跪特短，臍無甲，尖團莫辨[84]。見人，則凸雙睛，噀[85]水高寸許，似善怒。養以沙水，經十餘日，不食亦不死。

一蚶，徑二尺以上，圍徑[86]五尺許，古人所謂屋瓦子：以殼形凹凸，象瓦屋也。

一海馬肉，薄片廻屈如鉋花，色如片茯苓[87]；品之最貴者，不易得，得則先以獻王。其狀魚身馬首，無毛而有足，皮如江豚。此皆海味之特產也。

此邦果實，亦有與中國不同者：蕉實狀如手指，色黃，味甘，瓤[88]如柚，亦名甘露。初熟色青，以糠覆之則黃。其花紅，一穗數尺，瓣鬚五六出，歲實為常；實如其鬚之數。中國亦有蕉，不聞歲結實，亦無有抽其絲作布者，或其性殊歟？

布之原料，與製布之法，亦有與中國異者。一曰蕉布，米色，

---

[81] 璅玤腹蟹：璅玤音ㄙㄨㄛˇ ㄐㄧˋ，是貝類的一種，又名蟹奴，一名海鏡。《文選・海賦》：「璅玤腹蟹。」李善注：「《南越志》曰，璅玤長寸餘，大者長二三寸，腹中有蟹子。合體共生，俱為玤取食。」即今所謂寄生蟲。

[82] 太平廣記：宋太平興國時李昉等所編撰的一本類書。也作「璅蛄」。

[83] 臆度：音一ˋ ㄉㄨㄛˋ，猜測

[84] 尖團莫辨：蟹腹有臍蓋，形尖窄者為雄蟹，圓寬者為雌蟹。這裡說雄雌莫辨之意。

[85] 噀：音ㄒㄩㄣˋ，用嘴噴出。

[86] 徑：直徑。圍徑即是周圍的長度。

[87] 茯苓：菌類。皮黑而皺，肉白微赤。中藥常用。

[88] 瓤：音ㄖㄤˊ，瓜果實中有種子處。瓤鬚指香蕉初吐穗時，果實末端的花。

寬一尺，乃漚[89]芭蕉，抽其絲織成，輕密如羅。一曰苧布，白而細，寬尺二寸，可敵棉布。一曰絲布，白而棉軟，苧經而絲緯，品之最尚者。《漢書》所謂「蕉、筒、荃、葛」，即此類也。一曰麻布，米色而粗，品最下矣。國人善印花，花樣不一，皆剪紙為範，加範於布，塗灰焉。灰乾去範，乃著色；乾而浣[90]之，灰去而花出，愈浣而愈鮮，衣敝而色不退。此必別有製法，祕不語人，故東洋花布，特重於閩也。

此邦草木，多與中國異稱，惜未攜《群芳譜》[91]來，一一辨證之耳。羅漢松謂之樫木，冬青謂之福木，萬壽菊謂之禪菊；鐵樹謂之鳳尾蕉，以葉對出形似也，亦謂之海椶櫚[92]，以葉蓋頭形似也。有攜至中華以為盆玩者，則謂之萬年椶云。鳳梨開花者謂之男木，白瓣若蓮，頗香烈，不實；無花者謂之女木，而實大如瓜，可食；或云即波羅蜜別種，球人又謂之「阿呾昵」。月橘[93]謂之十里香，葉如棗，小白花，甚芳烈，實如天竹子而稍大；聞二月中，紅纍纍滿樹，若火齊[94]然，惜余未及見也。

球陽地氣多暖，時屆深秋，花草不殺，蚊雷不收，荻花盛開。野牡丹二三月開花，至八月復開，花纍纍如鈴鐸、素瓣、紫暈、檀心，圓而大，頗芳烈。佛桑四季皆花，有白色，有深紅、粉紅二色。因得一詩，詩云：

> 偶隨使節泛仙槎，日日春遊玩物華；天氣常如二三月，

---

[89] 漚：音ㄡˋ，用水泡爛東西。
[90] 浣：音ㄏㄨㄢˇ，洗滌。
[91] 群芳譜：畫冊名，明王象晉所撰。共分十二譜，內記寫花草較多。
[92] 椶櫚：音ㄗㄨㄥ ㄌㄩˇ，也寫做「棕櫚」，一種熱帶植物名。
[93] 月橘：又名七里香、十里香。
[94] 火齊：《事物異名錄》云：「火齊，即櫻桃之別名也。」

山林不斷四時花。

亦真情真景也。

　　球人嗜蘭，謂之孔子花。陳宅尤多異產，有風蘭，葉較蘭稍長，篾竹為盆[95]，掛風前即蕃衍[96]。有名護蘭，葉類桂而厚，稍長如指，花一箭[97]八九出，以四月開，香勝於蘭；出名護嶽巖石間，不假水土，或寄樹椏，或裹以椶而懸之，無不茂。有粟蘭，一名芷蘭，葉如鳳尾花，作珍珠狀。有棒蘭，綠色，莖如珊瑚，無葉，花出椏間，如蘭而小，亦寄樹活。又有西表松蘭，竹之目。或致自外島，或取之巖間，香皆不減蘭也。因得一詩，詩云：

　　移根絕島最堪誇，道是森森闕里花，不比尋常凡草木，
　　春風一到即繁華。

題詩既畢，並為寫生，愧無黃筌[98]之妙筆耳。

　　沿海多浮石，嵌空玲瓏，水擊之，聲作鐘磬；此與中國彭蠡之口石鐘山相似。

　　閒居無可消遣，與施生弈[99]，用琉球棋子，白者磨螺之封口石為之；內地小螺拒戶有圓殼；海螺大者，其拒戶之殼厚五六分，徑二寸許，圓白如硨磲[100]，土人名曰封口石。黑者磨蒼石為之。子徑六分許，圍二寸許，中凸而四圍削，無正背面[101]，不類雲南

---

[95] 篾竹為盆：篾音ㄇㄧㄝˋ，以竹體皮層削成長條薄片，稱為篾。此謂用竹篾皮編織成盆形。

[96] 蕃衍：音ㄈㄢˊ ㄧㄢˇ。繁殖增生。

[97] 一箭：這裡指一株花穗枝。

[98] 黃筌：筌音ㄑㄩㄢˊ。黃筌為宋代有名的畫家。

[99] 弈：音ㄧˋ，相對下棋。

[100] 硨磲：海中介殼軟體動物，其殼白如玉。次等的玉叫硨磲。

[101] 無正背面：這裡說琉球的圍棋子沒有正面、背面之分；蓋中國圍棋形式與琉

子式。棋盤以木為之,厚八寸,四足,足高四寸,面刻棋路。其俗好弈,舉棋無不定之說[102];頗亦有國手。局終數空眼多少,不數實子,數正同。相傳國中供奉棋神,畫女相如仙子,不令人見;乃國中雅尚也。

　　六月初八日,辰刻,正副使恭奉諭祭文,及祭銀焚帛,安放龍綵亭內。出天使館東行,過久米村、泊村,至安里橋,即真玉橋,世孫跪接如儀,即導引入廟。禮畢,引觀先王廟。正廟七楹,正中向外,通為一龕,安奉諸王神位。左昭[103]自舜馬至尚穆,共十六位;右穆自義本至尚敬,共十五位。

　　是日球人觀者,彌山匝地[104],男子跪於道左,女子聚立遠觀。亦有施帷掛竹簾者,土人云,係貴官眷屬。女皆黥首指節[105]為飾,甚者全黑,少者間作梅花斑。國俗不穿耳,不施脂粉,無珠翠首飾。人家門戶,多樹石敢當[106]碣;牆頭多植吉姑蘿,或揉樹,鬎

球、日本有異,碁子形如較扁的小包子,表面隆弧形,底部則平,故有正背之分。

[102] 舉棋無不定之說:我國傳統下圍碁,可以將碁子放置於欲下子處,以便觀察計算佈局,只要將碁子反面向上放,表示尚未成定手,可以再考慮改變落點;這就是「舉棋可以不定」之說。一旦碁子正面朝上放置,才表示碁子確定落實,不能在反悔。而琉球、日本下棋並無如此規定,只要碁子放下而且手離開了碁子,即成定手,不可再變更或反悔。

[103] 左昭:古代天子有七廟,太祖廟居中,左稱昭,右稱穆。二、四、六世居左曰「昭」。

[104] 彌山匝地:彌,滿;匝音ㄗㄚ,圍繞。這裡指滿山遍地,形容很多。

[105] 黥首指節:黥,本為以針刺面加墨之刑法。本書是指在臉上刺青如手指關節之狀作裝飾,即少數民族紋面之習俗。不過,本句文字本即有誤,原來文句當為「黥手背指節」。按徐葆光《中山傳信錄》記載琉球習俗說:「國中大家女亦然。……手背皆有青點,五指脊上黑道直貫至甲邊,腕上下或方或圓或觿,為形不等,不盡如梅花也。女子年十五即針刺,以墨塗之,歲歲增加。官戶皆然。」今日本沖繩老婦尚有此遺跡。見164頁附圖。

[106] 石敢當:唐宋以來,人家門口,或街衢巷口,常立一小石碑,上刻「石敢當」

剔極齊整。國人呼中國為唐山，呼華人為唐人。

球地皆土沙，雨過即可行，無泥濘。奧山有卻金亭，前明冊使陳給事侃，歸時卻金[107]，故國人造亭以表之。

辨岳，在王宮東南三里許，過圓覺寺，從山脊行，水分左右，堪輿家謂之過峽，中山來脈也。山大小五峰，最高者謂之辨岳。灌木密覆，前有石柱二，中置柵二，外板閣二[108]。少左，有小石塔，左右列石案五。折而東，數十級至頂，有石罏[109]二。西祭山，東祭海。岳之神曰祝，祝謂是天孫氏第二女云。國王受封，必齋戒親祭。正、五、九月，祭山、海及護國神，皆在辨岳也。

波上、雪崎及龜山，余已遊徧，而要以鶴頭為最勝。隨正副使往遊，陟其巔，避日而坐，草色黏天，松陰匝地。東望辨岳，秀出天半，王宮歷歷[110]如畫。其南，則近水如湖，遠山如岸，豐見城巍然突出。山南王之舊跡，猶有存者。西望馬齒、姑米，出沒隱見，若近若遠，封舟[111]之來路也。北俯那霸、久米，人煙輻輳[112]，舉凡山川靈異，草木陰翳，魚鳥沈浮，雲煙變滅，莫不爭

三字，以為可以禁壓不祥。根據漢代《急就篇》有「石敢當」一詞，注說「石」字為姓，「敢當」二字為虛構的人名，表示勇武所當無敵。宋王象之《輿地碑目記》記宋仁宗慶曆四年，於福建莆田發現唐代宗大曆五年「石敢當」石碑，碑文說：「石敢當：鎮百鬼，厭災殃；官吏福，百姓康；風教盛，禮樂張。」可見此俗由來已久。琉球的「石敢當」當在明朝時傳入琉球，有寫作「石巖當」、「石敢堂」、「石垣當」、「石敢東」的，當是語音通用。

[107] 却金：拒收人家贈送的金錢。
[108] 中置柵二，外板閣二：原文當作「中置柵，柵外板閣二楹」。這裡的「二」其實是古人的重文符號＝，後人誤以為「二」字，故有錯誤的標點。
[109] 石罏：用石砌成用來燃燒香燭、冥紙、祭品的裝置。
[110] 歷歷：排列分明清楚的樣子。
[111] 封舟：朝廷使者奉詔前往冊封藩屬時所乘坐的專用船。
[112] 人烟輻輳：輻輳音ㄈㄨˊ ㄘㄡˋ，指車輪外圈與車軸間連接的直木，從各

奇獻巧,畢集目前。乃知前日之遊,殊為鹵莽。梁大夫小具盤樽,席地而飲,余亦趣[113]僕以酒肴至。未申之交,涼風乍生,微雨將灑,乃移樽登舟。時海潮正漲,沙岸瀰漫。遂由奧山南麓折而東北,山石嵌空欲落,海燕如鷗,漁舟似織。俄而返照入山,冰輪出水,文鰩[114]無數,飛射潮頭。與介山舉觴弄月,擊楫而歌,樽不空,客皆醉。越渡里村,漏已三下,却金亭前,列炬如晝,迎者倦矣;乃相與步月而歸。為中山第一遊焉。

　　泉崎橋:橋下為漫湖澪,每當晴夜,雙門供月[115],萬象[116]澄清,如玻璃世界,為中山八景之一。旺泉味甘,亦為中山八景之一。王城有亭,依城望遠,因小憩亭中,品瑞泉。縱觀中山八景。八景者:泉崎夜月、臨海潮聲、久米村竹籬、龍洞松濤、筍厓夕照、長虹秋霽、城嶽靈泉、中島蕉園也。亭下多椶櫚紫竹。竹叢生,高三尺餘,葉如椶,狹而長,即所謂觀音竹也。

　　亭南有蚶殼,長八尺許,貯水以供盥,知大蚶不易得也。國人浣漱不用湯,家豎石樁,置石盂,或蚶殼其上,貯水,旁置一柄筒。曉起,以筒盛水,澆而盥漱之;客至亦然。地多草,細軟如毯,有事則取新沙覆之。

　　國人取玳瑁[117]之甲,以為長簪,傳至中國;率由閩粵商販。球人不知貴,以為賤品。崑山之旁,以玉抵鵲,地使然也。

方聚集在車軸上,以比喻人口很密集的聚在一起。

[113] 趣:音ㄘㄨˋ,催促。

[114] 文鰩:鰩音一ㄠˊ,魚名,能飛躍出水面數尺。

[115] 供月:當為「拱月」;「拱」是烘托的意思。

[116] 萬象:當是「萬頃」之誤。

[117] 玳瑁:音ㄉㄞˋ ㄇㄟˋ,海龜類動物,甲殼堅亮半透明,可製成裝飾品,如髮簪、梳子等。

　　豐見山頂，有山南王第故城。徐葆光詩有「頹垣宮闕無全瓦，荒草牛羊似破村」之句。王之子孫，今為那姓，猶聚居於此。

　　辻[118]山國人讀為失山，琉球字皆對音，十失無別，疑迷之誤也。副使輯《球雅》。謂一字作二三字讀，二三字作一字讀者，皆義而非音，即所謂寄語，國人盡知之。音則合百餘字或十餘字為一音，與中國音迴異。國中惟讀書通文理者，乃知對音，庶民皆不知也。

　　久米官之子弟，能言，教以漢語；能書，教以漢文。十歲稱「若秀才」，王給米一石；十五薙髮[119]，先謁孔聖，次謁國王，王籍其名，謂之「秀才」，給米三石。長則選為通事，為國中文物聲名最，即明三十六姓後裔也。那霸人以商為業，多富室。明洪武初，賜閩人三十六姓善操舟者，往來朝貢。國中久米村梁、蔡、毛、鄭、陳、曾、阮、金等姓，乃三十六姓之裔，至今國人重之。

　　與寄公談玄理，頗有入悟處，遂與唱和成詩。法司蔡溫、紫金大夫程順則、蔡文溥三人集，詩有作者氣[120]。順則別著《航海指南》，言渡海事甚悉。蔡溫尤肆力於古文，有《蓑翁語錄》、《至言》等目，語根經學，有道學氣[121]；出入二氏之學，蓋學朱子而未純者。

　　琉球山多瘠磽[122]，獨宜薯[123]。父老相傳，受封之歲，必有豐

---

[118] 辻：此字為日造倭字。日語讀音為「つじ」，十字路口、街頭之意。

[119] 薙髮：薙音ㄊㄧˋ。即剃頭髮。

[120] 作者氣：指作詩為文有刻意造作之意，未能不露痕跡，合乎渾然天成。

[121] 道學氣：宋史對學術分為道學傳、儒林傳，道學傳記專言性理之學的學者，故言理性之學為道學。這裡是說作品中有談心性、理性學者的學術風格。

[122] 山多瘠磽：瘠磽音ㄐㄧˊ　ㄑㄧㄠ，土地不肥沃。這句話可有二解：一是山

年。今歲五月稍旱，幸自後雨不愆期[124]，卒獲大豐，薯諧可四收。海邦臣氏，倍覺歡欣。僉[125]曰：「非受封歲，無此豐年也。」

六月初旬，稻已盡收。球陽地氣溫煖，稻常早熟；種以十一月，收以五、六月。薯則四時皆種，三熟為豐，四熟則為大豐。稻田少，薯田多，國人以薯為命；米則王官始得食。亦有麥豆，所產不多。五月二十日，國中祭稻神，此祭未行，稻雖登場，不敢入家也。

七月初旬，始見燕，不巢入屋。中國燕以八月歸，此燕疑未入中國者。其來以七月，巢必有地。別有所謂海燕，較紫燕稍大而白其羽。有全白似鷗者，多巢島中，間有至中國，人皆以為瑞。

應潮雞：雄純黑，雌純白，皆短足長尾，馴不避人。香匡購一小犬而毛豹斑，性靈警。與[126]飯不食，與薯乃食；知人皆食薯矣。鼠雀最多，而鼠尤虐。亦有貓，不知捕鼠，邦人以為玩。乃知物性亦隨地而變。鷹、雁、鵝、鴨、特少。

枕有方如圭者，有圓如輪而連以細軸者，有如文具藏數層者，製特精，皆以木為之。率寬三寸，高五寸，漆其外，或黑或朱，立而枕之，反側則仆。按《禮記‧少儀》注：「穎，警枕也，謂之穎者，穎然警悟也。」又司馬文正[127]公以圓木為警枕，少睡則轉而覺，乃起讀書，此殆警枕之遺。

嶺多，地質不肥沃；二是這句有錯字，本是「田多瘠磽」。以第二說為優。

[123] 宜薯：適宜種蕃薯。

[124] 不愆期：愆音ㄑㄧㄢ，過錯。這裡指沒有耽誤耕作之期。

[125] 僉：音ㄑㄧㄢ，指全部。相當於白話「都」。

[126] 與：給予。

[127] 司馬文正：即宋朝的司馬光，謚號文正。

衣制皆寬博交衽[128]，袖廣二尺，口皆不緝[129]，特短袂，以便作事。袵率無鈕帶，總名衾。男束大帶，長丈六尺，寬四寸以為度，腹圍四五轉，而收其垂於兩脅[130]間。煙包、紙袋、小刀、梳篦之屬皆懷之，故胸前袵帶搊[131]起凸然。其脅下不縫者，惟幼童及僧衣為然。僧別有短衣如背心，謂之斷俗；此其概也。

帽以薄木片為骨，疊帕而蒙之；前七層，後十一層。花錦帽遠望如屋漏痕者，品最貴，惟攝政王叔、國相得冠之[132]。次品花紫帽，法司冠之，其次則純紫。大略紫為貴，黃次之，紅又次之，青綠斯下。各色又以綾為貴，絹為次。國王未受封時，戴烏紗帽，雙翅側衝上向，盤金，朱纓垂頷，下束五色絛[133]。至是冠皮弁，狀如中國梨園演王者便帽；前直列花瓣七，衣蟒腰玉。

肩輿[134]如中國餅轎[135]；中置大椅，上施大蓋，無帷幔，轅粗而長，無絆，無橫木，以八人左右肩之而行。

杜氏《通典》[136]載琉球國俗，謂婦人產必食子衣[137]，以火自炙[138]，令汗出。余舉以問楊文鳳然乎？對曰：「火炙誠有之，食衣則否。」即今中山已無火炙俗，惟北山猶未盡改。

---

128 寬博交衽：衣服寬大，衣襟交叉。
129 口皆不緝：緝音ㄑㄧˋ，收縫衣的邊緣。此處指袖口不縫邊。
130 脅：音ㄒㄧㄝˊ，同「脅」字，指自腋下到肋骨之處。
131 搊：音ㄔㄡ，隆起不平貼。
132 冠之：「冠」在這裡當動詞，就是戴在頭上的意思。
133 絛：音ㄊㄠ，同「絛」，絲繩。
134 肩輿：扛在肩上的車，亦即是轎子。
135 餅轎：應是「顯轎」之誤。顯轎乃指無屏圍之轎。
136 通典：唐代杜佑所撰。子衣一胎胞衣。
137 子衣：即是胎兒出生時的胞衣，中藥謂之「河車」。
138 炙：音ㄓˋ，燒烤。

　　嫁娶之禮，固陋已甚；世家亦有以酒肴珠貝為聘者。婚時即用本國轎，結綵鼓樂[139]而迎，不計妝奩。父母送至夫家即返，不宴客；至親具酒賀，不過數人。《隋書》云：琉球風俗，男女相悅，便相匹偶，蓋其舊俗也。詢之鄭得功。鄭得功曰：「三十六姓初來時，俗尚未改，後漸知婚禮，此俗遂革。今國中有夫之婦，犯姦即殺。」余始悟琉球所以號守禮之國者，亦由三十六姓教化之力也。

　　小民有喪，則鄰里聚送，觀者[140]護喪，掩畢即歸。宦家則同官相知者，亦來送，柩出即歸，大都不宴客。題主官率皆用僧，男書圓寂[141]大禪定，女書禪定尼；無考妣[142]稱。近日宦家亦有書官爵者。棺制三尺，屈身而殮之，近宦家亦有長五六尺者，民則仍舊。

　　此邦之人，肘比華人稍短。《朝野僉載》[143]亦謂人形短小似崑崙[144]。余所見士大夫短小者固多，亦有修髯豐頤者，頎[145]而長者，胖而腹腰十圍者；前言似未足信。人體多狐臭，古所謂慍羝[146]也。

　　世祿之家皆賜姓，士庶率以田地為姓，更無名。其後裔則云

---

[139] 鼓樂：就是鼓樂。鼓同「鼓」。
[140] 觀者：應是「親者」之誤。
[141] 圓寂：佛教稱人永離塵世，進入不生不滅之境，就叫做「圓寂」。
[142] 考妣：妣音ㄅㄧˇ。父死後稱考，母死後稱妣。
[143] 朝野僉載：舊題為唐朝張鷟撰。六卷，中多記隋唐兩代朝廷與民間故事遺聞。
[144] 崑崙：古種族名，即今南洋、馬來一帶的民族，目深體黑者是也。我國從唐朝時即有人入中國為僕役者，謂之崑崙奴。
[145] 頎：音ㄑㄧˊ，身材修長的樣子。
[146] 慍羝：音ㄩㄣˋ ㄉㄧ，腋下所發出的腥羶臭氣。

某氏之子孫幾男，所謂「田米私姓」[147]也。

國中兵刑惟三章：殺人者死，傷人及重罪徒；輕罪罰日中晒之，計罪而定其日。國中數年無斬犯，間有犯斬罪者，又率引刀自剖腹死。

七月十五夜，開窗，見人家門外，皆列火炬二。詢之土人，云：國俗於十五日盆祭，預期迎神，祭後乃去之。盆祭者，中國所謂盂蘭會[148]也。連日見市上小兒各手一紙幡，對立招展，作迎神狀；知國俗盆祭祀先，亦大祭矣。

龜山南岸有窯，國人取車螯大蚶之殼以煅[149]，堊[150]灰壁不及石灰，而黏過者。再東北有池，為國人煮鹽處。

七月二十五日，正副使行冊封禮，途中觀者益眾。上萬松嶺，迤邐[151]而東，衢道[152]修廣，有坊，榜曰「中山道」。又進一坊，榜曰「守禮之邦」。世孫戴皮弁[153]，服蟒衣，腰玉帶，垂裳結佩，率百官跪迎道左。更進為歡會門，踞山巔，疊礁石為城，削磨如壁。有鳥道[154]，無雉堞[155]，高五尺以上，遠望如聚髑髏[156]。始悟《隋書》所謂王居多聚髑髏於其下者，乃遠望誤於形似，實未至

---

[147] 田米私姓：本當作「田名私姓」。謂以田地之名為私家姓氏。

[148] 盂蘭會：即盂蘭盆會，為佛教之祀會。舊曆七月十五日以盆盛百味供奉三寶。

[149] 煅：音ㄉㄨㄢˋ，把物質燒煉成灰。

[150] 堊：音ㄜˋ，以泥灰塗飾牆壁。這一句應作「煅灰，堊壁不及石灰」，文意始通順。

[151] 迤邐：音ㄧˇ ㄌㄧˇ，曲折延綿。

[152] 衢道：衢音ㄑㄩˊ，四達之路。此處指闊大的通道。

[153] 皮弁：弁音ㄅㄧㄢˋ，帽子。皮弁就是皮帽。

[154] 鳥道：此當為「馬道」之誤。指城牆上能行馬的通道。

[155] 雉堞：音ㄓˋ ㄉㄧㄝˊ，三丈為雉。古代的高牆百雉，此指低矮的城牆。

[156] 髑髏：音ㄉㄨˊ ㄌㄡˊ，乾枯無肉的死人頭顱骨。

城下也。

城外石厓左鐫「龍岡」字,右鐫「虎峯[157]」字。王宮西向,以中國在海西,表忠順面向之意。後東向為繼世門,左南向為水門,右北向為久慶門。再進層厓,有門西北向,曰瑞泉。左右甬道有左掖、右掖二門。更進,有漏西向,牓曰「刻漏」,上設銅壺漏水。更進,有門西北向,為奉神門,即王府門也。殿廷方廣十數畝,分砌二道,由甬道進至闕廷,為王聽政之所。壁懸伏羲畫卦象,龍馬負圖立其前,絹色蒼古,微有剝蝕,殆非近代物。北宮殿屋固樸,屋梁舉手可接,以處山岡,且阻海颶。面對為南宮。此日正副使宴於北宮,大禮既成,通國歡忭[158]。

聞國王經行處,悉有綵飾。泉崎道旁,列盆花異卉,繞以朱欄,中刻木作麒麟形;題曰「非龍非彪,非熊非羆,王者之瑞獸」。天妃宮前,植大松六,疊假山四,作白鶴二,生子母鹿三。池上結棚,覆以松枝,松子垂如葡萄。池中刻木鯉大小五,令浮水面。環池以竹,欄旁有坊曰「偕樂坊」。柱懸一版,題曰「鹿濯濯,鳥嘺嘺,牣魚躍」[159]。歸而述諸副使。副使曰:「此皆《志略》[160]所載,事隔數十年一字不易,可謂印板文字矣。」從客皆笑。

宜野灣縣有龜壽者,事繼母以孝,國人莫不聞。母愛所生子

---

[157] 虎峯:峯音ㄓㄨˋ,山勢高峻貌。這裡形容山勢險峻高聳,狀如猛虎踞憑。

[158] 歡忭:忭音ㄅㄧㄢˋ。歡欣快樂。

[159] 鹿濯濯,鳥嘺嘺,牣魚躍:濯是「肥美」的意思;鹿濯濯,言鹿群遊蕩其間。嘺音ㄏㄜˋ,形容鳥體肥雋而羽毛有光澤。牣音ㄖㄣˋ,充滿。此與典出自《詩經・大雅・靈臺》:「麀鹿濯濯,白鳥嘺嘺,王在靈沼,於牣魚躍」,所形容的是萬物得其所適,悠遊自在的意思。

[160] 志略:記載地方風土文物的書籍。此處指清朝曾冊封中山王副使周煌著的《琉球國志略》。

而短[161]龜壽於其父伊佐前，且不食，以激其怒。伊佐惑之，欲死龜壽。將令深夜汲北宮[162]，要而殺之。僕匿龜壽於家，往諫伊佐，伊佐縛而放之，且謂事已露，不可殺，乃逐龜壽。龜壽既被放，欲自盡，又恐張母惡；值天雨雹，病不支，僵臥於路。巡官見之，近而撫其體猶溫，知未死，覆以己衣，漸甦。徐詰[163]其故，龜壽不欲揚父母之惡，飾詞告之。初巡官聞孝子龜壽被放，意不平。至是見言語支吾，疑即龜壽，賜衣食令去。密訪得其狀，乃傳集村人，繫伊佐妻至，數其罪而監之，將告於王。龜壽願以身代。巡官不忍傷孝子心，召伊佐夫婦面諭[164]之。婦感悟，卒為母子如初。副使既為之記，余復為詩以表章之。詩云：

> 輶軒[165]問俗到球陽，潛德端須為闡揚，誠孝由來能感格，
> 何殊閔損[166]與王祥[167]。

以為事繼母而不能盡孝者勸。

　　經辻山，墟方集，因步行集中。觀所市物[168]。薯為多，亦有

---

[161] 短：說別人的壞話。

[162] 北宮：此當為「北谷」之誤。

[163] 詰：音ㄐㄧㄝˊ，有逼問之意。

[164] 面諭：諭音ㄩˋ。當面告誡。

[165] 輶軒：本意為使者座駕車輛，這裡是使者的代稱。

[166] 閔損：即春秋時代孔子的學生閔子騫。早喪母，負繼娶後母，生二子，衣以棉絮。對閔損則衣以蘆花絮。一日，其父令之御車；因體寒而牽車索失手；父怒鞭之，衣破而知所著者為蘆花絮。因欲出後母。閔損說：「母在一子單，母去三子寒。」後母聞之，卒悔其前行。是二十四孝之一，稱為「單衣順母」。

[167] 王祥：晉朝人。早年喪母，父親續娶朱氏。朱氏不喜王祥，常在父前中傷他。因此不得父愛。後來繼母想吃鮮魚，當時正值隆冬，河水結冰；王祥解衣臥冰上以求之，冰忽自解凍，有雙鯉魚躍出；遂持以供繼母嚐用。此事後納入二十四孝之一，稱「臥冰求鯉」。

[168] 市物：市當動詞，做買賣解。這裡是說買賣的貨物。

魚、鹽、酒、菜、陶、木器、蕉苧、土布，粗惡無足觀者。國無
肆店，率業於其家。市貨以有易無，不用銀錢。聞國中率用日本
寬永錢，比來亦不見。昨香厓攜示串錢，環如鵝眼，無輪廓，貫
以繩，積長三寸許，連四貫而合之，封以紙，上有鈐記[169]，此球
人新製錢，每封當大錢十；蓋國中錢少，寬永錢銅質較美，恐或
有人買去，故收藏之，特製此錢應用；市中無錢以此。

　　國中男逸女勞，無有肩擔背負者。趨集織紉，及採薪運水，
皆婦人主之。凡物皆戴之頂。女衣既無鈕無帶，又不束腰。而國
俗男女皆無袴，勢須以手曳襟。襟較男衣長，疊襟下為兩層，風
不得開。因悟髻必偏墜者，以手既曳襟，須空其頂以戴物，童而
習之，雖重百觔[170]，登山涉澗無傾側，是國中第一絕技也。其動
作時，常捲兩袖至背，貫繩而束之。髮垢輒洗，洗用泥，脫衣結
於腰，赤身低頭，見人亦不避。抱兒惟一手，叉置腰間，即藉以
曳襟。

　　東苑在崎山。出歡會門，折而北，逐瑞泉下流，至龍淵橋，
匯而為池，廣可十丈，長可數十丈，捍以隄，曰龍潭。水清，魚
可數，荷葉半倒。再折而東，有小村。篠屏[171]修整，松蓋陰翳，
薄雲補林，微風嘯竹，園外已極幽趣。入門，板亭二，南向。更
進而南，屋三楹。亭東有阜如覆盂。折而南，有巖西向，上鐫「梵」
字，下蹲石獅一，飾以五采。再下，有小方池，鑿石為龍首，泉
從口出。有金魚池，前竹萬竿，後松百挺。再東，為望仙閣，前
有東苑閣，後為能仁堂[172]。東北望海，西南望山，國中形勝，此

---

[169] 鈐記：鈐音ㄑ一ㄢˊ，印章。印蓋出來的圖文。
[170] 觔：音ㄐㄧㄣ，即斤。
[171] 篠屏：篠音ㄒㄧㄠˇ，竹子。以細竹編做的屏風或籬笆。
[172] 本小段文字原應作「再東，為望仙閣，前有東苑額，閣後為能仁堂。」

為第一。

南苑之勝，亦不減於東苑，越中馬富盛[173]。折而東，循行阡陌間，水田漠漠，番薯油油[174]，絕無秋景。薯有新種者，問知已三收矣。再入山，松陰夾道，茅屋參差，田家之景可畫。計十餘里，始入苑村，名姑場川，即同樂苑也。苑踞山脊，軒五楹，夾室為複閣，頗曲折。軒前有池，新壑，狹而東西長。疊礁為橋，橋南新阜纍纍，因阜以為亭，宜遠眺。亭東植奇花異卉，有花絕類蝴蝶，絳紅色，葉如嫩槐，曰蝴蝶花。有松葉如白毛，曰白髮松。池東，舊有亭圮[175]，以布代之。池西有閣，頗軒敞，四面風來，宜納涼。有閣曰「迎暉」，有亭曰「一覽」，即正副使所題也。軒北有松，有鳳蕉，有桃，有柳。黃昏舉烟火，略同中國。

余偕寄塵遊波上。板閣無他神，惟掛銅片幡上，壑「奉寄御幣」字。後署云「元和二年壬戌」，或疑為唐時物，非也。按元和二年為丁亥，非壬戌也。日本馬場信武撰《八卦通變指南》，內列「三元指掌」，云上元起永祿七年甲子，止元和三年[176]癸亥。如元[177]起寬永元年甲子，止元和[178]三年癸亥。下元起貞亨元年甲子，止[179]元祿十六年癸未。國中既行寬永錢。證以元和日本僭號，知琉球舊曾奉日本正朔，今諱言之歟！

---

[173] 越中馬富盛：此句有的版本作「苑中馬富盛」，其實皆誤。這一句應為「越中島、富盛」，越中島就是越過中間的島嶼。富盛也是地名；據徐葆光《中山傳信錄》〈琉球地圖〉中，有「東風平」一地，屬中山省，屬村縣九，「富盛」就是其中之一。

[174] 油油：指作物生長茂盛，一片綠意盎然。

[175] 圮：音ㄆㄧˇ，傾倒毀壞。

[176] 三年：當是「九年」之誤。

[177] 如元：此當為「中元」之誤。

[178] 元和：當是「天和」之誤。

[179] 止：當為「今」字之誤。

紙鳶，製無精巧者，兒童多立屋上放之。按中國多放於清明前，義取張口仰視，宣導陽氣，令兒少疾。今放於九月，以非九月紙鳶不能上，則風力與中國異。即此可驗球陽氣煖，故能十月種稻。

國俗：男欲為僧者聽[180]，既受戒，有廩給；有犯戒者，飭令還俗，放之別島。女子願為土妓者亦聽，接交外客；女之兄弟，仍與外客敘親往來；然率皆貧民，故不以為恥。若已嫁夫而復敢犯姦者，許女之父兄自殺之，不以告王；即告王，王亦不赦。此國中良賤之大防，所以重廉恥也。

此邦有紅衣妓，與之言，不解；按拍清歌，皆方言也。然風韻亦正有佳者，殆不減憨園。近忽因事他遷，以扇索詩，因題二詩以贈之。詩云：

> 芳齡二八最風流，楚楚腰身翦翦眸[181]；手抱琵琶渾不語，似曾相識在蘇州。

> 新愁舊恨感千端，再見真如隔世難；可惜今宵好明月，與誰共捲繡簾看。

國人率恭謹，有所受，必高舉為禮；有所敬，則俯身搓手而後膜拜。勸尊者酒，酌而置杯於指尖以為敬；平等則置手心。

此邦屋俱不高，瓦必甌，以避颶也。地板必去地三尺，以避溼也。屋脊四出，如八角亭，四面接修，更無重構複室，以省材

---

[180] 聽：音ㄊㄧㄥˋ。聽任自由決定。
[181] 楚楚腰身翦翦眸：楚腰，典出韓非子說「楚王好細腰，宮中多餓死」之語。這裡是說細細的腰和秋水般迷人的眼神。

也。屋無門戶，上限[182]刻雙溝，設方格，糊以紙，左右推移，更不設暗𣔵[183]，利省便，恃無盜也；臨街則設矣。神龕置青石於鑪，實以砂，祀祖神也。國以石為神，無傳真也。瓦上瓦獅，《隋書》所謂獸頭骨角也。壁無粉墍[184]，示樸也。貴家間有糊砑粉[185]花箋，習華風，漸奢也。

龜山有峰獨出，與眾山絕，前附小峯，離約二丈許，邦人駕石為洞，連二山，高十丈餘。結布幔於洞東。不憩，拾級而登，行洞上，又十餘級，乃陟巔，巔恰容一樓。樓無名，四面軒豁，無戶牖。副使謂余曰：「茲樓俯中山之全勢，不可無名。」因名之曰「蜀樓」。并為之跋曰：「蜀者何，獨也。樓何以蜀名，以其踞獨山也；不曰獨，而曰蜀者，以副使為蜀人；樓構[186]已百年，而副使乃名之，若有待也。」樓左瞰青疇，右扶蒼石，後臨大海，前揖中山，坐其中以望，若建瓴[187]焉。余又請於副使曰：「額不可無聯。」副使因書前四語付之。歸路循海而西，厓洞溪壑皆奇峭，是又一勝遊矣。

越南山，度絲滿村，人家皆面海，奇石林立。遵海而西，有山，翠色攢空[188]，石骨穿海，曰砂嶽。時午潮初退，白石磷磷，群馬爭馳，飛濺如雨。再西，度大嶺村，叢棘為籬，漁網數百晒

---

182 上限：此當為「上下限」，蓋日本式拉門，門必置於上下兩道攔槽之中。
183 𣔵：即「閂」之異體字，音ㄙㄨㄢ。關門橫木。
184 粉墍：墍音ㄇㄢˋ，塗牆的用具。此言粉刷牆壁。
185 砑粉：砑音ㄧㄚˋ，一種白色用以填補牆壁凹洞的灰粉。
186 構：建造。
187 建瓴：瓴音ㄌㄧㄥˊ，其說義有二：《說文解字》以為盛水瓮；徐炫《說文繫傳》說是屋上仰蓋的瓦。以第二說較優。建瓴之意是說屋頂上仰瓦受覆瓦的水，順勢匯聚而下流，毫無阻礙。這裡是說在蜀樓能觀賞四方景色，自然順勢，毫無阻礙之意。
188 攢空：攢音ㄘㄨㄢ，聚集。攢空就是聚集在空中。

其上。村外水田漠漠，泥淖[189]陷馬。有牛放於岡，汪錄謂馬耕無牛，今不盡然也。

本島能中山語者，給黃帽，為酋長，歲遣「親雲上」監撫之，名奉行官。主其賦訟，各賦其土之宜，以貢於王。「間切」者，外府之謂。首里、泊、久來[190]、那霸四府為王畿，故不設，此外皆設。職在親民，察其村之利弊，而報於「親雲上」。間切略如中國知府。中山屬府十四，間切十，山南省屬府十二，山北省屬府九，間切如其府數。

國俗自八月初十至十五日，並蒸米，拌赤小豆，為飯相餉，以祭月，風[191]同中國。是夜，正副使邀從客露飲[192]，月光澄水，天色拖藍，風寂動息，潮聲雜絲肉聲，自遠而至，恍置身三山[193]，聽子晉[194]吹笙，麻姑[195]度曲，萬緣俱靜矣。宇宙之大，同此一月，回憶昔日蕭爽樓中，良宵美景，輕輕放過，今則天各一方，能無對月而興懷乎！

世傳八月十八日，為潮生辰，國俗，於是夜候潮波上。子刻，偕寄塵至波上。草如碧毯，霑露愈滑，扶僕行，憑垣倚石而坐。丑刻潮始至，若雲峯萬疊，捲海飛來。須臾，腥氣大盛，水怪摶風，金蛇掣電，天柱欲折，地軸暗搖；雪浪濺衣，直高百尺。未敢遽窺鮫宮，已若有推而起之者，迷離徜恍，千態萬狀。觀此，

---

[189] 泥淖：淖音 ㄋㄠˋ，沼澤。這裡是泥濘沼澤之地。
[190] 久來：當為「久米」之誤。
[191] 風：指風土習俗。
[192] 露飲：在屋外露天飲酒。
[193] 三山：相傳中國海外有蓬萊、方丈、瀛洲三仙山。
[194] 子晉：王子喬是周靈王太子晉；好吹笙作鳳凰鳴。經道士浮丘公接引成仙。
[195] 麻姑：古仙女，東漢時人。

乃知枚乘[196]〈七發〉[197]，猶形容未盡也。潮既退，始聞噌吰[198]之聲，出礁石間。徐步至護國寺，尚似有雷霆震耳，潮至此觀止矣。

元日至六日，賀節。初五日，迎竈。二月，祭麥神。十二日，浚井[199]，汲新水，俗謂之洗百病[200]。三月三日，作艾糕。五月五日，競渡。六月六日，國中作六月節，家家蒸糯米，為飯相餉。十二月八日，作糯米糕，層裹檂葉，蒸以相餉，名曰鬼餅。二十四日，送竈。正、三、五、九為吉月，婦女率遊海畔，拜水神祈福。逢朔望，罈汲新水獻神，此其略也。余獨疑國俗敬佛，而不知四月八日為佛誕辰；臘八鬼餅如角黍，而不知七寶粥。

國王送菊二十餘盆，花葉並茂，根際皆以竹籤標名，內三種尤異類：一名「金錦」，朵兼紅黃白三色，小而繁，燦如列星；一名「重寶」，瓣如蓮而小，色淡紅；一名「素球」[201]，瓣寬，不類菊，重疊千層，白如雪，皆所未見者。媵[202]之以詩，詩曰：

> 陶籬韓圃[203]多秋色，未必當年有此花；似汝幽姿真可惜，移根無路到中華。

---

196 枚乘：漢朝人，字叔，淮陰人。善屬辭賦，為吳王濞郎中令。歷事梁孝王、淮陰。武帝即位，知其賢，以蒲輪徵之，乘死於路。有〈七發〉之作。。

197 七發：設吳客以七事啟發楚太子，使太子疲病不藥而癒，故名曰「七發」。這是仿效《楚辭‧七諫》之體而作的。

198 噌吰：音彳ㄥˊ ㄏㄨㄥˊ，聲音響亮，迴盪不絕。

199 浚井：浚音ㄐㄩㄣˋ，同「濬」，開通。這裡說是挖掘深井。

200 汲新水，俗謂之洗百病：此句有誤。應作「汲新水浴，謂之洗百病」。

201 素球：原文應作「素毬」。「球」古義為玉石；「毬」為皮革所製，內充羽毛，用以踢打，故有「蹴毬」之戲。

202 媵：音ㄧㄥˋ，本為古代陪嫁的女子；這裡用作附帶寄託。

203 陶籬韓圃：指晉陶潛和宋韓琦皆喜菊、種菊的故事。陶詩：「採菊東籬下，悠然見南山。」韓詩：「不着老圃秋容淡，且看寒花晚節香。」

　　見獅子舞，布為身，皮為頭，絲為尾，翦綵如毛飾其外，頭尾口眼皆活，鍍睛貼齒，兩人居其中，俯仰跳躍，相馴狎歡騰狀。余曰：「此近古樂矣！」按《舊唐書·音樂志》：後周武帝時，造太平樂，亦謂之五方獅子舞。白樂天〈西涼妓〉云：「假面夷人弄獅子，刻木為頭絲作尾；金鍍眼睛銀貼齒，奮迅毛衣罷雙耳。」即此舞也。

　　此邦有所謂「踏柁[204]戲」者，橫木以為梁，高四尺餘，復置板而橫之，長丈有二尺，虛其兩端，均力焉。夷女二，結束衣綵，赤雙足，各手一巾，對立相視而歌。歌未竟，躍立兩端，稍作低昂，勢若水碓[205]之起伏。漸起漸高，東者陡落而激之，則西飛起三丈餘，翩翩若輕燕之舞於空也。西者落而陡激之，則東者復起，又如鷙[206]鳥之直上青雲也。疊相起伏，愈激愈疾，幾若山雞舞鏡，不復辨其孰為影，孰為形焉。俄焉[207]勢漸衰，機漸緩，板末乃安[208]，齊躍而下，整衣而立。終戲無虛踏方寸[209]者，技至此絕矣。

　　接送賓客頗真率，無揖讓之煩。客至不迎，隨意坐，主人即具烟，架火爐，竹筒、木匣各一[210]，橫烟管其上；匣以烟[211]，筒以棄灰也。遇所敬客，乃烹茶，以細末粉[212]少許，雜茶末，入沸

---

[204] 踏柁戲：柁音ㄊㄨㄛˊ，房屋前後兩柱間大橫樑稱為房柁。然根據其他冊封琉球使所記是「踏板戲」。形如今日之蹺蹺板。

[205] 碓：音ㄉㄨㄟˋ，用腳操作之舂米器具。

[206] 鷙：音ㄓˋ，鳥名，是一種猛禽。

[207] 俄焉：俄音ㄜˊ，一會兒。

[208] 板末乃安：此句有誤。應作「板未及安」，言長板還沒有完全停止。

[209] 方寸：本只一平方寸的面積，言其小也。此句當作「分寸」。

[210] 主人即具烟，架火爐，竹筒、木匣各一：此句當作「主人即具菸，架內火爐、竹筒、木匣各一。」

[211] 匣以烟：原句應作「匣以貯菸」。

[212] 細末粉：當為「細米粉」之誤。

158

水半甌，攪以小竹帚，以沫滿甌面為度。客去，亦不送。貴官勸客，常以筯[213]蘸漿[214]少許，納客脣以為敬。燒酒著黃糖則名福，著白糖則名壽，亦勸客之一貴品也。

重陽具龍舟競渡於龍潭，琉球亦於五月競渡。重陽之戲，專為宴天使而設。因成三詩以誌之，詩云：

> 故園辜負菊花黃，萬里迢迢在異鄉；舟泛龍潭[215]看競渡，重陽錯認作端陽。

> 去年秋在洞庭灣，親插黃花插翠鬟；今日登高來海外，累伊獨上望夫山。

> 待將風信泛歸槎[216]，猶及初冬好到家；已誤霜前開菊宴，還期雪裏訪梅花。

聞程順則曾於津門購得宋朱文公墨蹟十四字，今其後裔猶寶之。借觀不得，因至其家。開卷，見筆勢森嚴，如奇峰怪石，有巖巖不可犯之色；想見當日道學氣象。字徑八寸以上，文曰：「香飛翰苑圍川野，春報南橋疊萃[217]新。」後有名款[218]，無歲月。文公墨蹟流傳世間者，莫不寶而藏之；蓋其所就者大，筆墨乃其餘事，而能自成一家言如此，知古人學力，無所不至也。

又遊蔡清派家祠，祠內供蔡君謨[219]畫像，並出君謨墨蹟見

---

213 筯：音ㄓㄨˋ，即筷子。

214 漿：應為「醬」字。蓋琉球風俗，尤重醬品，故而以醬勸客。

215 龍潭：琉球國裡的一處地名。

216 槎：音ㄔㄚˊ，渡水的木筏。

217 萃：此字當為「翠」的訛字。

218 名款：在書畫上題寫姓名字號。

219 蔡君謨：宋朝名書法家蔡襄，字君謨，是宋朝書法四大家之一。

示，知為君謨的派；由明初至琉球，為三十六姓之一。清派能漢語，人亦倜儻[220]。由祠至其家，花木俱有清致，池圓如月，為額其室，曰「月波大屋」[221]。大抵球人工翦剔樹木，疊砌假山，故士大夫家率有丘壑以供遊覽。庭中豎長竿，上置小木舟，長二尺，桅舵帆櫓皆備，首尾風輪五葉，掛色旗以候風。渡海之家，率預計歸期；南風至，則合家歡喜，謂行人當歸，歸則撤之，即古五兩旗[222]遺意。

國王有墨長五寸，寬二寸，有老坑端硯，長一尺，寬六寸，有永樂四年字[223]。硯背，有「七年四月東坡居士留贈潘邠老」[224]字。問知為前明受賜物。國中有《東坡詩集》，知王不但寶其硯矣。

棉紙、清紙皆以穀皮為之，惡不中書者。有護書紙，大者佳，高可三尺許，闊二尺，白如玉；小者減其半。亦有印花詩箋，可作札。別有圍屏紙，則糊壁用矣。徐葆光〈球紙詩〉云：「冷金入手白於練[225]，側理海濤凝一片[226]；昆刀截截徑尺方，疊雪千層

---

[220] 倜儻：音ㄊㄧˋ ㄊㄤˇ，指為人處事，態度瀟洒大度，不受拘束。

[221] 月波大屋：根據清朝冊封副使李鼎元所著《使琉球記》所載，蔡清派家的題額稱「月波書屋」。

[222] 五兩旗：即測量季候風之旗幟。古代楚人稱候風為「五兩」。《玉篇》：「候風，五兩也。」

[223] 有永樂四年字：公元 1406 年。這句是指前面的墨條上有這些字。

[224] 七年四月東坡居士留贈潘邠老：這句所說時間是北宋神宗元豐七年（1084）。潘邠老名潘大臨，乃黃州一名舉子。元豐三年（1080）二月蘇軾抵黃州貶所，與潘大臨父親潘鯁、叔父潘丙交往甚密，潘大臨亦常至東坡、雪堂拜會蘇軾，因成忘年之交。蘇軾于元豐七年四月離開黃州前，留贈此硯與潘大臨。

[225] 白練：素白絲綢。

[226] 側理海濤凝一片：側理，紙名，亦稱海苔牋，為海苔所製者，產於越南。晉王嘉《拾遺記‧晉時事》：「　」側理紙萬番，此南越所獻。後人言陟厘，與側理相亂。南人以海苔為紙，其理縱橫斜側，因以為名。」海濤凝一片，形容海苔牋色如一片海濤。

無冪面。」形容殆盡。

南砲臺間，有碑二，一正書，剝蝕甚，微見「奉書造」三字。一其國學書；前朝嘉靖二十一年建，惟不能盡識，其筆力正自遒勁[227]飛舞。

有木曰山米，又名野麻姑，葉可染，子如女貞[228]，味酸，土人榨以為醋。球醋純白，不甚酸，供者以為米醋，味不類；或即此果所榨歟！

席地坐，以東為上；設氈，食皆小盤，方盈尺，著兩板為腳，高八寸許。餚凡四進，各盤貯而不相共，三進皆附以飯，至四餚乃進酒二，不過三巡[229]。每進餚止一盤，必撤前餚而後進其次餚。飯用油煎麵果[230]，次餚飯用炒米花，三餚用飯。每供餚酒，主人必親手高舉，置客前，俯身搓手而退。終席，主人不陪，以為至敬。此球人宴會尊客之禮，平等乃對飲。大要[231]球俗席皆坐地，無椅桌之用，食具如古俎豆[232]，餚盡乾製，無所用勺。雖貴官家食，不過一餚、一飯、一箸，箸多削新柳為之；即妻子不同食，猶有古人之遺風焉。

使院敷命堂後，舊有二牓[233]，一書前明冊使姓名：洪武[234]五

---

[227] 遒勁：音ㄑㄧㄡˊ ㄐㄧㄥˋ，運筆勁道，強而有力。

[228] 女貞：一種長綠灌木。

[229] 至四餚乃進酒二，不過三巡：原文當為「至四餚乃進酒，酒不過三巡」，其中「二」字乃「酒」字的重文符號＝所誤寫。

[230] 必撤前餚而後進其次餚。飯用油煎麵果：這一段有誤，應為「必撤前餚而後進其次；初餚飯用油煎麵果」，意義使完整順達。

[231] 大要：大概、大抵。

[232] 俎豆：古時祭祀時，用以盛放祭品的兩種容器。俎音ㄗㄨˇ。

[233] 牓：音ㄅㄤˇ，與「榜」通。

[234] 洪武：明太祖朱元璋的年號。

年，封中山王察度，使行人湯（楊）載。永樂二年，封武寧，使行人時中。洪熙元年，封（尚）巴志，使中官柴山。正統七年，封尚忠，使給事中俞忭，行人劉遜。十三年，封尚思達，使給事中陳傳（傅），行人萬祥。景泰二年，封尚景（金）福，使給事中喬毅，行人童守宏。六年，封尚泰久，使給事中嚴誠，行人劉遜。天順六年封尚德，使吏科給事中潘榮，行人蔡哲。成化六年，封尚圓，使兵科給事中官榮，行入韓文。十三年，封尚真，使兵科給事中董旻，行人司司副張祥。嘉靖七年，封尚清，使吏科給事中陳侃，行人高澄。四十一年，封尚元，使吏科左給事中郭汝霖，行人李際春。萬曆四年，封尚永，使戶科左給事中蕭崇業，行人謝杰。二十九年，封尚寧，使兵科右給事中夏子陽，行人王士正。崇禎元年，封尚豐，使戶科左給事中杜三策，行人司司正楊倫。凡十五次，二十七人。柴山以前，無副也。

一書本朝冊使姓名：康熙二年，封尚質，使兵科副理官張學禮，行人王垓。二十一年，封尚貞，使翰林院檢討汪楫，內閣中書舍人林麟焻。五十八年，封尚敬，使翰林院檢討海寶，翰林院編修徐葆光。乾隆二十一年，封尚穆，使翰林院侍講全魁，翰林院編修周煌。凡四次，共八人。

清明後，南風為常，霜降後，南北風[235]為常，反是颶颱將作。正二三月多颶，五六七八月多颱。颶驟發而倐止[236]；颱漸作而多日。九月北風或連月，俗稱九降風。間有颱起，亦驟如颶。遇颶猶可，遇颱難當。十月後，多北風，颶颱無定期，舟人視風隙以來往。凡颶將至，天色有黑點，急收帆，嚴舵以待，遲則不

---

[235] 南北風：本句中「南」字為衍文。
[236] 倐止：倐音ㄕㄨ丶，突然。此指忽然停止。

及，或至傾覆。颶將至，天邊斷虹若片帆，曰「破帆」，稍及半天，如鱟²³⁷尾，曰屈鱟。若見北方尤虐。又海面驟變，多穢如米糠，及海蛇浮遊，或紅蜻艇飛繞，皆颶颱徵。

自來球陽，忽已半年，東風不來，欲歸無計。十月二十五日，迺²³⁸始揚帆返國。至二十九日，見溫州南杞山；少頃，見北杞山；有船數十隻泊焉。舟人皆喜，以為此必迎護船也。守備登後梢以望，驚報曰：「泊者賊船也。」又報：「賊船皆揚帆矣。」未幾，賊船十六隻，吆喝而來。我船從舵門，放子母砲，立斃四人，擊喝者墮海。賊退，鎗幷發，又斃六人，復以砲擊之，斃五人。稍進，又擊之，復斃四人，乃退去。其時賊船已占上風，暗移子母砲至舵右舷邊，連斃賊十二人。焚其頭篷，皆轉舵而退。中有二船較大，復鼓噪，由上風飛至；大礮準對賊船，即施放，一發中其賊首，烟迷里許；既散，則賊船已盡退。是役也，鎗砲俱無虛發，幸免於危。

不一時，北風又至，浪飛過船，夢中聞舟人譁曰：「到官塘矣！」驚起。從客皆一夜不眠；語余曰：「險至此，汝尚能睡耶？」余問其狀。曰：「每側則篷皆臥水，一浪蓋船，則船身入水，惟聞瀑布聲，垂流不息，其不覆者，幸耶！」余笑應之曰：「設覆，君等能免乎？余入黑甜鄉²³⁹，未曾目擊其險，豈非幸乎！」盥後，登戰臺視之，前後十餘竈，皆沒。船面無一物，爨火²⁴⁰斷矣。舟

---

237 鱟：音ㄏㄡˋ，是一種接近蜘蛛類的動物。頭胸部被半圓形甲殼覆蓋，後部是五角形的腹部，再下是三角柱形細長的尾巴。形如胸針。是有名的生物活化石。

238 迺：音ㄋㄞˇ，同「乃」，「才」的意思。

239 黑甜鄉：即夢鄉。

240 爨火：爨音ㄘㄨㄢˋ，生火煮飯。這裡指爐灶及炊具等物件。

人指曰：「前即定海，可無慮矣。」申刻乃得泊，船戶登岸購米薪，乃得食。

是夜修家書，以慰芸之懸系[241]，而歸心甚切。猶憶昔年，芸嘗謂余：「布衣菜飯，可樂終身；不必作遠遊。」此番航海，雖奇而險，瀕危幸免，始有味乎芸之言也。

明神宗御書匾額

琉球婦女黥手背圖

清康熙帝御書匾額

清雍正帝御書匾額

琉球國王之印

琉球國王弁

---

[241] 懸系：心中掛念。

164

卷六〈養生記逍〉[1]

　　自芸娘之逝，戚戚無歡；春朝秋夕，登山臨水，極目傷心，非悲則恨。讀〈坎坷記愁〉，而余所遭之拂逆可知也。靜念解脫之法，行將辭家遠出，求赤松子[2]於世外。嗣以淡安、揖山兩昆季[3]之勸，遂乃棲身苦菴，惟以《南華經》[4]自遣。乃知蒙莊鼓盆而歌[5]，豈真忘情哉！無可奈何，而翻作達[6]耳！

　　余讀其書，漸有所悟。讀〈養生主〉[7]而悟達觀之士，無時而不安，無順而不處，冥然與造化為一，將何得而何失，孰死而孰生耶？故任其所受，而哀樂無所錯其間矣。又讀〈逍遙遊〉[8]，而悟養生之要，惟在閒放不拘，怡適自得而已。始悔前此之一段癡情，得勿作繭自縛[9]矣乎！此〈養生記逍〉之所為作也。亦或采前賢之說以自廣，掃除種種煩惱，惟以有益身心為主，即蒙莊之旨也。庶幾可以全生，可以盡年。

---

[1] 養生記逍：按沈三白原殘稿本上，卷六題名為〈養生記道〉，今作「逍」，是偽作者所改，以求配合內文據莊子逍遙游來發揮。

[2] 赤松子：宋張淏撰《雲谷雜紀》說赤松子有二：其一是神農時為雨師，服食水玉，能入火不燒。事見劉向《列仙傳》。另一則是晉時有人曾見一道士將至金華山石室中，後服松脂茯苓成仙，改姓為赤曰赤松子。事見葛洪《神仙傳》。

[3] 昆季：指兄弟。

[4] 南華經：唐朝玄宗天寶元年二月，詔命莊子號南華真人，改《莊子》為《南華真經》。

[5] 蒙莊鼓盆而歌：莊子是戰國時楚之蒙人，故稱蒙莊。根據《莊子・至樂》篇載：莊子在妻子死後敲盆唱歌。現在說鼓盆，即指妻死。

[6] 翻作達：翻就是反的意思。這裡是指看透一切，喜怒哀樂不被環境所拘束。

[7] 養生主：《莊子》內七篇中的第三篇，主要是談養生修性的。

[8] 逍遙遊：《莊子》內七篇中的第一篇，主要說明如何才能逍遙自放，破除束縛。

[9] 作繭自縛：指自己所作所為，正好阻礙束縛了自己。

　　余年纔四十，漸呈衰象，蓋以百憂摧撼[10]，歷年鬱抑，不無悶損。淡安勸余每日靜坐數息[11]，仿子瞻[12]〈養生頌〉之法；余將遵而行之。調息之法，不拘時候，兀身端坐，子瞻所謂「攝身使如木偶」也。解衣緩帶，務令適然；口中舌攪數次，微微吐出濁氣，不令有聲；鼻中微微納之，或三五遍、二七遍，有津嚥下，叩齒數通；舌抵上腭，脣齒相著，兩目垂簾，令朧朧然[13]漸次調息，不喘不粗；或數息出，或數息入，從一至十，從十至百，攝心在數，勿令散亂：子瞻所謂「寂然兀然，與虛空等」也。如心息相依，雜念不生，則止勿數，任其自然：子瞻所謂「隨」也。坐久愈妙，若欲起身，須徐徐舒放手足，勿得遽起；能勤行之，靜中光景，種種奇特：子瞻所謂「定能生慧[14]，自然明悟，譬如盲人，忽然有眼」也。直可明心見性，不但養身全生而已。出入綿綿，若存若亡，神氣相依，是為真息。息息歸根，自能奪天地之造化，長生不死之妙道也。

　　人大言，我小語；人多煩，我少記；人悸怖[15]，我不怒；澹然[16]無為，神氣自滿，此長生之藥。

　　〈秋聲賦〉[17]云：「奈何思其力之所不及，憂其志之所不能，

---

[10] 摧撼：摧折搖動。
[11] 數息：數音ㄕㄨˇ，計算。指心裡數著呼氣的數次。下文「數息出」同。
[12] 子瞻：宋代文學家蘇軾，字子瞻，號東坡。
[13] 朧朧然：朧音ㄌㄨㄥˊ。模糊不清的樣子。
[14] 定能生慧：《文萃》引白居易文曾說：「法要有三：曰戒、定、慧。戒生定，定生慧，慧生八萬四千法門。是三者迭為用；若次第言之，則定為慧因，戒為定根。」《傳燈錄》：「唐宣宗問弘辯禪師，何名戒、定、慧。師曰：防非止惡謂之戒，六根涉境，心不隨緣謂之定，心境俱空，照覽無礙謂之慧。」
[15] 悸怖：音ㄐㄧˋ ㄅㄨˋ，害怕之意。
[16] 澹然：心靈恬靜，不為外物所煩擾。
[17] 秋聲賦：為宋朝文學大家宋歐陽修所作，主要描述秋天的聲音及感受。

宜其渥然[18]丹者為槁木，黟然[19]黑者為星星。」此士大夫通患也。
又曰：「百憂感其心，萬事勞其形，有動於中，必搖其精。」人
常有多憂多思之患，方壯遽老，方老遽衰；反此亦長生之法。

舞衫歌扇，轉眼皆非；紅粉青樓，當場即幻。秉靈燭以照迷
情，持慧劍以割愛欲；殆非大勇不能也。然情必有所寄，不如寄
其情於卉木，不如寄其情於書畫，與對艷妝美人何異！可省卻許
多煩惱。

范文正有云：「千古聖賢，不能免生死，不能管後事。一身
從無中來，卻歸無中去；誰是親疏，誰能主宰；既無奈何，即放
心逍遙，任委來往；如此了斷，既心氣漸順，五臟亦和，藥方有
效，食方有味也。只如安樂人，勿有憂事[20]，便喫食不下；何況
久病，更憂身死，更憂身後，乃在大怖中，飲食安可得下，請寬
心將息。」云云，乃勸其中舍三哥之帖。余近日多憂多慮，正宜
讀此一段。

放翁[21]胸次廣大，蓋與淵明、樂天、堯夫[22]、子瞻等同其曠逸。
其於養生之道，千言萬語；真可謂有道之士，此後當玩索陸詩，
正可療余之病。

忽浴[23]極有益，余近製一大盆，盛水極多，忽浴後，至為暢
適。東坡詩所謂：「淤槽漆斛[24]江河傾，本來無垢洗更輕。[25]」頗
領略得一二。

---

[18] 渥然：渥音ㄨㄛˋ，指臉色紅潤。
[19] 黟然：黟音一，指頭髮烏黑。
[20] 勿有憂事：此當是「忽有憂事」之誤。
[21] 放翁：南宋詩人陸游，號放翁，後世稱之為愛國詩人。
[22] 樂天、堯夫：唐朝詩人白居易，字樂天。北宋理學家邵雍，字堯夫。
[23] 忽浴：音ㄏㄨ ㄩˋ，蘇州一帶人稱洗澡叫忽浴。

　　治有病，不若治於無病；療身，不若療心；使人療，尤不若先自療也。林鑑堂詩曰：「自家心病自家知，起念還當把念醫；只是心生心作病，心安那有病來時。」此之謂自療之藥。

　　遊心於虛靜，結志於微妙，委慮於無欲，指歸於無為，故能達生延命，與道為久。

　　《仙經》以精、氣、神為內三寶，耳、目、口為外三寶。常令內三寶不逐物而流[26]，外三寶不誘中而擾[27]。

　　重陽祖師[28]於十二時中，行住坐臥，一切動中，要把心似泰山，不搖不動，謹守四門[29]，眼耳鼻口，不令內入外出，此名養壽緊要。外無勞形之事，內無思想之患，以恬愉為務，以自得為功，形體不敝，精神不散。益州老人嘗言：凡欲身之無病；必須先正其心，使其心不亂求，心不狂思，不貪嗜欲[30]，不著迷惑，則心君泰然[31]矣。心君泰然，則百骸四體雖有病，不難治療。獨此心一動，百患為招；即扁鵲、華陀[32]在旁，亦無所措手矣。

　　林鑑堂先生有〈安心詩〉六首，真長生之要訣也。詩云：

---

[24] 斛：音ㄏㄨˊ，量器名。五斗為一斛。
[25] 此兩句詩，出於東坡〈宿海會寺〉詩。
[26] 逐物而流：隨外物而改變。
[27] 外三寶不誘中而擾：此言指不受聲色飲食之慾所誘惑，而擾亂其心。
[28] 重陽祖師：金朝有道士王喆，號重陽子，後來建立道教全真派。
[29] 謹守四門：人之耳、目、口、鼻亦稱「四門」。此處言謹慎守閉耳目鼻口，不使妄生欲念。
[30] 嗜欲：指耳、目、口、鼻等慾望。
[31] 泰然：安適舒暢。
[32] 扁鵲、華陀：扁鵲，戰國時的名醫，姓秦名越人。華陀，東漢三國時的名醫。

我有靈丹一小錠[33]，能醫四海羣迷病；些兒吞下體安然，
管取延年兼接命。

安心心法有誰知，卻把無形妙藥醫；醫得此心能不病，
翻身跳入太虛時。

念雜由來業障多，憧憧擾擾竟如何；驅魔自有玄微訣，
引入堯夫安樂窩[34]。

人有二心方顯念，念無二心始為人；人心無二渾無念，
念絕悠然見太清。

這也了時那也了，紛紛攘攘皆分曉；雲開萬里見清光，
明月一輪圓皎皎[35]。

四海遨遊養浩然，心連碧水水連天；津頭自有漁郎問，
洞裡桃花日日鮮。

禪師與余談養心之法，謂心如明鏡，不可以塵之[36]也。又如
止水，不可以波之[37]也。此與晦菴[38]所言：「學者常要提醒此心，
惺惺不寐[39]，如日中天，群邪自息。」其旨正同。又言：目毋妄
視，耳毋妄聽，口毋妄言，心毋妄動，貪瞋[40]癡愛，是非人我，
一切放下。未事不可先迎，遇事不宜過擾，既事不可留住；聽其

---

[33] 錠：音ㄉㄧㄥˋ，片。
[34] 安樂窩：宋理學家邵雍，稱所居名為安樂窩。
[35] 皎皎：音ㄐㄧㄠˇ，潔白明亮。
[36] 塵之：塵字在此當動詞，謂使之染上灰塵。
[37] 波之：波字在此當動詞，謂使之生起波浪。
[38] 晦菴：南宋理學大師朱熹，字晦菴。
[39] 惺惺不寐：惺音ㄒㄧㄥ，寐音ㄇㄟˋ。指清醒不睡。
[40] 瞋：音ㄔㄣ，發怒。

自來，應以自然，信其自去；忿懥[41]恐懼，好樂憂患，皆得其正；此養心之要也。

王華子曰：「齋者，齊也。齊其心而潔其體也。豈僅茹素[42]而已！所謂齊其心者，澹志寡營[43]，輕得失，勤內省，遠葷酒；潔其體者，不履邪徑，不視惡色，不聽淫聲，不為物誘；入室閉戶，燒香靜坐，方可謂齋也。誠能如是，則身中之神明自安，升降不礙；可以卻病，可以長生。」余所居室，四邊皆窗戶，遇風即闔，風息即開。余所居室，前簾後屏；太明即下簾以和其內映，太暗則捲簾以通外耀。內以安心，外以安目，心目俱安，則身安矣。

禪師稱二語告我曰：「未死先學死，有生即殺生。」有生，謂妄念之初生；殺生，謂立予鏟除也。此與孟子「勿忘勿助」之功[44]相通。

孫真人[45]〈衛生歌〉云：「衛生切要知三戒：大怒大慾并大醉；三者若還有一焉，須防損失真元氣。」又云：「世人欲知衛生道，喜樂有常嗔怒少；心誠意正思慮除，理順修身去煩惱。」又云：「醉後強飲飽強食，未有此生不成疾；人資飲食以養身，去其甚者自安適。」

---

41 忿懥：音ㄈㄣˋ　ㄓˋ，亦即忿怒。
42 茹素：茹音ㄖㄨˊ，吃。指吃素食，不吃葷菜。
43 澹志寡營：心志淡泊，少為名利而奔波。
44 孟子勿忘勿助之功：《孟子‧公孫丑》篇論養氣說：「必有事焉而勿正，心勿忘，勿助長也。」
45 孫真人：即唐朝的名醫孫思邈，他所著的《千金方》是我國醫學上很重要的成就，活人無數，所以，傳統醫書、養生書都稱孫思邈為「孫真人」。

又蔡西山[46]〈衛生歌〉[47]云：「何必餐霞[48]餌大藥[49]，妄意延齡等龜鶴[50]；但於飲食嗜慾間，去其甚者將安樂。食後徐行百步多，兩手摩脇并胸腹。」[51]又云：「醉眠飽臥俱無益，渴飲饑餐尤戒多。食不欲粗并欲速，寧可少餐相接續；若教一頓飽充腸，損氣傷脾非爾福。」[52]又云：「飲酒莫教令大醉，大醉傷神損心志；酒渴飲水并啜茶，腰腳自茲成重墜。」又云：「視聽行坐不可久，五勞七傷[53]從此有；四肢亦欲得小勞，譬如戶樞[54]終不朽。」又云：

---

[46] 蔡西山：蔡元定（1135-1198）字季通，建陽（今屬福建）人。宋代理學家，人稱「西山先生」，嘗就朱熹學儒理。

[47] 蔡西山衛生歌：根據明朝高濂所著《遵生八箋》引用此〈衛生歌〉，標為「真西山」所作。考蔡元定並無〈衛生歌〉之作，故此歌確為「真西山」所作。真西山就是真德秀（1178-1235），為南宋大臣兼理學家，字景元，後改希元，建甯浦城（今屬福建）人。在學術上是朱熹理學之繼承者；世稱「西山先生」。有《大學衍義》、《西山甲乙考》等著作傳世。

[48] 餐霞：食霞氣，此為道家修煉之術。

[49] 餌大藥：餌音ㄦˇ，吃。這指吃貴重的藥物。

[50] 龜鶴：古人以龜鶴作為長壽的象徵，有所謂萬年龜、千年鶴之說。

[51] 〈衛生歌〉皆七言四句，以上一段，所錄並不完整。根據明朝高濂《遵生八箋》所引作「何必餐霞餌大藥，妄意延齡等龜鶴；但於飲食嗜慾間，去其甚者即安樂。」「食後徐徐行百步，兩手摩脇并腹肚；須臾轉手摩腎堂，謂之運動水與土。」或者因為「腹肚」誤作「胸腹」，跟上一首詩的押韻相通，故而誤斷誤引。

[52] 以上一段六句，亦不完整。根據《遵生八箋》引作「仰面常呵三四呵，自然食青氣消磨；醉眠飽臥俱無益，渴飲饑餐猶戒多。」「食不欲粗并欲速，寧可少餐相接續；若教一頓飽充腸，損氣傷脾非爾福。」

[53] 五勞七傷：《金匱要略論注》說：「五勞者，久視傷血，久臥傷氣，久坐傷肉，久立傷骨，久行傷筋。……七傷者：大飽傷脾，大怒氣逆傷肝，強力舉重坐濕地傷腎，形寒飲冷傷肺，憂愁思慮傷心，風雨寒暑傷形，大怒恐懼不節傷志。」又一說七傷指：恐傷精，思傷神，喜傷魄，悲傷魂，勞傷氣，怒傷志，憂傷意。都是說身心所受耗損傷害。

[54] 戶樞：樞音ㄕㄨ，門板跟門框相接處，有能轉動的關鍵，稱為「樞」。所謂「戶樞不蠹」的意思。

「道家更有頤生[55]旨，第一戒人少嗔恚[56]。」[57]凡此數言，果能遵行，功臻旦夕，勿謂老生常談也。

潔一室，開南牖[58]，八窗通明，勿多陳列玩器，引亂心目。設廣榻長几各一，筆硯楚楚[59]，旁設小几一，掛字畫一幅，頻換。几上置得意書一二部，古帖一本，古琴一張，心目間常要一塵不染。晨入園林，種植蔬果，芟草[60]、灌花、蒔藥[61]。歸來入室，閉目定神，時讀快書[62]，怡悅神氣；時吟好詩，暢發幽情；臨古帖，撫古琴，倦即止。知己聚談，勿及時事，勿及權勢，勿臧否[63]人物，勿爭辯是非。或約閒行，不衫不履[64]，勿以勞苦徇[65]禮節。小飲勿醉，陶然而已。誠能如是，亦堪樂志。以視夫躄足入絆[66]，申脰就羈[67]；遊卿相之門，有簪珮之累[68]，豈不霄壤之懸哉。

---

[55] 頤生：頤音一ˊ，養。即養生。

[56] 恚：音ㄏㄨㄟˋ，怨恨。

[57] 這兩句亦不全。原詩為「道家更有頤生旨，第一令人少嗔恚；秋冬日出始穿衣，春夏雞鳴宜早起。」

[58] 牖：音一ㄡˇ，即是今日的窗；然於古代稱牆壁上開的叫牖，開在屋頂的才叫做窗。

[59] 楚楚：鮮潔明亮。

[60] 芟草：芟音ㄕㄢ，割除。指除草。

[61] 蒔藥：蒔音ㄕˋ，種植。指種藥草。

[62] 快書：指令人快樂的書籍。

[63] 臧否：音ㄗㄤ ㄆㄧˇ，是指對別人的表現好壞作評斷。

[64] 不衫不履：這裡指不必講究衣鞋的穿著，舒服方便即可。

[65] 徇：音ㄒㄩㄣˋ，設法求取，遷就。

[66] 以視夫躄足入絆：視作「比」解；夫為代名詞；躄同蹩字。躄足入絆是說把腳踏入圈套中，猶言自投於羈絆之意。

[67] 申脰就羈：脰音ㄉㄡˋ，頸項。申通伸。羈為馬絡頭，栓馬之用。意指伸脖子受縛。也有自甘受辱之意。

[68] 簪珮之累：指功名之累。《北史‧蕭大圜傳論》：「夫閭閻者有優遊之美，朝廷者有簪珮之累。」

　　太極拳非他種拳術可及。「太極」二字已完全包括此種拳術之意義。太極乃一圓圈，太極拳即由無數圓圈聯貫而成之一種拳術。無論一舉手，一投足，皆不能離此圓圈；離此圓圈，便違太極拳之原理。四肢百骸，不動則已，動則不能離此圓圈，處處成圓，隨虛隨實。練習以前，先須存神納氣，靜坐數刻[69]；並非道家之守竅也。祇須屏絕思慮，務使萬緣俱靜。以緩慢為原則，以毫不使力為要義；自首至尾，聯絲不斷。相傳為遼陽張通[70]於洪武初奉召入都，路阻武當，夜夢異人，授以此種拳術。余近年從事練習，果覺身體較健，寒暑不侵；用以衛生，誠有益而無損者也。

　　省多言，省筆札，省交遊，省妄想，所一息不可省者，居敬養心耳。

　　楊廉夫有〈路逢三叟〉詞云：「上叟前致詞，大道抱天全。中叟前致詞，寒暑每節宣[71]。下叟前致詞，百歲半單眠。」嘗見後山詩中一詞，亦此意，蓋出應璩[72]。璩詩曰：「昔有行道人，陌上見三叟；年各百餘歲，相與鋤禾麥[73]。往前問三叟，何以得

---

[69] 靜坐數刻：刻，相當於今天所說的十五分鐘。此處所說，不合理，當是「數分鐘」。

[70] 張通：明初道士，諡號通微顯化真人，故或稱張通。《明史》：「張三丰，遼東懿州人，名全，一名君寶，三丰其號也。以其不飾邊幅，又號張邋遢。⋯嘗游武當諸巖壑，語人曰：此山異日必大興。」又有一說：「三丰金時人，元初與劉秉忠同師，後學道於鹿邑之太清宮。」相傳是武當派太極拳創始人。

[71] 節宣：宣做渲解。人身體勞逸應有一定節度，才能使體內鬱氣順暢地宣洩。

[72] 應璩：璩音ㄑㄩˊ。三國魏汝南人，是建安七子之一應瑒之弟，亦以文學著名。

[73] 禾麥：此句「麥」字，根據明朝高濂《遵生八箋》引用同一首詩，作「莠」字。「莠」字才能與「叟」字押韻，才是對的。「莠」音ㄧㄡˇ，生於田間的野草。

173

此壽?上叟前致詞,室內姬粗醜,二叟前致詞,量腹節所受。下叟前致詞,夜臥不覆首。要哉三叟言,所以能長久。」

古人云:「比上不足,比下有餘。」此最是尋樂妙法也。將啼饑者比,則得飽自樂;將號寒者比,則得煖自樂;將勞役者比,則優閒自樂;將疾病者比,則康健自樂;將禍患者比,則平安自樂;將死亡者比,則生存自樂。

白樂天詩有云:「蝸牛角[74]內爭何事,石火光[75]中寄此身;隨貧隨富且歡喜,不開口笑是癡人。」近人有詩云:「人生世間一大夢,夢裡胡為苦認真?夢長夢短俱是夢,忽然一覺夢何存。」與樂天同一曠達也。

「世事茫茫,光陰有限,算來何必奔忙?人生碌碌,競短論長;卻不道榮枯有數,得失難量。看那秋風金谷[76],月夜烏江[77],阿房宮[78]冷,銅雀臺[79]荒。榮華花上露,富貴草頭霜;機關參透,萬慮皆忘。誇甚麼龍樓鳳閣,說甚麼利鎖名韁。閒來靜處,且將詩酒猖狂,唱一曲歸來未晚,歌一調湖海茫茫。逢時遇景,拾翠尋芳;約幾個知心密友,到野外溪旁;或棋琴適性,或曲水流觴,或說些前因果報,或論些今古興亡。看花枝堆錦繡,聽鳥語弄笙簧[80],一任他人情反覆,世態炎涼。優遊閒歲月,瀟灑度時光。」

---

[74] 蝸牛角:比喻細小的事物。

[75] 石火光:擦石閃亮的火光。比喻人壽短暫如石火之光,旋起即滅。

[76] 金谷:在洛陽縣西。晉朝石崇曾在此建有別墅。石崇富可敵國,以奢華著稱;故秋風吹金谷,即喻冷落蕭條。

[77] 烏江:指楚漢相爭,楚霸王項羽兵敗,在烏江邊自刎而死。

[78] 阿房宮:房音ㄆㄤˊ。秦始皇在渭水旁所建的宮殿,極盡華麗。杜牧有《阿房宮賦》。

[79] 銅雀臺:曹操所築的高臺,在今河南臨漳縣西南。

[80] 笙簧:音ㄕㄥ ㄏㄨㄤˊ,樂器名。古代常以笙的聲音比喻鳳鳥的鳴叫聲。

此不知為誰氏所作,讀之而若大夢之得醒,熱火世界一帖清涼散也。

程明道[81]先生曰:「吾受氣甚薄,因厚為保生;至三十而浸盛,四十五十而浸盛[82],四十五十而後完。今生七十二矣,較其筋骨,於盛年無損也。若人待老而保生,是猶貧而後蓄積,雖勤亦無補矣。」[83]

口中言少,心頭事少,肚裡食少。有此三少,神仙可到。酒宜節飲,忿宜速懲,慾宜力制。依此三宜,疾病自稀。

病有十可卻:靜坐觀空,覺四大原從假合[84],一也。煩惱現前,以死譬之,二也。常將不如我者,巧自寬解,三也。造物勞我以生,遇病少閒,反生慶幸,四也。宿孽[85]現逢,不可逃避,歡喜領受,五也。家室和睦,無交謫[86]之言,六也。眾生各有病根,常自觀察克治,七也。風寒謹防,嗜慾淡薄,八也。飲食寧節毋多,起居務適毋強,九也。覓高明親友,講開懷出世之談,十也。

邵康節居安樂窩中,自吟曰:「老年軀體索溫存,安樂窩中別有春;萬事去心閒偃仰,四肢由我任舒伸。炎天旁竹涼鋪簟[87],

---

[81] 程明道:北宋理學家程顥,世稱「明道先生」。。
[82] 四十五十而浸盛:此句為多出來之句。
[83] 這段話語不是程顥說的,而是其弟程頤所說的。載錄於宋趙善璙《自警編》,也見於《二程遺書》、《近思錄》、明黃淳耀《陶菴全集》等。程頤後人稱為伊川先生。
[84] 四大原從假合:與「四大皆空」同義。指酒、色、財、氣四者都是虛假的幻相。
[85] 宿孽:前世的惡因。佛家認為人如前世造惡因,今世就會得遭惡報。
[86] 交謫:音ㄐㄧㄠ ㄓㄜˊ,互相埋怨責備。
[87] 簟:音ㄉㄧㄢˋ,竹蓆。

寒雪圍爐軟布裀[88]；畫數落花聆鳥語，夜邀明月操琴音。食防難化常思節，衣必宜溫莫嬾增；誰道山翁拙於用，也能康濟自家身。」[89]

養生之道，只「清靜明了」四字。內覺身心空，外覺萬物空。破諸妄想，一無執著，是曰「清靜明了」。

萬病之毒，皆生於濃。濃於聲色，生虛怯病；濃於貨利，生貪饕病；濃於功業，生造作病；濃於名譽，生矯激病！噫！濃之為毒甚矣。樊尚默[90]先生以一味藥解之，曰「淡」。雲白山青，川行石立，花迎鳥笑，谷答樵謳[91]，萬境自閒，人心自鬧。

歲暮訪淡安，見其凝塵滿室，泊然處之。嘆曰：「所居，必灑掃涓潔，虛室以居，塵囂不雜。齋前雜樹花木，時觀萬物生意。深夜獨坐，或啟扉以漏月光。至昧爽，但覺天地萬物，清氣自遠而屆。此心與相流通，更無窒礙。今室中蕪穢不治，弗以累心，但恐於神爽未必有助也。」

余年來靜坐枯菴，迅掃夙習[92]；或浩歌長林，或孤嘯幽谷；或弄艇投竿於溪涯湖曲，捐耳目，去心智，久之似有所得。陳白

---

[88] 裀：音一ㄣ，蓋在褥上的毯子，貼身內衣也叫裀。
[89] 邵雍〈林下五詠〉詩之二原本如下：「老年軀體索溫存，安樂窩中別有春；萬事去心閑偃仰，四肢由我任舒伸。庭花盛處涼舖簟，簷雪飛時軟布裀；誰道山翁拙於用，也能康濟自家身。」多出的四句是後人誤加的。
[90] 樊尚默：樊良樞，字尚默，號致虛，江西進賢人。明朝萬曆三十二年進士。任仁和知縣，累遷刑部郎中，出為雲南副使，改官至浙江提學副使。崇信陽明學說，曾評點《陽明兵》一書，以兵學見知。又著有《密庵卮言》。
[91] 樵謳：音ㄑ一ㄠˊ ㄡ，指打柴人的歌唱。
[92] 迅掃夙習：盡快掃除舊有的不良習慣。

176

沙[93]曰：「不累於外物，不累於耳目，不累於造次顛沛，鳶飛魚躍，其機在我。知此者，謂之善學。」抑亦養壽之真訣也。

聖賢皆無不樂之理。孔子曰：「樂在其中。」顏子「不改其樂[94]。」孟子以「不愧、不怍[95]」為樂。《論語》開首說樂[96]。〈中庸〉言「無入而不自得」。程、朱教尋孔顏樂趣，皆是此意。聖賢之樂，余何敢望。竊欲仿白傅[97]之「有叟在中，白鬚飄然；妻孥熙熙[98]，雞犬閒閒」[99]之樂云耳。

冬夏皆當以日出而起，於夏尤宜。天地清旭之氣，最為爽神，失之甚為可惜。余居山寺之中，暑月日出則起，收水草清香之味。蓮方斂而未開，竹含露而猶滴，可謂至快。日長漏永，午睡數刻，焚香垂幕，淨展桃笙[100]；睡足而起，神清氣爽；真不啻天際真人也。

---

93 陳白沙：明陳獻章，字公甫，新會人，世稱「白沙先生」。《明儒學案》中有相關記載。
94 顏子不改其樂：子曰：「賢哉！回也。一簞食，一瓢飲，在陋巷，人不堪其憂，回也不改其樂。賢哉回也。」語見《論語·雍也》篇。
95 孟子以不愧不怍：：孟子曰：「君子有三樂，而王天下不與存焉。父母俱在，兄弟無故，一樂也；仰不愧於天，俯不怍於地，二樂也；得天下英才而教育之，三樂也。」語見《孟子·盡心》篇。怍音ㄗㄨㄛˋ，慚愧。
96 論語開首說樂：〈學而篇〉第一章：子曰「學而時習之，不亦說乎？有朋自遠方來，不亦樂乎？人不知而不慍，不亦君子乎？」所以說《論語》開首說樂。
97 白傅：指白居易，蓋白居易曾任太子少傅之故。
98 熙熙：和樂的樣子。
99 以上詩句白居易〈池上篇〉中詩句。
100 桃笙：桃枝編的蓆子。左思〈吳都賦〉：「桃笙象簟。」註：桃笙，桃枝簟。吳人謂簟為笙。

樂即是苦，苦即是樂，帶些不足，安知非福；舉家事事如意，一身件件自在。熱光景即是冷消息。聖賢不能免厄，仙佛不能免劫；厄以鑄聖賢，劫以煉仙佛也。

牛喘月[101]，雁隨陽[102]，總成忙世界。蜂採香，蠅逐臭，同是苦生涯。勞生擾擾，惟利惟名。牿旦晝[103]，蹶寒暑[104]，促生死，皆此兩字誤之。以名為炭而灼心，心之液涸矣；以利為蠆[105]而螫心[106]，心之神損矣。今欲安心而卻病，非將名利兩字，滌除淨盡不可。

余讀柴桑翁[107]〈閑情賦〉而嘆其鍾情；讀〈歸去來辭〉而嘆其忘情；讀〈五柳先生傳〉而嘆其非有情，非無情；鍾之忘之，而妙焉者也。余友淡公最慕柴桑翁，書不求解而能解，酒不期醉而能醉。且語余曰：「詩何必五言！官何必五斗！子何必五男！宅何必五柳！可謂逸矣！」

余夢中有句云：「五百年謫在紅塵，略成遊戲；三千里擊開滄海，便是逍遙。」醒而述諸琢堂，琢堂以為飄逸可誦。然而誰能會此意乎。

---

101 牛喘月：古傳江淮水牛怕熱，見月以為是日而喘。《世說新語·語言篇》：「(滿)奮答曰：『臣猶吳牛見月而喘』」。原是指遇事過份懼怕，引申為為生活奔忙。

102 雁隨陽：《尚書·禹貢·揚州》有「陽鳥」，即隨陽之鳥，指鴻雁。此鳥隨太陽南北而遷徙進退，所以稱為隨陽之鳥。此指雁隨日陽南北而飛，引伸為人為生活奔忙而身不由己。。

103 牿旦晝：牿音ㄍㄨˋ，梏也。指日夜都被牽絆，不得自由。

104 蹶寒暑：蹶音ㄐㄩㄝˊ，仆倒；引伸為顛沛奔波。意謂整年忙碌奔波拘束而奔走於寒暑之中。。

105 蠆：音ㄔㄞˋ，海蟲。

106 螫心：螫音ㄓㄜ，毒蟲如蜂、蠍等以尾針刺人。此指以利害來傷害心靈。

107 柴桑翁：晉朝陶淵明，尋陽柴桑人，故稱之為柴桑翁。〈閑情賦〉、〈歸去來辭〉、〈五柳先生傳〉都是陶淵明的作品。

　　真定梁公每語人，每晚家居，必尋可喜笑之事，與客縱談，掀髯大笑，以發舒一日勞頓鬱結之氣；此真得養生要訣也。曾有鄉人過百歲，余扣[108]其術。答曰：「余鄉村人無所知，但一生只是喜歡，從不知憂惱。」此豈名利中人所能哉！

　　昔王右軍云：「吾篤嗜種果，此中有至樂存焉。我種之樹，開一花，結一實，翫[109]之偏愛，食之益甘。」右軍可謂自得其樂矣。

　　放翁夢至仙館，得詩云：「長廊下瞰碧蓮沼，小閣正對青蘿峰。」便以為極勝之景。余居禪房，頗擅此勝，可傲放翁矣。

　　余昔在球陽，日則步屧[110]於空潭、碧澗、長松、茂竹之側，夕則挑燈讀白香山、陸放翁之詩。焚香煮茶，延兩君子於坐，與之相對，如見其襟懷之澹宕，幾欲棄萬事而從之遊；亦愉悅身心之一助也。

　　余自四十五歲以後，講求安心之法。方寸之地，空空洞洞，朗朗惺惺[111]。凡喜怒哀樂，勞苦恐懼之事，決不令之入。譬如製為一城，將城門緊閉，時加防守，惟恐此數者闌入。近來漸覺闌入之時少，主人居其中，乃有安適之象矣。

　　養身之道，一在慎嗜慾，一在慎飲食，一在慎忿怒，一在慎寒暑，一在慎思索，一在慎煩勞。有一於此，足以致病；安得不時時謹慎耶。

---

[108] 扣：詢問。
[109] 翫：音ㄨㄢ丶，玩習。
[110] 步屧：屧音ㄒㄧㄝ丶，鞋底的墊荐，引伸為鞋子。此指穿著鞋子行走。
[111] 朗朗惺惺：指明朗開闊的樣子。

　　張敦復先生[112]嘗言：「古人讀《文選》[113]而悟養生之理，得力於兩句，曰：『石蘊玉而山輝，水含珠而川媚。』[114]此真是至言。嘗見蘭蕙芍藥之蒂間，必有露珠一點。若此一點為蟻蟲所食，則花萎矣。又見筍初出，當曉則必有露珠數顆在其末；日出，則露復斂而歸根，夕則復上。田閒有詩云『夕看露顆上梢行』是也。若侵曉入園，筍上無露珠，則不成竹；遂取而食之。稻上亦有露，夕現而朝斂；人之元氣全在乎此。故〈文選〉二語，不可不時時體察，得訣固不在多也。」

　　余之所居，僅可容膝，寒則溫室擁雜花，暑則垂簾對高槐，所自適於天壤間者，止此耳。然退一步想，我所得於天者已多，因此心平氣和，無歆羨[115]，亦無怨尤，此余晚年自得之樂也。

　　圃翁曰：「人心至靈至動，不可過勞，亦不可過逸；惟讀書可以養之。閒適無事之人，鎮日不觀書，則起居出入，身心無所栖泊[116]，耳目無所安頓，勢必心意顛倒，妄想生嗔；處逆境不樂，處順境亦不樂也。古人有言：掃地焚香，清福已具；其有福者，佐以讀書；其無福者，便生他想。旨哉斯言！且從來拂意之事，自不讀書者見之，似為我所獨遭，極其難堪；不知古人拂意之事，有百倍於此者，特不細心體驗耳。即如東坡先生歿後，遭逢高、

---

[112] 張敦復先生：就是清朝的張英（1637～1708），安徽桐城人，字敦復，號樂圃、圃翁，諡文端。康熙六年進士。康熙十六年（1677）入值南書房，一時制誥多出其手。康熙三十八年遷文華殿大學士兼禮部尚書。致仕之後，優遊林下者七年，居于桐城龍眠山別墅。著有《恆產瑣言》、《聰訓齋語》、《南巡扈從紀略》、《文端集》、《篤素堂詩文集》等。

[113] 文選：指梁朝招明太子蕭統所編纂的《昭明文選》。

[114] 石蘊玉而山輝，水含珠而川媚：這兩句出於《文選》中陸機的〈文賦〉。引伸為內中有精華存在，則外表氣度自然表現。

[115] 歆羨：音ㄒㄧㄣ　ㄒㄧㄢˋ，羨慕的意思。

[116] 栖泊：音ㄑㄧ　ㄅㄛˊ，安定停靠。

孝[117]，文字始出。而當時之憂讒畏譏，困頓轉徙潮、惠之間，且遇[118]跣足[119]涉水，居近牛欄，是何如境界？又如白香山之無嗣，陸放翁之忍饑，皆載在書卷。彼獨非千載聞人？而所遇皆如此；誠一心平靜觀，則人間拂意之事，可以渙然冰釋[120]。若不讀書，則但見我所遭甚苦，而無窮怨尤嗔忿之心，燒灼不靜，其苦為何如耶？故讀書為頤養第一事也。」

吳下有石琢堂先生之城南老屋，屋有五柳園，頗具泉石之勝。城市之中而有郊野之觀，誠養神之勝地。有天然之聲籟，抑揚頓挫，蕩漾余之耳邊；臺鳥嚶鳴林間時，所發之斷斷續續聲；微風振動樹葉時，所發之沙沙簌簌聲；和清溪細流流出時所發之潺潺淙淙聲；余泰然仰臥於青蔥可愛之草地上，眼望蔚藍澄澈之穹蒼，真是一幅絕妙畫圖也。以視拙政園，一喧一靜，真遠勝之。

吾人須於不快樂之中，尋一快樂之方法。先須認清快樂與不快樂之造成，固由於處境之如何；但其主要根苗，還從己心發長耳。同是一人，同處一樣之境，甲卻能戰勝劣境，乙反為劣境所征服。能戰勝劣境之人，視劣境所征服之人，較為快樂。所以不必歆羨他人之福，怨恨自己之命；是何異雪上加霜，愈以毀滅人生之一切也。無論如何處境之中，可以不必鬱鬱，須從鬱鬱之中，生出希望和快樂之精神。偶與琢堂道及，琢堂亦以為然。

家如殘秋，身如昃晚[121]，情如膡煙[122]，才如遣電。余不得已而游於畫，而狎於詩。豎筆橫墨，以自鳴其所喜；亦猶小草無聊，

---

[117] 遭逢高孝：蘇軾的詩文是在宋高宗、孝宗時才開始流傳出名。
[118] 遇：此當是「過」字，指蘇軾的兒子蘇過。
[119] 跣足：跣音ㄒㄧㄢˇ。赤腳。
[120] 渙然冰釋：言問題的解決，就像冰溶解般消逝無蹤。
[121] 昃晚：昃音ㄗㄜˋ，時過正午，日頭偏西叫昃。這句說己身已是垂暮老年。

自矜其花；小鳥無奈，自矜其舌。小春之月[123]，一霞始晴，一峯始明，一禽始清，一梅始生，而一詩一畫始成。與梅相悅，與禽相得，與峯相立，與霞相揖。畫雖拙而或以為工，詩雖苦而自以為甘。四壁已傾，一瓢已敝，無以損其愉悅之胸襟也。

圃翁擬一聯，將懸之草堂中：「富貴貧賤，總難稱意，知足即為稱意；山水花竹，無恆主人，得閒便是主人。」其語雖俚，卻有至理。天下佳山、勝水、名花、美竹無限，大約富貴人役於名利，貧賤人役於饑寒，總鮮領略及此者。能知足，能得閒，斯為自得其樂，斯為善於攝生也。

心無止息，百憂以感之，眾慮以擾之。若風之吹水，使之時起波瀾，非所以養壽也。大約從事靜坐，初不能妄念盡捐；宜注一念，由一念至於無念，如水之不起波瀾；寂定之餘，覺有無窮恬淡之意味，願與世人共之。

陽明先生曰：「只要良知真切，雖做舉業，不為心累。且如讀書時，知強記之心不是，即克去之；有欲速之心不是，即克去之；有誇多鬥靡[124]之心不是，即克去之。如此亦只是終日與聖賢印對，是個純乎天理之心；任他讀書，亦只調攝此心而已，何累之有？」[125]錄此以為讀書之法。

122　賸煙：賸音ㄕㄥˋ，同「剩」。殘烟。
123　小春之月：指農曆之十月。《增歲時事要》說：「十月天時和暖似春，花木重花，故曰小春。歐陽修詞：十月小春梅藥綻。」
124　鬥靡：音ㄉㄡˋ　ㄇㄧˊ，競尚奢侈華麗。
125　以上一段王陽明的話，見於《明儒學案》中的〈王陽明學案〉，以及《傳習錄》。

　　湯文正公[126]撫吳時，日給惟韭菜，其公子偶市一雞，公知之，責之曰：「惡有士不嚼菜根而能作百事者哉！」即遣去。奈何世之肉食者[127]流，竭其脂膏[128]，供其口腹，以為分所應爾；不知甘脆肥膿，乃腐腸之藥也。大概受病之始，必由飲食不節。儉以養廉，澹以寡慾，安貧之道在是，卻疾之方亦在是。余喜食蒜，素不貪屠門之嚼，食物素從儉省。自芸娘之逝，梅花盒亦不復用矣；庶不為湯公所呵[129]乎。

　　留侯、鄴侯[130]之隱於白雲鄉[131]，劉、阮、陶、李[132]之隱於醉鄉，司馬長卿[133]以溫柔鄉[134]隱，希夷先生[135]以睡鄉隱，殆有所依而逃焉者也。余謂白雲鄉則近於渺茫，醉鄉、溫柔鄉抑非所以卻病延年，而睡鄉為勝矣。妄言[136]息躬，輒造逍遙之境。靜寐成夢，旋臻[137]甜

---

[126] 湯文正公：清初名臣湯斌（1627-1687），字孔伯，河南睢縣人。順治九年（1652）進士。曾任陝西潼關道、江西嶺北道、江蘇巡撫、禮部尚書、工部尚書等職。他一生清正廉明，為學刻勵實行，政績斐然。。

[127] 肉食者：《左傳》：「肉食者鄙，未能遠謀。」肉食者指貴族及為官富有者。

[128] 脂膏：指錢財。

[129] 呵：呵責。

[130] 留侯鄴侯：留侯，即張良；鄴侯，指唐朝的李泌。

[131] 白雲鄉：這裡指的是「仙鄉」。

[132] 劉阮陶李：即劉伶、阮籍、陶淵明、李白。

[133] 司馬長卿：司馬相如。

[134] 溫柔鄉：此指女人懷裡溫柔之處。典出《趙飛燕外傳》：漢宣帝時有美女趙合德，飛燕之妹，合德皮膚膏滑，出浴不濡；善音辭，輕緩可聽。後進御於帝，帝大悅，以輔屬體，無所不靡，謂為溫柔鄉。司馬相如琴挑卓文君的事，亦為女子而起，故類比之。

[135] 希夷先生：宋代陳摶（872-989），號希夷先生，著有〈睡鄉說〉。陳摶以睡功修煉而著名者，傳說他曾經高臥華山，一睡數日不起，後竟於睡中得道。

[136] 妄言：此當是「忘言」之誤。

[137] 臻：音ㄓㄣ，達到。

適之鄉。余時時稅駕[138]，咀嚼其味，但不從邯鄲道上，向道人借黃粱枕[139]耳。

養生之道，莫大於眠食，菜根粗糲[140]，但食之甘美，即勝於珍錯也。眠亦不在於多寢，但實得神凝夢甜，即片刻亦足攝生也。

放翁每以美睡為樂，然睡亦有訣。孫真人云：「能息心，自暝目。」蔡西山云：「先睡心，後睡眼。」此真未發之妙。禪師告余伏氣，有三種眠法：病龍眠，屈其膝也；寒猿眠，抱其膝也；龜鶴眠，踵其膝也。余少時，見先君子於午餐之後，小睡片刻，燈後治事，精神煥發。余近日亦思法之。午餐後於竹床小睡，入夜果覺清爽。益信吾父所為，一一皆為可法。

余不為僧而有僧意。自芸之歿，一切世味，皆生厭心；一切世緣，皆生悲想。奈何顛倒不自痛悔耶！近年與老僧共話無生，而生趣始得。稽首世尊，少懺宿愆[141]；獻佛以詩，餐僧以畫；畫性宜靜，詩性宜孤；即詩與畫，必悟禪機，始臻超脫也。

---

[138] 稅駕：猶言解駕，休息。
[139] 向道人借黃粱枕：〈黃粱夢〉記開元中，道人呂翁往來邯鄲，有盧姓書生，與翁同止旅舍。時主人方蒸黃粱；盧生傾吐生世之困；翁取囊中枕與之曰：「枕此當榮，適如願。」生就枕，不覺入枕中。遂至其家，未幾登高第，歷台省，出入將相五十年，子孫皆顯。忽欠伸而寤，黃粱猶未熟。這故事暗諷人世浮華顯榮，一切皆是虛幻不實，不必刻意追求。
[140] 粗糲：糲音ㄌㄧˋ，粗。粗糙的食物。
[141] 宿愆：愆音ㄑㄧㄢ，錯誤。指以往所犯的過錯。

附　錄

〈《浮生六記》年表〉

（本表參考俞平伯、陳毓羆兩先生的資料，修訂而成）

乾隆二十八年癸未（1763）	正月，陳芸生。十一月二十二日，沈復生。本書卷一由此起。 注：復之生年月日有明文，芸之生月，則以復之生月推得之。卷一云：「芸與余同齒而長余十月。」
乾隆三十一年丙戌（1766）	芸父陳心餘死。復芸四歲。 注：芸四齡失怙，見卷一。
乾隆四十年乙未（1775）	七月十六日芸復訂婚，年十三。
乾隆四十二年丁酉（1777）	復、芸年十五。復隨其父稼夫在浙江紹興，從趙傳為師。始遊吼山，為遊覽之始。本書卷四由此起。
乾隆四十三年戊戌（1778）	復、芸年十六。復從趙傳至杭，初游西湖。
乾隆四十五年庚子（1780）	復、芸年十八。正月二十二日復、芸結婚。二月杪，復重赴杭州，從趙受業。隔了三月返蘇。

	六月，夫婦遷居於我取軒中。七夕同拜天孫。七月十五，同病，兩旬而愈。中秋夕偕遊滄浪亭。是年乾隆帝南巡。
乾隆四十六年辛丑（1781）	復、芸時年十九。秋八月，復父病瘧甚劇；芸亦大病。冬，復隨蔣襄習幕於奉賢，初識顧金鑑。
乾隆四十七年壬寅（1782）	復、芸年二十。重九日，復偕顧金鑑為覓將來偕隱地，至寒山登高。
乾隆四十八年癸卯（1783）	復年廿一。春，從蔣襄初至揚州，備覽園林之勝。顧金鑑死，年二十二。 注：卷四云，顧長復一歲，是生于乾隆二七年壬午；又云：以二十二歲卒，故當死於是年。
乾隆四十九年甲辰（1784）	復年二十二。春，乾隆帝南巡。復隨其父在吳江接駕。夏秋之交，復隨其父游幕海寧。至嘉興與海寧。 注：卷四云，曾在海寧陳氏安瀾園中桂花樓張宴，故知其去當在此時。
乾隆五十年乙巳（1785）	復年二十三，隨父在海寧。本書卷三始此。紀芸失歡於其舅之始。
乾隆五十二年丁未（1787）	復、芸年二十五。應幕於徽州績溪，由杭州溯錢塘而上。芸生女名青君。

	注：卷三在移居華氏之前云「芸生一女名青君，時年十四；子名逢森，時年十二。」惟無明文，不知即是庚申年（1800）之事否。揣其文義似即在是年。今姑假定如此，從庚申上推十四年，則青君之生當在是年也。
乾隆五十三年 戊申（1788）	復年二十六。去績溪返蘇州，易業為酒賈。 注：卷四云，未兩載即歸，則返蘇當在是年。
乾隆五十四年 己酉（1789）	復、芸年二十七。因臺灣林爽文之亂，販酒虧折資本，仍游幕江北。芸生子逢森。 注：卷四云，不一載即失其業，又云館江北四年，以壬子春館真州之文（卷三）推之，恰好四年。逢森之生年，其證見上。
乾隆五十五年 庚戌（1790）	復、芸年二十八。春，復隨其父在揚州。因父納姚女之故，芸始失歡於其姑。
乾隆五十六年 辛亥（1791）	復年二十九，在江北。 注：以「館江北四年」之文證之，知此年仍在江北；惟是否隨其父居揚，抑另應幕他方，則不知之。
乾隆五十七年 壬子（1792）	春，復年三十，館真州。後因父病赴揚，亦病于揚。其父因事怒逐芸。夫婦遂偕居於魯璋之蕭爽樓，以書畫繡績為生。

乾隆五十八年 癸丑（1793）	復、芸年三十一。菜花黃時，復偕客游南園。夏六月十八日，夫婦偕游吳江，夕泊舟于萬年橋下。冬十月十日，復隨徐秀峰經商於粵，泝大江入江西。至十一月二十二日，復之生日，行抵南安。十二月十五始抵廣州，住靖海門內，在彼度歲。
	注：依卷四之文，「值余三十誕辰」，則入粵當為壬子年事。惟依其他本書之前後文參錯以證，知此句恐有誤。（一）卷二明言菜花黃時，游南園，其時二人正居蕭爽樓。若以入粵屬于壬子年，則此事將無所安插。因壬子之春，復正病于揚州，而芸亦未被斥逐，無所謂蕭爽樓也。（二）卷二明言復居蕭爽樓一年有半，卷三又言芸居越兩載；若提前了一年，則復居彼只有半年，而芸居彼只有年餘，於此兩證俱不合。（三）卷四明言復在廣州只四月薄遊；故若於壬子年底到，則當於癸丑年初夏行，夏末秋初返蘇。但卷一又云：「乾隆甲寅七月，余自粵東歸。」此更可證實復之入粵當在癸丑之冬，而非壬子之冬也。故卷四所謂「三十誕辰」或為「三十一」之誤；或復生日在十一月杪，依足歲計作生日，亦未可知。今不能詳矣。
乾隆五十九年 甲寅（1794）	復、芸年三十二。正月既望後，復在揚幫船上冶遊，前後四月，費百餘金。夏五月，由原路

	返。七月到蘇。其父至蕭爽樓招芸返家。
乾隆六十年乙卯（1795）	復、芸年三十三。復館于青浦。中秋日，夫婦隨其母游虎丘。芸始遇憨園。十八日結約為姊妹。卷一敘述終此。
嘉慶元年丙辰（1796）	復、芸年三十四。復仍館青浦。憨園為有力者奪去，芸發舊疾。 注：憨園之變在何年，本書無明文。今以兩事推較之。（1）卷三言「自識憨園，年餘未發」，自乙卯秋至丙辰冬，恰好年餘；其證一。（2）同卷又言「卿病八年」。芸死于嘉慶八年之三月，上推八年，當在是年也；其證二。
嘉慶二年至四年丁巳至己未（1797-99）	復年三十五至三十七。賦閒家居，與程墨安設書畫鋪於家門之側。
嘉慶五年庚申（1800）	復、芸年三十八。復仍閒居。八月十七，偕客游無隱禪院。歸作〈無隱圖〉一幅。芸以十日力繡〈心經〉一部，而病愈增。十二月，家庭搆變。廿六日五更，夫婦往無錫東高山華大成家。即在彼度歲。
嘉慶六年辛酉（1801）	復、芸年三十九。青君至王氏為養媳。逢森則入肆中學貿易。正月十七日，復至江陰；二十日，赴靖江索債；遇風雪，甚狼狽。廿五日返

	無錫。二月，至上海，歸途順便游虞山劍門，登其顛。至揚州，為貢局司事代司筆墨。
嘉慶七年壬戌 （1802）	復、芸年四十。復在揚州。八月接芸書，言欲來揚。在揚州先春門外，賃臨河之屋兩椽。冬十月，芸攜婢阿雙至揚州。十二月司事缺被裁。
嘉慶八年癸亥 （1803）	復、芸年四十一。春二月，芸發血疾；復又至靖江求貸；婢阿雙捲逃。三月三十日，芸死於揚州。厝棺於揚州西門外金桂山。復攜木主還蘇。仍返揚，以賣畫度日。秋九月，代幕於江都縣，在張禹門家度歲。
嘉慶九年甲子 （1804）	復年四十二。春三月，其父稼夫死，奔喪反蘇。夏，移住禪寺大悲閣。秋七月，隨夏簹卿赴崇明。歸後，九月赴東海永泰沙，十月歸。在夏宅度歲。 注：此據卷三之文而言。在卷四則云秋八月往東海永泰沙，未知孰是。或此行在八月杪九月初，故記憶不確也。
嘉慶十年乙丑 （1805）	復年四十三。春正月，偕夏氏家人游靈巖、鄧尉。為夏介石畫〈懺山風木圖〉十二冊。秋九月九日，隨石韞玉沂江西上，住於湖北荊州，居劉氏廢園，度歲。

190

嘉慶十一年丙寅（1806）	復時年四十四。春二月，由荊州到樊城，登陸折赴潼關。夏四月，其子逢森死，年十八。冬十月，隨石韞玉之眷屬赴濟南。石韞玉贈以一妾。第三卷終此。
嘉慶十二年丁卯（1807）	復年四十五。春二月，就館萊陽。秋石韞玉將官翰林，三白亦隨之到北京。第四卷終此。
嘉慶十三年戊辰（1808）	復年四十六。復至北京，經推薦以幕客身份，參與赴琉球冊封使團，遂有後來〈中山記歷〉之作。 約在四月，使節團路經揚州，沈復與友人李佳言相句話別，李氏以詩送三白。 注：考揚州有李佳言所著《昭陽詩綜》，其中有〈送沈三白隨齊太史奉使琉球〉兩律。而據冊封正使齊鯤北瀛有《東瀛百詠》，其中有〈揚州吳太守于宣招遊平山堂五律二首〉之作，可推沈復與李佳言相見，當在此時。使節團亦途經沈復故鄉蘇州，齊鯤有由滄浪亭詩。 閏五月十一日，封舟自福建閩侯啟航，十七日抵達琉球。在琉球逗留約四個月。十月初二日，使臣封舟自琉球返航；十五日底閩。 注：根據《元和縣志》載沈復有詩作兩首：〈望海〉、〈雨中遊山〉，皆描寫琉球風光。

嘉慶十四年己巳（1809）	復年四十七。在京師某大臣家為客。 注：據顧翰《拜石山房詩鈔》中有〈壽沈三白布衣〉詩云：「橋邊孺子呼進履，當代大臣來結襪。」其中「進履」用張良圯上老人典故；「結襪」則用王生老人事，見《史記·張釋之馮唐列傳》。可推知沈復時曾為客於京師。
嘉慶十五年庚午（1810）	復年四十八。復返鄉蘇州，以所畫〈琉球觀海圖〉予總角知交石韞玉題詠。 注：見石韞玉《獨學廬三稿》中《晚香樓集》卷三，有〈題三白琉球觀海圖〉詩。
嘉慶十八年癸酉（1813）	復年五十一。約在本年前後，沈復至如皋（今屬江蘇省境內）作幕客。任時歷十年之久。 注：據顧翰〈壽沈三白布衣〉詩云：「偶因幣聘來雉皋，十年幕府衣青袍。」雉皋就是如皋古名。
道光二年壬午（1822）	復年六十。仍在如皋作幕客。友人顧翰作〈壽沈三白布衣〉詩，以賀復花甲之慶。 注：具陳毓羆教授考證，顧翰此詩當作於道光二年，沈復適逢六十花甲之年，故以為賀。
道光五年乙酉（1825）	復年六十三。仍在如皋。以所作《浮生六記》予管貽葄品題。管貽葄為題〈長洲沈處士三白

	以浮生六記見示，分賦六絕句〉。 注：管貽菲有《裁物象齋詩鈔》，其第三十九題即為此詩。此組詩應作於道光五年。
自此以後，沈三白行蹤無任何資料。	

U123

精校詳註《浮生六記》

校　　註　蔡根祥

發 行 人　林慶彰
總 經 理　梁錦興
總 編 輯　張晏瑞
編 輯 所　萬卷樓圖書(股)公司
臺北市羅斯福路二段 41 號 6 樓之 3
電話 (02)23216565
傳真 (02)23218698

發　　行　萬卷樓圖書(股)公司
臺北市羅斯福路二段 41 號 6 樓之 3
電話 (02)23216565
傳真 (02)23218698
電郵 SERVICE@WANJUAN.COM.TW
香港經銷
香港聯合書刊物流有限公司
電話 (852)21502100
傳真 (852)23560735

ISBN 978-986-478-794-4
2022 年 12 月再版一刷
定價：新臺幣 300 元

如何購買本書：
1. 劃撥購書，請透過以下帳號
　帳號：15624015
　戶名：萬卷樓圖書股份有限公司
2. 轉帳購書，請透過以下帳戶
　合作金庫銀行 古亭分行
　戶名：萬卷樓圖書股份有限公司
　帳號：0877717092596
3. 網路購書，請透過萬卷樓網站
　網址 WWW.WANJUAN.COM.TW
大量購書，請直接聯繫，將有專人
為您服務。(02)23216565 分機 610

如有缺頁、破損或裝訂錯誤，請寄
回更換

國家圖書館出版品預行編目資料

精校詳註<<浮生六記>>/蔡根祥校註. --
- 再版. -- 臺北市：萬卷樓圖書股份
有限公司, 2022.12
　面；　公分
ISBN 978-986-478-794-4(平裝)
1.CST: 浮生六記 2.CST: 注釋
855　　　　　　　　　111020433